ひねもすなむなむ

名取佐和子

幻冬舎文庫

ひねもすなむなむ

目　次　contents

募集要項

■募集職種　僧侶（住職候補）
■会　社　宗教法人　鐘丈寺《しょうじょうじ》
■勤務地　岩手県
■給　与　月給二十万円～
■雇用形態　正社員（住み込み）
■仕事内容　法要（法事・葬儀・納骨）の実務、事務（寺務・法要受付）、檀家《だんか》・参詣者への対応、寺院の清掃等
■その他　交通アクセス、福利厚生、勤務時間等の詳細は、面談（オンライン可）の際にお話しします。まずはご連絡ください。

担当　桜葉《さくらば》

北国の寺へ

三陸海岸を眺めて走る電車が行き着いた小さな駅のホームには、白い塊があちこちに残っていた。三月も半ばをすぎたが、この町ではまだ当たり前のように雪が降るらしい。

仁心《にしん》は頰を刺す空気を胸いっぱいに吸いこみ、のびをした。

高知の市中にある龍命寺《りゅうめいでら》を朝早くに出て、電車と飛行機を乗り継ぎ、はるばる十三時間近くかけて辿り着いた岩手の駅だ。長時間同じ体勢で座りつづけた体の強ばりをほぐすように、腕も足も腰もまわしておく。ついでに首も、と勢いよく前後左右に倒したところ、キャップが脱げてホームに転がり落ちた。仁心はあわてて拾いあげてかぶり直し、つばを目深にしたまま、周囲を見まわす。

太めのストレートデニムにビッグサイズのパーカ、そしてロゴが控えめに入ったキャップという格好だけなら、二十五歳の独身男性の私服として、いたって普通だろう。が、地肌がくっきり見える本気の剃髪《ていはつ》となると、人の目を引く。たいていの人から「ああ、坊さんだ」と職業を見抜かれてしまう。

幸い、仁心以外に降りた者はおらず、駅で次の電車を待つ者もいなかった。通勤通学の時間帯でも一時間に一本、その他の時間帯なら一時間半に一本しかない電車だから、利用する人は待ちぼうけにならないよう、時刻表を把握してやって来るのだろう。助かったと反射的に思ってしまう自分に嫌気がさし、仁心は空を見あげた。

――いつになったら俺は、自分が坊さんであることに自信が持てるんやろう？

日がだいぶ長くなった気がしていたが、すでに夜空だ。星がたくさん見えた。スマートフォンで確認すると、もう夜の七時近い。高知でもとっくに日が暮れている時間だけれど、仁心には岩手の夜のほうが少し早くて深い気がした。

衣《ころも》と呼ばれる着物が二領に袈裟《けさ》、草履《ぞうり》、中啓《ちゅうけい》という常に半分ひらいている扇、数珠《じゅず》、経本といった僧侶の必携道具と、わずかばかりの身の回りの品を詰めこんだキャリーケースをひいて歩くこと三十分以上、仁心の手足はとっくにかじかんでいる。凍結しかけた路面では何度もハイテクスニーカーを滑らせた。広くて立派な道路が整備されているのに、さっきから人はもちろん車とも一度も行き交っていない。ただただ暗い道を歩きつづけ、仁心はすっかり心細くなっていた。

「やっぱり、素直にタクシーを使うべきやった」

白い息とともに、弱音が吐きだされる。

本当は、駅まで車で迎えに来てもらえるはずだった。それが突然今朝になって、今回の転職活動の窓口となってくれた桜葉《さくらば》という人物から、住職も自分も手が空かないので自力で来てほしいと連絡が入った。最寄り駅から距離があるのでタクシーを使ったほうがいいと先方は助言をくれたが、その運賃を支払ってくれるとは言わなかった。新しい土地での急な出費に備えて節約したい仁心は、バスで行こうと考えるも、小さな駅の周辺にはバスロータリーが見当たらない。結局、交通手段は自分の足しか残っていなかった。

仁心はスマートフォンのナビゲーションアプリが示すとおり、さらに十五分ほど、車道しかない山道をあがる。あがりながら、鐘丈寺《しょうじょうじ》の檀家《だんか》総代《そうだい》を名乗る桜葉が住職の名前すら正式に教えてくれていないことに今さら気づき、仁心は不安になった。とにかく「住職は多忙」の一点張りで、桜葉が面談日の調整から面談、採用通知、諸々の手続き、仁心の着任日の調整まで、すべて一人で事を進めたのだ。

息が切れ、そもそもこんな山のなかに寺なんてないんじゃないかと仁心が疑いはじめた頃、ようやくそれらしき建物がのぞく。ちょうどアプリからも「案内を終了します」との声があがった。

仁心がきょろきょろしながら建物に近づいていくと、石の柱が二本、左右に分かれて立っている。山門の代わりだろうか。ここに寺があるとわかっている人以外は、気づかず素通りしてしまいそうだ。石柱の足元には雪がうっすら残っていた。土で汚れ、もう白くはない雪だ。

寺があればあったで、汚れた雪を眺めていた仁心にふと、山門をくぐるのを躊躇《ためら》う気持ちが生まれる。ひとまず山門を離れてみた。広がった視界に、石柱の脇に立つガラスケース型の小さな掲示板が入ってくる。前まで行くと、白い紙に筆文字でたったひと言〝おかえり〟と書いてあった。釘で引っ掻いたような右あがりの文字は読みづらく、なかなかのインパクトだ。

「なんやこれ」

思わず声が出る。今まで勤めていた高知の龍命寺にも掲示板はあった。毎月一日に〝今月のひと言〟を筆で書いて貼りだすのは、住職の役目だった。経典の言葉やオリジナルの文言もあったが、伝記にもなっているような偉人、現役のスポーツ選手、音楽家、画家、作家、芸人といった幅広い分野のスペシャリスト達から拝借した名言のほうが多かったように思う。いずれも趣深く、心に響く言葉ばかりだった。十五で龍命寺の僧侶見習いとなった仁心は、寺の掲示板の言葉とはそういうものだとばかり思っていた。

〝おかえり〟。仁心はこんな日常の挨拶でいいのかと呆れる反面、そのシンプルな言葉に自分の心の芯が撃ち抜かれるのを、たしかに感じた。

厚い鋼板が入ったように強ばっていた仁心の背中がやわらかくなる。おかげでどうにか、石柱の山門をくぐることができた。

敷石の敷かれた参道を進む。明かりは乏しく、ほぼ闇だ。怖がりの仁心は、自分の踏んだ枯れ枝が立てた音にいちいち背を反《そ》りかえらせた。参道の両脇にはしだれた低木が並んでおり、風で揺れるたび何者かの影が走ったように見えるのも心臓に悪い。仁心は一刻も早く明るいところに出ようとキャリーケースを持ちあげ、よろめきながら敷石を飛び越えた。

草木の生い茂った参道が終わり、本堂が現れる。仁心が十年の寺生活で染みついた習慣として軽く手を合わせていると、本堂の左に広がる庭の暗がりから、とつぜん声がした。

「雨漏りがするんですよ」

仁心はひいっと悲鳴をあげかけ、あわてて口を手でふさぐ。必死に目をこらし庭を見まわすも、低木の茂みが邪魔して、声の主らしき人影は見当たらない。住職が一人で住まう寺なのだから、声の主は住職のはずだと、仁心は怯《おび》えきった自分に言い聞かせた。

「雨の日も、鐘は朝夕と撞《つ》きますから」

仁心のパニックをよそに、声はのんびり話しつづける。誰かと話しているようだが、相手の声は聞こえてこない。

「はい。それじゃひとつ、よろしくお願い致します。ではでは、また、のちほど。今日はお酒も存分に召しあがってくださいね」

仁心が声の在処《ありか》の見当をつけて茂みに向かって踏みだすのと、そこから四つ足の生き物が飛びだしてくるのは、同時だった。仁心は盛大に悲鳴をあげ、バランスを崩して尻餅をつく。尾てい骨の痛みとともに我に返り、自分の前でぴたりと立ち止まった四つ足の生き物をまじまじと見つめた。

「タヌキ?」

飾りのようなふさふさのシッポ、丸みのある三角耳、毛にみっしりと覆われた顔は横に広がり、目鼻の周りに濃い色の毛が密集しているため、ことさらたれ目に見える。

タヌキらしき生き物は、黒々とした丸い瞳で仁心を見つめたまま一歩も動かなかった。仁心もまた恐怖と痛みと混乱のせいで立ちあがれず、うわずった声をあげる。

「いや、たしかにここは、しょうじょうじやけど」

狸囃子《たぬきばやし》の童謡でおなじみの〝しょうじょうじ〟のモデルは、千葉県にある證誠寺《しょうじょうじ》だと聞いている。仁心が今いるのは、岩手県の鐘丈寺。響きが同じだけで関わりはないと思っていたが、違うのか？

　タヌキはいい加減にらめっこに退屈したのか、大きなあくびをしながら後ろ脚で頭を掻く。そのままずるずると尻を落として座ると、高らかに鳴いた。

「ニャア」

「え、猫がタヌキに化けた？　タヌキが猫に化けた？　どっち？」

　仁心が素っ頓狂な声をあげたとたん、茂みの奥で、誰かがぶはっとふきだす。尻をついたまま後ずさると、「ごめん、ごめん」とあわてた声が追ってきた。低木の茂みが揺れ、携帯電話を持った細長い人影がぬらりと現れる。タヌキが嬉しそうにニャアニャア鳴きながら、その足元にまとわりついた。人影はタヌキの頭を軽く撫でてから、仁心を見おろす。

「ごめんね。電話を切ったあと君の声が聞こえて——のぞき見するつもりはなかったんだけど、あまりにおもしろくて、つい萩の木の茂みに隠れてしまった」

　タヌキとの一部始終を見られていたらしい。仁心は顔を熱くしてうつむく。

「つかまって」

　そう言って差し出された左手は、女性のそれのように白くほっそりとしていたが、言うとおりにした仁心の体を軽々と起こしてくれたのは、間違いなく男性の力だった。手首を返したときにのぞいた赤黒い痣《あざ》と白い肌のコントラストが、仁心の目に焼きつく。

「君が高知の——」

「はい。龍命寺から来た木戸《きど》仁心です」

「ああ、よかった。到着が遅いから、道に迷ったんじゃないかと心配してたんです」

仁心はなりゆきについていけず、手を取られたまま本堂の前まで戻ってくる。明かりに照らされ浮かびあがった目の前の相手を、あらためて見た。正確にいえば、見あげた。ずいぶん背が高い。そして細い。肩幅は狭く、腰はくびれて、昔、施設で見た旅役者の女形みたいだと仁心は思った。

「はじめまして。鐘丈寺にようこそ。僕が住職の田貫恵快《たぬきけいかい》です」

薄い体をぱたんと音がしそうな勢いで折って、恵快は頭をさげる。仁心は耳を疑った。

「タ、タヌキ？」

「あはは。僕は田貫だけど、タヌキじゃない。正真正銘の人間です。紛らわしくてごめんね」

恵快は笑いながら上体を起こす。糸のように細くなったたれ目が印象的な笑顔だ。白くてつるりとした肌は、剃髪の似合うきれいな頭の形とあいまってゆで卵に似ている。三十八歳と聞かされている実年齢よりだいぶ若々しい、青年のような僧侶だった。

仁心達とは少し距離を取って、茂みの近くに座っているタヌキを指さし、恵快はつづける。

「ちなみにあっちは正真正銘の猫です。体つきや毛色は、タヌキそっくりだけどね。このあたりを縄張りにしてる野良猫で、名前はまだない。僕は〝名無し君〟って呼んでます」

次々と流れる情報を追いかけて、うなずくのが精一杯の仁心の肩を叩き、恵快は糸のようなたれ目のまま言った。

「長旅で疲れたでしょう。晩ごはんを用意したから、どうぞ」

恵快は本堂よりややさがって右隣に建つ、木造二階建ての古めかしい建物に仁心を案内した。昔ながらの和風家屋に見えるそこが、僧侶が寝起きし、寺務所も兼ねる庫裏《くり》だという。

滑りのいい引き戸をあけると、広々とした土間が見えた。恵快は跳ねるようにあがっていってしまう。なんだか飄々《ひょうひょう》として、現実味の薄い住職だ。タヌキに化かされている可能性を捨てきれないまま、仁心はキャリーケースを土間に置いてあとを追った。

長い廊下は明かりがついておらず、暗い。よく磨かれて黒光りしている床は冷たく、分厚めのスポーツソックスを履いていても、足の裏から体温を奪われた。仁心は、裸足で悠々と廊下を踏みしめていく恵快が信じられない。並んだドアには〝寺務所〟や〝客殿〟といったプレートがそれぞれついていた。

「住職一人の寺だと、プライベートはあってないようなもんですか」

仁心の質問に、恵快は「まあそうねえ」とうなずいたあと、あわてて振り返る。

「でも、真夜中とか早朝とか、非常識な時間に訪ねてくる人はいないから。安心してね」

「だいじょうぶです。ここに来るって決めた時点で、覚悟はできてます」

仁心の言葉に、恵快は苦笑いを浮かべたが、それ以上何も言わなかった。

廊下の突き当たりにある引き戸が細くあいていた。なかから温風と光が漏れてくる。

「食堂の戸はちょっと建て付けが悪くなってきていて、あけしめに力がいるんです」

恵快はよいしょと細い腰を落として、引き戸を一気にあけはなった。一瞬にしてあたたかい空気といいにおいに包まれ、仁心のお腹が鳴ってしまう。

「――すみません」

「謝らなくていいよ。もうこんな時間だもの。お腹も空いたでしょう。晩ごはんにしようね。仁心君は座っててください」

恵快はにこにこ笑って仁心にダイニングチェアをすすめ、自分はカセットコンロが置かれた食卓に土鍋をセットし、また厨房に戻っていく。

「今日は仁心君の歓迎会ってことで、お鍋で、にぎやかに――」

「あ、俺、手伝います」

包丁を左手で持った恵快の手つきが危なっかしくて、仁心は座ったばかりの椅子から立ちあがる。恵快は特に断りも恐縮もせず、場所と包丁を仁心にすんなり譲り渡した。

仁心はシンクに置かれた厚揚げと大根と白菜と里芋を見まわし、尋ねる。

「これらを鍋の具材にするんですね」

「うん。スープはこの白味噌と豆乳で。桜葉さんがね、鍋料理なら住職にも作れるだろうって教えてくれたんだ」

「ああ、桜葉さん。面談では大変お世話になりました」

ここまで来る途中さんざん疑心の対象にしたことは伏せて、仁心はしれっと感謝を口にした。この気持ちも嘘ではない。そして住職を名乗る恵快の口から桜葉の名前が出たことで、仁心はようやく鐘丈寺が現実に存在していることを信じられた。タヌキによる大がかりな採用ドッキリじゃなくてよかったと心底ホッとする。

恵快はどこまで仁心の気持ちを汲《く》めているのか、ふふふと笑いながら肩をすくめた。

「その桜葉さんがせっかく書いてくれたレシピの紙を、どこかにやっちゃって――」

ごそごそ作務衣《さむえ》のポケットを探っている恵快を尻目に、仁心は包丁を持ち、里芋の皮をむきはじめる。その慣れた手つきと速さに、恵快は目を丸くした。

「仁心君、お料理上手だねえ」

「上手かどうかはわからんけど、料理は好きです。前の寺では炊事係をしてました」

仁心の言葉に、恵快が目をかがやかせる。彼が今何を考えているか、仁心はたやすく読み取れた。だから、自分から申し出る。

「もしよかったら、こっちでも炊事を担当させてください」

「お、助かる。炊事も担当してもらおう」

「も？」

聞き咎《とが》めた仁心の肩を、恵快が気安く叩いた。

「未来の住職は、鐘丈寺でのお仕事すべてを知ってなきゃあ」

その言葉の意味するところを考えると、仁心はうまく応じられない。恵快は気にした様子もなく、仁心の知らないメロディを口笛で吹きながら、食卓に箸を並べた。

仁心は恵快に断ってから冷蔵庫をのぞかせてもらい、残り物らしい人参としめじを取りだす。

「これも鍋に入れてしもうてええですか。歯ごたえにバリエーションが出て楽しいき」

「どうぞ、どうぞ。今日からここは、仁心君の台所だよ」

恵快の大げさな表現に、仁心は苦笑してみせたが、内心嬉しかったし、新しい寺と初対面の住職に馴染《なじ》めるかと不安だった気持ちがだいぶ落ち着いた。

野菜を次々と切っていく仁心のそばに、恵快が寄ってくる。

「僕は料理の何が苦手って、切るのがダメだね。絶望的に下手《へた》なんだ」

仁心は恵快の包丁さばきを思い出し、「ですね」と言いそうになるのをどうにかこらえた。

「この包丁は右利き用ですから。住職は左利き用を使えばええんやないですか」

「え。包丁にも左利き用とかあるんだ？　ギターみたいだね」

恵快は驚いた様子だったが、買いたいとは言わなかった。

仁心はそんな恵快に頼んで、出汁《だし》用の昆布にハサミで切り目を入れてもらう。子どものお手伝いみたいだが、恵快は嬉々としてやってくれた。

鍋底に昆布を敷き、切った野菜をすべて入れると、それらがひたる程度まで水を注ぐ。さらに仁心は粗塩を目分量で振り入れ、カセットコンロの火をつけた。この調子や、と自分に言い聞かせる。料理をすれば、台所を知れる。台所を知れば、人と親しめる。人と親しめば、その寺に馴染める。仁心は高知で身につけた寺で生きるコツを、ここ岩手の鐘丈寺でも使おうとしていた。

野菜に火が通るのを待っているあいだに、仁心は箸が三膳出ていることに気づく。

「もう一人おるんですか？」

「うん。そこに座ってる。仁心君は見えないの？」

「ええっ」

仁心が飛びあがるのを見て、恵快は嬉しそうに笑った。

「仁心君、さては怖がりだね？　ふふ、冗談だよ。もうじき桜葉さんがやって来るんだ」

図星を指され、仁心は能面のような顔で鍋蓋を取る。野菜がよく煮えたのをたしかめてから、もくもくと白味噌を豆乳で溶き、まわし入れた。煮汁を小皿にすくって味見すると、黒胡椒《くろこしょう》をざりざりと振りかける。

「できあがりです」

仁心の言葉に、恵快は子どものように両手を突きあげ、やったーと喜んだ。仁心が「熱いですよ」とわざわざ注意して取り分けた厚揚げを一気に頬ばり、仰け反る。

「口のなか火傷《やけど》したみたい」

「いわんこっちゃない」

「でもいいんだ。おいしいから。おいしくごはんを食べられるのが、僕は嬉しいから」

恵快が本当に嬉しそうに言ったその言葉に、仁心の心はしんとする。思わず箸が止まったのを湯気の向こうから気取られないよう、仁心は鍋から新しい厚揚げをすくって、恵快の取り皿に入れてやった。

仁心が二度目のおかわりをしたところで、玄関の引き戸がひらく音がした。同時に大きな声が響きわたる。

「おばんでござんす」

「はーい」

新妻のようにいそいそ玄関へ出ていく恵快のあとに、仁心もつづいた。

土間に立っていたのは、黒のスーツを着た恰幅のいい高齢男性だ。もともとメラニン色素が多いのか、日焼けサロンにでも通っているのか、スーツの外に出ている肌も黒い。金色の腕時計がより黄金にかがやいているように見える。頭は恵快や仁心と同じくらい剃りあがっていたが、全体の風貌から剃髪よりスキンヘッドと呼ぶほうがしっくりきた。黒のスーツより紋付き袴のほうが絶対似合うと、仁心はこっそり思う。

「桜葉さん、お待ちしてましたよ。ほら、彼が木戸仁心君です。仁心君、こちら檀家総代の桜葉虎太郎《こたろう》さん」

「は、はじめまして」

恵快に背中を押され、おずおずと挨拶した仁心の声にかぶさるように、虎太郎が吠える。

「何度も会ってるじゃねえか、オンラインでよ」

「そ、そう――ですね」

虎太郎の迫力に押されてうなずいてしまったが、オンライン面談はほぼ顔だけしか見えていなかったので、ここまで恰幅がいいとは知らなかったし、虎太郎側のカメラに問題があったのか画質が終始粗く、肝心の目鼻立ちもぼんやりとしかわからなかった。質疑応答は事務的かつよそゆきのやりとりで、仁心に余裕がなかったせいもあり、虎太郎の人となりまでは伝わってこなかった。よって仁心は今、虎太郎にほぼ初対面の印象を抱いている。

面談のときの堅苦しさはどこへやら、虎太郎は革靴を脱ぐより先に、黒いネクタイをむしり取るようにして外した。仁心を完全に無視して、恵快に話しかける。

「いや、つかれた、つかれた。今日はつらかった。三会場フル回転だもんな。住職もおつかれさん。あ、雨漏りの件は業者さ連絡しといたから。一度、見積もりに来てもらって、あらためて護持会《ごじかい》で相談するべ」

どうやらさっき恵快が電話で話していた相手は、虎太郎だったらしい。靴を脱ぎ飛ばしてあがると、虎太郎は手に持っていた〝おくすり〟と書かれた白い紙袋を、恵快に突きだした。

「はい、二週間分。忘れねえうちに渡しとく」

「いつもありがとうございます」

恵快は頭をさげて恭《うやうや》しく受け取る。

「通り道だからよう、会社帰りに病院さ寄って薬もらってくるくらい、たいした手間じゃねえよ。んだども、病院の先生がそろそろ診療さ来てくれっつってた。次は住職が自分で行かねえと」

恵快は確約を避けるように、ふふふと笑って剃りあげた頭を掻いた。虎太郎は外したネクタイをくるくると案外器用に丸めてポケットにつっこみ、ちらりと仁心を見る。その眼光が鋭すぎて、仁心は思わず恵快の背中に半身を隠した。

「本当に来たんだな」

「は？」

「やっぱり住職なんて柄じゃねえですって、途中で辞退するかと思ってたが」

図々しく来やがってと言わんばかりの虎太郎に、仁心の心がざわつく。

「──え、だってあなたが、俺、いや私を採用してくださったんやろう？」

「事情が切迫してるなか、応募者一人しかいねがったんだもの」

虎太郎はあっさり内実を漏らし、仁心の頭のてっぺんから爪先までをじろじろ眺めまわした。

「面談ん時の雰囲気とだいぶ違ってら。たしか、年は二十五だったよな」

「そう——ですけど」

「そったなぶかぶかの服着て、顔も声も頼りねえから、大学生のバイト坊主かと思ったわ。あんた、あれだな。坊さんじゃなぐで、坊っちゃんだな」

虎太郎は口をへの字にして、仁心から目をそらす。太い指で白いシャツを第二ボタンまであけると、あーあ、んだから俺は直接顔見て面談してっつったんだと、これみよがしの大声で叫んだ。

ここに来ていきなりの逆風に、仁心はすっかり鼻白む。恵快が一向に気にしていない口調で、のんびり口を挟んだ。

「桜葉さん、まあそう照れずに」

いやいや、この人どう見ても照れてる感じじゃないだろ、百パーセント敵意剝きだしだろ、と冷めた目つきで虎太郎の黒光りする顔を眺めている仁心に、恵快は顔を近づける。

「仁心君もそんなに緊張しないで。誰が何と言おうと、君は今日からウチで働き、僕の死後、住職になってもらう大事な人なんだから」

「〝死後〟とか言うなや、住職。縁起でもねえ」

「あ、すみません。僕のなかでは予定の一つに過ぎないので、つい——」

恵快が何でもないことのように謝ると、虎太郎はようやく仁心に顔を向けた。ぎらぎら光るどんぐり眼《まなこ》に、仁心は十年経ってもいまだ僧侶という仕事に自信も思い入れも持てないでいる腹の底まで見透かされている気がしてくる。

「桜葉さんは、五香社《ごこうしゃ》という葬儀会社の社長さんをしてらっしゃるんだよ。僕の病気のことを知ってる唯一の檀家さんでもある。いろいろお世話になってます」

恵快の最後の言葉が自分に向けられると、虎太郎は分厚い胸板をそらした。

「仕事柄、お寺さんとの付き合いは密でね。持ちつ持たれつ、先代住職の頃から檀家総代を務めさせてもらってる。求人広告を出して、次の住職候補を探すなんて経験は、今回がはじめてだけどな。さて、吉と出たんだか凶と出たんだか――」

虎太郎は肩をすくめると、ぷいと顔をそむけて廊下を歩いていってしまう。仁心は呆然と見送りながら、恵快に小声で尋ねた。

「檀家さんって、みなさんああいう感じですか」

「そうだね。みんな、今生《こんじょう》を懸命に生きてる人達ばかりです」

恵快はにこにこうなずき、「一切衆生悉有仏性《いっさいしゅじょうしつうぶっしょう》。人はみんな、覚《さと》りに至る素質が備わっているんだ」と付け加えた。

「それって涅槃経《ねはんぎょう》の――」

生きとし生けるものはすべて仏としての種を持っている、という大乗仏教の教えだったはずと記憶を辿る仁心に、恵快はうなずく。

「日常で会う人はみんな、仏様の種だと思ってごらん。仁心君の気持ちや行動が変わるよ。そしてその変化は確実に、仁心君の生きる力になってくれる」

　無礼かつ失礼な檀家総代が今生のうちに仏の素質を磨きあげられるとは、仁心は正直さらさら思えなかったが、合掌して「はい」と言っておく。そして食堂に引き返す恵快のあとに重い足取りでつづいた。


　もう何度目のおかわりだろうか。仁心は豆乳のまろやかな煮汁がしみこんだ厚揚げとくったり煮込まれた野菜を、虎太郎と競うように取り皿によそって頬ばる。白味噌の甘い香りが鼻孔をくすぐり、いくらでも食べられる気がした。はふはふと湯気を吐きだす二人を、とっくに箸を置いた恵快がにこにこ見つめている。

　この鍋の下準備はすべて仁心がしたと恵快から聞くと、虎太郎は口をへの字にしたまま、ほぉんと唸った。缶ビールのプルタブを引っ張ってあけ、黙って仁心の前に押しだす。仁心も黙って頭をさげると、手酌でグラスに注《つ》いだ。それを見届けてから、虎太郎は恵快のほうを向いて話す。

「誰でも一つくらい特技があるもんだな。まあ、よかったんでねえの？　住職はてんで料理がわかんねえべ。おまけに食さ興味もねえときてるから、今まで檀家の奥さん連中が日替わりでおかず持ち寄ったりして、大変だったんだ」

「みなさんにはお世話になって――本当に感謝してます」

深々と頭をさげる恵快を手を振っていなし、虎太郎はビールをぐいとあおった。血走ったどんぐり眼がふたたび仁心を捉える。

「よお。坊っちゃんは、四国のどこから来たんだっけ？」

「高知です」

「ほぉん。お国言葉丸出しだな」

「桜葉さんに言われたくないですよ」

とっさに売り言葉に買い言葉で返してしまった仁心に、虎太郎はどんぐり眼をみひらいた。仁心は歯と白目がやたらまぶしい虎太郎の顔から目をそむけ、恵快を見る。

「そういえば、住職はちっとも岩手の言葉が出んね」

「ああ、住職はここの出身でねえから」

恵快より先に勝ち誇ったように答える虎太郎を無視して、仁心はまた恵快に尋ねた。

「ご実家はどちらに？」

「もともとは東京――だけど、もう家はないんだよ。両親を早くに亡くしたからね」

思いがけず聞いてしまった恵快の身の上に、仁心は言葉をなくし、「はあ」と曖昧な相槌を打つ。そんな仁心を逆に気遣ってくれたのか、恵快はおだやかな口調で話を戻した。

「仁心君はよくあの龍命寺から出る決心をしたね。ずいぶん引き止められたでしょう」

「龍命？　ああ。〝龍の髭《ひげ》〟で有名な、でげえ寺か」

虎太郎が目を剝いて驚く。前にいた寺の名はオンライン面談でも話したし、履歴書にも書いて送ったはずだが、聞き流されていたらしい。どうせ俺には端《はな》から興味もないし、期待もしていなかったんだろうと、仁心は冷めた気持ちでビールを口に含む。苦い。

「特に引き止められたりは——俺一人がいなくなったところで、あの寺の運営には何の問題もありませんから」

龍命寺は昔から、全国的に有名だ。本堂のご本尊といっしょに安置された〝龍の髭〟なる糸のかたまりのようなものに触ると、恋愛成就と不老長寿の御利益があるとされ、全国から参拝客が引きも切らなかった。いわゆる観光寺院で、働く僧侶の数も設備の規模と質も鐘丈寺とは比べものにならない。一方で鐘丈寺は檀家を持ち、彼らの葬祭供養を一手に引き受ける。敷地内には檀家が眠る墓地もある。同じ僧侶といっても、両寺の仕事内容は全然違っているはずだと、仁心は覚悟していた。

虎太郎は新しい缶ビールのプルタブを引っ張り、グラスには注がずにのみだした。やや据わりはじめた目を細め、仁心を射貫《いぬ》く。

「坊っちゃんは、でげえ寺の小僧でいるぐらいなら、ちいせえ寺の主《あるじ》になりてえんだろ。ほぉん。案外野心家なところがある」

おおむね図星だと、仁心は思った。ただ、自分を北国の寺まで運んできたのは、虎太郎が想像しているような野心とは少し違う。仁心もまた新しい缶ビールをあけた。缶から一気のみして、肩で息をつく。俺は、と話しだした声量が思ったよりあったらしく、虎太郎と恵快が顔を見合わせた。仁心はあわてて声を低くしようとしたが、言葉のほうが早く滑りだしてしまう。

「俺はただ、自分の家が欲しいだけや」

「家？　たしかに住み込みで働いでもらうげど、僧侶にとっての寺は職場だべ」

「細かいなあ。家でも職場でも何でもええき、とにかく俺は誰かの都合で追いだされたり、周りの空気を読んで出ていかんといけん場所はもうたくさんなんや」

胸にたまっていた言葉をすべて吐きだしてしまうと、仁心の頭の血がざっとさがってきた。虎太郎の顔つきから、仁心は自分が喋りすぎたことを知る。

「──あ、えっとだから俺、別にトップになりたいとか、主になりたいとかいう野心があるわけやないです。住職には長生きしてもらいたいって思ってます、本当に」

恵快は口を挟まず、仁心の必死の弁明を聞いていた。その顔は涼しげで、特に感情が揺れた様子はない。そして仁心が口をとじると、代わってのんびり言った。

「長生きを願ってもらえて嬉しいけど、僕の体感的には、まあ、お医者様の見立てどおりの余命一年ってところかな」

場がしんと静まりかえる。恵快が剃髪した頭を撫でて、ふふふと声をあげた。笑うところやないと仁心は思ったがすぐに、自分も三十八歳の若さで死に至る病にかかったら、笑いでもしなきゃ余命のゴールまでとても歩きつづけられないだろうと思い直した。

「冗談じゃねえ。俺の見立てだど、住職の余命はあと五十年はかてえからな。なんたって坊さんなんだからよ。仏様のご加護ってもんがあるべ。なっ。絶対ある」

虎太郎は自分に言い聞かせるようつぶやき、うんうんとうなずきながらビールを手酌でのみすすめ、ついには床に大の字になって寝てしまった。

肉づきがよくて鋼のようにかたい虎太郎の体を、仁心と恵快で両脇から支え、五香社のロゴがペイントされたワゴンの後部座席にどうにか押しこむ。つづいて恵快は当たり前のように運転席に座り、エンジンをかけた。

「仁心君、いっしょに来てくれる？　後ろで桜葉さんを見ていてほしいんだ」

「もちろんええですけど、いつも住職が送っていくんですか」

「桜葉さんにお酒が入ったときはね」

「気がまわらなくてすみません。俺がのまんでおりゃ、運転できたのに」

仁心が後部座席で桜葉を支えながら頭をさげると、恵快はバックミラー越しに目を細めた。

「いいんだ。僕はお医者さんに飲酒を止められててね、もう一生桜葉さんの酒の相手はできないから。仁心君がいてくれて、助かった」

〝一生〟という言葉を、悲しいくらいにあっさり使う。それは恵快が自分の生涯を見通せてしまっているからに他ならない。余命一年。鐘丈寺に来る前に聞いていたはずの恵快の命の期限を、仁心はここに来てようやく実感し、足元がぐらぐら頼りなくなった。

そんな仁心の心を知ってか知らずか、恵快は機嫌よく話しつづける。

「因果、因縁、縁起の道理。世の中のものはすべてつながってる。単独では存在できない。つまりはおかげさまだよね。みんな、できることとできないことがあって、できない部分は誰かのおかげで生きてるんだ」

「酒がのめる俺と、運転ができる住職」

「そうそう。そんなふうにね」

ふふふと笑って、恵快は口笛を吹いた。さっき食堂で聴いたメロディだ。仁心は顎《あご》で拍子を取りながら、恵快の体に仏教が溶けこんでいることに感心する。同時に、恵快が生きているあいだに、自分は到底そのレベルまでいけそうにないと不安になった。

車は広い道を駅とは反対方向に十五分ほど走ってから小道に入り、周りを田畑に囲まれた大きな家の前で停車する。車が五台くらい余裕で停められそうな広々とした敷地に、純和風の民家が建っていた。消し炭色の空の下、車のヘッドライトに浮かんだ日本瓦がぎらりと光っている。

車の停まった音に気づいたのか、室内の明かりがぱっとつく。ほどなく引き戸が音を立ててひらき、人影が現れた。つけっぱなしになっていた玄関灯に照らされ、少女だとわかる。

「千蓮《ちれん》ちゃん。桜葉さんのお孫さんだよ」

恵快が振り返って教えてくれた。今の今まで寝ていた虎太郎がむくりと起きあがり、血走った目で仁心をのぞきこんでくる。

「四月で高校二年になる箱入り孫娘だ。坊っちゃんには悪いが、寺の嫁にするつもりはねえ」

「あ、はい」

ため息まじりの返事をした仁心に、虎太郎はにこりともせず「冗談だ」と付け足した。恵快といい、虎太郎といい、この町の人の冗談は全然おもしろくないと、仁心は肩をすくめる。

「それと住職の病気のことは、他の檀家同様、千蓮もまだ知らねえ。今んどこ、住職と俺と坊っちゃんだけの秘密だ。気づかれんなよ」

「わかりました」

さすがにこれは冗談ではないだろう。仁心は真剣にうなずき、足が宙を搔いている虎太郎を後ろから支えて車を降りた。

千蓮はぱたぱたと足音を立ててまず運転席にまわりこみ、恵快に頭をさげる。

「じっちゃん、お酒のんじゃったんですね。すみません」

「お酒は、僕がすすめたんだ。今日は、ウチの新しいお坊さんの歓迎会だったから」

「あ、ついに来たの、新人さん」

千蓮はきょろきょろと見まわし、自分の祖父に肩を貸す仁心にやっと気づいたようだ。あわてて厚みのない体を折って挨拶した。近い距離で向き合うと、ずいぶん背の高い少女だと気づく。百七十三センチの仁心が目線を下げずに話せるくらいの位置に顔があった。顔がとても小さく、骨格も華奢《きゃしゃ》なので、威圧感はないが、百七十センチは超えているかもしれない。

夜の黒にくっきり浮かびあがる白い肌は、祖父の虎太郎の肌とは対照的だ。少し赤みをおびた丸い頰とこけしみたいなボブヘアとあいまって、いかにも雪国の少女といった印象を受ける。天賦のモデル体型を全然活かしきれていない幼さは、傍目にはもったいないが、身内は安心だろう。たしかに箱入り孫娘だな、と仁心は納得しつつ、簡単に名乗った。

肩を貸す人が仁心から千蓮に代わると、虎太郎は「ただいまあ」と声を張りあげる。千蓮はしっかりとアーチを描く眉をひそめ、はいはいと聞き流した。

仁心は祖父と孫娘の眉の形がよく似ていることに気づく。眉だけでなく、ひょっとしたら気質も似ているのかもしれない。少し警戒を強めた仁心の視線を受けて、千蓮は「仁心、さん？」とまだ耳慣れないであろう名前を口にした。ぎこちない口調で精一杯の感謝を述べてくれる。

「鐘丈寺に来てくれて、ありがとうございます。わたし、住職とじっちゃんが求人で苦労してたの知ってるから――嬉しいです。歓迎します」

「いや、俺は、礼を言われるようなことなんて何ひとつ――」

仁心は口ごもった。同僚とうまくいかず龍命寺に居づらくなると共に、僧侶という職業にも限界を感じてはじめた転職活動で、他業種の面接もたくさん受けたなか、「ウチに来てください」と言ってくれたのが鐘丈寺だけだったなんて、とても正直には告白できない。

千蓮は恵快に向かって笑顔を作る。

「住職、お弟子さんが来たら、少しは時間が取れるでしょう？　今度、相談のってください」

「もちろんのるよ。時間がなくてものるさ。あ、でも千蓮ちゃん、仁心君はべつに僕の弟子じゃないよ」

じゃあ何？　と首をかしげる千蓮に、恵快は朗らかに言いきった。

「鐘丈寺の仲間です」

こっそり耳をそばだてていた仁心はむせてしまう。仲間という空々しい言葉を、ここまであたたかく響かせられる恵快に驚いた。

千蓮は自分に身を委ねて船を漕ぎはじめた虎太郎の体を懸命に支えつつ、そっかそっかとうなずく。虎太郎の身幅の半分にも満たない華奢な千蓮を気遣い、仁心は声をかけた。

「一人でだいじょうぶ？　お家《うち》の人を誰か呼んだら？」

えっ、と千蓮が困ったように目を泳がせた。寝ていたはずの虎太郎がぴくりと腕を震わせ、顔をあげる。阿修羅も逃げだすレベルのおそろしい形相だ。仁心はわけがわからない。

「一人でだいじょうぶだよ。それに、この家にはじっちゃんとわたししかいねえから」

ワンクッション置いたあと、千蓮はさばさばと答えてくれたが、仁心と目を合わせようとはしなかった。無理にあげたらしい口角が、ひくひくと震えている。虎太郎の血走ったどんぐり眼は圧を強くして、今にも焼き殺されそうな視線が仁心に突き刺さってきた。

仁心がおおいにうろたえ、目を泳がせていると、恵快からのんびりした声がかかる。

「そろそろ帰ろうか、仁心君」

誰もがその言葉にすがるように顔をあげ、「おやすみなさい」と言い合った。

帰りは車がないので、歩きだ。桜葉家から鐘丈寺までは、徒歩三十分ほどだという。電車と飛行機を駆使した長旅の当日に、駅から鐘丈寺そして桜葉邸から鐘丈寺と、合計一時間以上のウォーキングを課せられた仁心は、膝が笑いっぱなしになっているのを感じつつ、恵快と並んで歩いた。

街灯は少なく、圧倒的に暗い道がどこまでもつづく。一歩踏みだすごとに、両脇の森林から、木々の黒いシルエットが生き物のように迫ってきた。人なのか獣なのかわからない鳴き声が響き渡り、仁心は闇の奥で自分達を見つめる視線まで感じはじめる。

ふだんなら怖くて大騒ぎするところだが、今夜の仁心は恐怖を上回る自己嫌悪に打ちひしがれていた。

「俺、桜葉さんトコで失言してもうたんですよね」

「失言ではないよ」

「そやけど――」

「あの日に亡くなったんだ」

恵快は少し息を切らしながら、千蓮の母親であり、虎太郎の娘だった女性が東日本大震災の犠牲になったことを教えてくれた。

「このあたりの被害はマシなほうだったらしいけど、それでもね、無傷じゃいられない」

鐘丈寺の山門も潰れたと聞き、仁心は二本の石柱がぽつんと立っているだけの鐘丈寺の入口を思い出す。うつむいて、暗い道を歩く自分の足元を見つめた。景色とともに生活や人生が一変した過去が、この地にはあるのだと思い知る。いつもと変わらぬ朝に「いってきます」「いってらっしゃい」と手を振り合ったのが最後の会話になった親子が、何組いたのだろう。仁心は東日本大震災という字面と津波の映像を一般常識として知っているだけの自分が、ことさらよそ者に感じられた。

仁心君と呼びかけられ、仁心はやっと顔をあげる。隣で恵快が腰をかがめるようにのぞきこんでいた。

「死は特別なことじゃないよ」

僧侶であり余命を知る者でもある恵快が言うと、重みが違う。仁心は背筋を伸ばして、次の言葉を待った。

「だからこそ、誰もが誰かの死を抱いて生きている。死はどれも違っていて、どれも尊く、せつない。僕ら僧侶はそのことさえ胸に刻んでおけばいいと思うんだ。いろんな人の死に、頻繁に接する仕事だからこそね」

「はい」

仁心は恵快の言葉を心の深い位置で受け止め、うなずいた。

歩きはじめて二十分ほど経つと、恵快の息づかいがますます乱れてきたのがわかった。胸をおさえて呼吸するたび喉が鳴り、明らかに苦しそうだ。着物の袖口からのぞいた手首の痣が、刻印のように黒々とかがやき、仁心はどきりとさせられる。

「だいじょうぶですか。苦しいなら休憩しましょうか。あ、タクシーを呼べば――」

「ゆっくり歩いていけば問題ないよ。だいじょうぶ」

恵快は笑顔で言う。その顔色が白いのか青いのか、闇のなかではわからなかった。

「緩和ケアを選択して対症療法でやってるから、体はまだそこまでつらくないんだ。体力も残ってる。おかげで法要も日常業務も滞りなく執り行える。ぽっくりとは逝かないと思うから、安心してね」

「はあ」

頼りない返事をする仁心に、恵快は合掌して静かに告げた。

「世の中には、予期できない突然の死が溢《あふ》れてる。そんななか僕は、臨終までの時間を明確にしてもらったんだ。ありがたいと思う。せっかくだから、いろいろ準備してから逝くよ」

そのあと、恵快は自分の言葉どおり、鐘丈寺までゆっくり歩ききった。一時間近くかかったが、笑顔のまま山門に辿り着く。そして仁心がそのままなかに入ろうとするのを、手で制した。

「ちょっと待って、仁心君。僕から先に入らせてもらっていい？」

「あっ、すみません。もちろんです」

礼儀の問題かとあわてて後ろにまわった仁心に代わって、恵快は大股で山門をくぐり、しだれた萩の低木に覆われた敷石に足をかける。そのまま後ろを振り返り、かぼそい明かりの下でにっこり笑った。

「おかえり、仁心君」

なんや、これが言いたかっただけかと肩すかしを食らいつつも、仁心の心はふわりと軽くなる。一足早い北国の春を胸いっぱいに吸いこんで恥ずかしさと照れくささをおさえこみ、小さな声で返した。

「ただいま、です」

夕闇花の咲くまでに

その電話がかかってきたのは、四月がはじまったばかりの平日の朝だった。

鐘丈寺に来て二週間そこそこの仁心は、お勤めの手順、建物の間取りや鍵の種類、掃除道具や生活必需品の在処など、日々の習慣に組みこまれた諸々はひととおり頭に入れたもののの、まだ不慣れなことも多い。なかでも電話応対には毎日苦戦していた。

なんせ鐘丈寺の檀家の数は二百五十をくだらない。電話口の向こうで親しげに名乗られても、たいていは顔もプロフィールも浮かばず、ぎこちない会話になった。「住職いないの?」と早々に話者交代をせがまれることも少なくない。なかにはそれでも親しげに話してくれる相手がいて、古くからの檀家なんだろうとありがたく拝聴していたら、最終的に浄水器を売りつけられそうになった。

だからその朝も鳴り響く電話をできれば無視していたかったが、そうもいかない。梵鐘《ぼんしょう》を撞くため寺務所を離れていた恵快に代わって、仁心はしぶしぶ受話器を取りあげた。

──ヒカリピーのお墓って、こちらのお寺にありますか。

　名乗りもせず、挨拶も前置きもない電話の声の主は若い男性で、やけに切羽詰まった調子だ。仁心は丁寧に聞き返した。

「恐れ入ります。ヒカリピーとはどなたかの俗称ですか？　本名はおわかりですか？」

――ぞく？　ぞくしょ？　いや、よくわかんない。ひらがなで〝ひかり〟にアルファベットの〝P〟。ひかりPはひかりPでしょ。本名は知らない。

そのあともやりとりをつづけたが、どうにも埒《らち》が明かず、先に音を上げたのは向こうだった。

――あ、もういいです。すみませんでした。

仁心が口をひらく前に、電話はブツリと切れる。疲れがどっと押し寄せた。

「何やったんや、一体」

思わずそうつぶやいてしまうほど奇妙な電話だったが、朝食の支度や庭の木々の手入れや墓参りに来た檀家の応対やらで忙しく働いているうちに、忘れてしまった。

仁心が思い出したのはその晩のこと、恵快といっしょに夕飯を食べていると、電話が鳴りだした。腰を浮かせた仁心を制し、恵快が寺務所まで走ってくれる。戻ってきたのは、だいぶ時間が経ってからだ。鴨居にぶつかるほどの高さにある頭を、慣れた調子でひょいと縮めて食堂に入ってくるやいなや、恵快はゆで卵のような顔を仁心に向けて尋ねた。

「ねえ、仁心君。ヒカリピーさんって知ってる？」

あ、と思わず声が出る。聞けば、恵快も仁心と同じく、ひかりPの墓の有無を尋ねられたらしい。朝の電話の主がもう一度かけてきたのかと思ったが、恵快の相手は若い女性だった。

「僕、なんか気になってね、このあたりのお寺さん何軒かに電話してみたんだ。そしたら、やっぱりどこも、似たような電話が今朝から何本もかかってきてるみたいで」

「間違い電話やいたずら電話ってわけじゃなさそうですね」

仁心はふと思い立ち、作務衣のポケットからスマートフォンを取りだした。「ひかりP」と検索窓に打ちこんでみる。二十万件以上のヒットがあり、訃報の記事が上位にきていた。そんなに有名人だったのかと驚く。目を引いた画像をクリックすると、整いすぎた顔立ちの青年がスマートフォンの画面いっぱいに表示された。傍らからのぞきこんでいた恵快が「イケメンだねえ」と感嘆の声をあげる。

「美しすぎますよ。これ、ＣＧや」

「そうなの？　本物の人間にしか見えないなあ」

仁心は散見するひかりＰのプロフィールを掻き集め、うなずいた。

「ひかりPは覆面クリエイターとでも言いますか、公の場に姿を現したことがのうて、この美形CGはインタビューやSNSで発信するときの仮の姿みたいです」

「へえ。そんな有名クリエイターさんが亡くなっていたんだね」

「はい。昨日発表があったみたい」

仁心はニュース記事を表示して、恵快に見せる。

「人気ゲームクリエイターひかりPさん(本名・年齢非公表)が先月三十一日、脳幹出血のため都内病院で死去。告別式は近親者で行った――」

恵快がそこまで読みあげたところで、仁心はふたたび検索結果画面に戻り、目についたひかりPのインタビューページに飛ぶ。〝仲間も敵も利用して生き抜け〟という大きな見出しが躍った画面の右下に、小さくプロフィールが載っていた。

「あ、やっぱり。ひかりPの出身は岩手県だって出ちゅう。逆にいえば、出身地くらいしか情報がない人です」

「じゃあ、熱烈なファン達がひかりPのよすがを求めて、出身地の寺に片っ端から電話してるってこと?」

恵快はなで肩を下げて、戸惑ったように尋ねた。着物の上からも細さが伝わってくる体が、ゆらゆら揺れている。

「よほどコアなファンを持つゲームを作っちょったんでしょう」と仁心はしたり顔でうなずいてみせたが、正直よくわからない。子ども時代にゲームを買ってもらえず、十五歳で仏門をくぐったあとは、ゲームで遊ぶ習慣のないまま現在に至っている。ひかりPのプロフィールに書かれていた、ヒット作かつ話題作らしいゲーム『夕闇花《ゆうやみばな》の咲くまでに』のことも、何も知らなかった。

次の日以降もひかりPの墓の有無を尋ねる電話はかかりつづけたが、一週間をすぎるとめっきり鳴りをひそめ、ふたたび檀家や付き合いのある業者からの電話ばかりになった。それでも、この人の墓にお参りしたいと他人に思わせるカリスマ性を持った人物の存在は、仁心の心に強く刻まれた。

だからだろうか。本堂の切れた電球を買いに、電車で隣駅にあるショッピングモール内の家電量販店まで来たとき、仁心はゲームソフト売場を素通りできなかった。

平日の午前中という時間帯だったため、売場は空いている。レースゲームの試遊台でひとり遊んでいる制服姿の少女が、やけに目立っていた。

ゲームソフトの並ぶ商品棚に急いでいた仁心の足が止まる。

「マジか」

声をあげてしまった理由の一つは、少女のプレイがあまりに上手だったからだ。華麗なドリフトを繰り返し、ぶっちぎりの一位をかっさらっていく疾走感に、仁心は胸がすっとした。

もう一つの理由は、少女のスタイルがあまりに完璧だったからだ。すらりと背が高く、姿勢がよく、ボブカットの頭は小さく、拳ほどの大きさしかないように見える。典型的なモデル体型にまとった制服はコスプレのよう。こんな女子高生は、町に二人といないだろう。

「千蓮ちゃん?」

仁心がおっかなびっくり呼びかけてみると、少女はびくりと背を震わせ、コントローラを握りしめたままゆっくり振り返った。やはり本人だ。

「誰?」と露骨に警戒されてしまう。仁心は私服で外出していたことを思い出し、あわててキャップを脱いだ。

「鐘丈寺の仁心です。このあいだはどうも」

「ああ、新しいお坊さんか」

あの気まずくなった夜以来、二回目の対面となる千蓮は「じっちゃんがご迷惑おかけしました」と丁寧に頭をさげてくれる。ふたたびあげた顔には、いたずらっ子のような笑みが浮かんでいた。

「仁心さんって、お寺の外ではいつも私服なんですか？　わたし、ヒップホップ系のお兄さんに絡まれたかと思っちゃった」

「ごめん。衣や作務衣姿で電車に乗る勇気がのうて――」

周囲の目を気にしてすぐにキャップをかぶり直す仁心を、千蓮は不思議そうに見ていたが、「ていうか」と砕けた口調になる。

「仁心さん、なんでこったなところにいるの？」

「本堂の電球が切れたき、買いにきたんや。千蓮ちゃんこそ、なんでいるが？　学校は？」

「もう終わった。午前授業だったんだ」

千蓮はスマートフォンで時刻を確認しながら答える。

「そうなんや。えらいゲームの上手《うま》い女子高生がおるなあって、見惚《みと》れてしもうたわ」

仁心が笑うと、千蓮は硬い表情のまま丸い頬をきゅっとすぼませ、首を振った。

「たいしたことないです。わたしより上手《うめ》え人はいっぱいいる」

「そうか？」

「ん。やっぱり好きこそ物の上手なれだから」

「千蓮ちゃんだって、好きやからゲームしちゅうんやろ？」

仁心が何気なくした質問は、またもや千蓮の心のやわらかい部分を土足で荒らしてしまったようだ。千蓮はアーチを描く眉を吊りあげて仁心を見返し、低い声で言い放つ。

「好きじゃない。ゲームもテレビも勉強もＳＮＳもスポーツも好きじゃない。好きなものが見つからねえから、困ってるんです」

「そ、そうか。ごめん」

目を泳がせて謝る仁心を見て我に返ったのか、千蓮は明るい口調に戻って聞いてくれた。

「仁心さんは？　ゲーム好きなんですか？」

「や、実はほとんど遊んだことのうて。でも——」

仁心が『夕闇花の咲くまでに』というゲームに興味があると打ち明けると、千蓮の目がまん丸にみひらかれる。ひらかれただけでなく、きらきら光った。丸い頬が紅潮し、言葉が溢れだす。

「マジで？　仁心さん、『ヤミバナ』やりでの？　あの〝泣けるバトロワ〟を」

「ばとろわ？」

その鸚鵡《おうむ》返しで、仁心が何もわかっていない初心者だということは十分伝わったらしい。

千蓮は呼吸を落ち着かせると、バトロワがバトルロイヤルゲームの略称で、「要は大人数の乱戦」だと教えてくれた。

「なんか、すごく殺伐としちゅうゲームみたいやね」

「ん。喧嘩《けんか》上等でぼっこぼこにしまくり。なのに泣げでしまうから、話題になったんだよ、『ヤミバナ』は」

喋りながら、千蓮はゲームソフトの置かれた商品棚の前に移動し、立ったりしゃがんだりして探してくれたが、見当たらないようだ。仁心はひかりPの名前を出してみる。

「『ヤミバナ』を作ったひかりPってクリエイターが、最近お亡くなりになってね」

「あ、そうそう。わたしもネットニュースで読んだ。仁心さん、それで『ヤミバナ』のことを知ったんだ」

千蓮はゲームソフトを探すのに気を取られていた。そのゲームがいくら好きでも、それを作った人にまで興味はないのだろう。仁心は「まあ、そんなところ」とうなずいておく。

千蓮は頭を掻いて、仁心のほうへ向き直った。

「残念。見つかんね。ちょっと前のゲームだからなあ。新作さ場所を譲っちゃったかも。または、仁心さんみたいにひかりPの訃報で興味を持った人が買ってっちゃったか」

「そうか。探してくれてありがとう」

「ダウンロード版もあるけど、わたしのソフトでよかったら『ヤミバナ』貸しますよ」

仁心が躊躇《ちゅうちょ》するのを見て、千蓮はつづける。

「ていうか仁心さん、はじめてゲームソフトを買うってことは、ハードも持ってないんでねえか？」

「あっ、ハードもいるのか。寺務所のパソコンじゃできん？」

「できませんよ。ハードもソフトも揃えるってなると高《たけ》えから、ウチので試しに遊んでみたらどうですか。気に入ったら、一式買えばいい」

いや、檀家総代の家にゲームしにいくっていうのも、と口ごもる仁心だったが、千蓮は「無駄遣いはやめときましょう」ときっぱり押し切った。

家電量販店での用事が済み、仁心は千蓮と連れ立って駅まで戻る。駅前の花壇の片隅にある小さなオブジェが、ふと目に留まった。時計の形をした真新しいオブジェだ。伸びあがってのぞきこむと、時計の針は二時四十五分を過ぎたところで止まっていた。

「十四時四十六分。あの地震さ忘れず、未来の教訓にしようって建てられたみたい」

「記念碑か」

「この辺はこったなのがたくさんあるよ。ウチらのほうと違って海さ近《ちけ》えから、津波も来たし」

千蓮の声はくぐもってどんどん低くなり、しゃんと伸びていた背筋も丸くなる。最後は、小さな前歯で下唇を噛んだ。

仁心がかける言葉を探しているうちに、千蓮はぱっと顔をあげる。その丸い頬には赤みが戻っていた。

「そうだ。ウチさゲームしに来るとき、ぜひ住職も誘ってください。じっちゃんも入れて四人揃えば、チーム戦だってできる」

つるつるの頭が三つ並んでコントローラを握る図を、仁心はとっさに思い浮かべてしまう。苦笑いでうなずくと、千蓮もうなずいた。

「じゃ、わたしはもう少しぶらぶらしてこうかな」

一人にしてほしいという声が聞こえた気がして、仁心は「それじゃここで」と手をあげる。千蓮はほっとしたように、胸の前で小さく手を振り返してくれた。

仁心が寺に戻ると、ちょうど電話が鳴りだした。スマートフォンで時刻を確認し、恵快は法要の相談に来た檀家と客殿にいる時間だと思い出す。俺が取るしかないかと、仁心は電話への苦手意識をぬぐえないまま寺務所に駆けこんだ。

「もしもし――」

――おたく、ショジョジさん？　岩手にある？

がなるような大声に、仁心はあわてて受話器を耳から離した。マイクによるアナウンスやにぎやかな音楽が声の背後から聞こえてくる。パチンコ店の近く、いやこの音量からすると店内からかけているらしい。つられて、仁心の声も大きくなった。

「はい。鐘丈寺です」

――よかった。あのね、おたくに天道《てんどう》っつう檀家がいるでしょ。

「天道さん――ですか」

――何だよ。すぐにわかんねぇの？

「いえ。個人情報の問題で」

――あぁっ？　教えられねぇってか？　こっちは人助けのつもりで動いてんのに、不審者扱いすんな。

いきなり怒鳴られ、仁心はさらに受話器を耳から遠ざける。心底うんざりした。怨憎会《おんぞうえ》苦《く》――嫌な人と会わねばならない――仏教で説かれる八つの苦しみの一つだ。世の中どうせ四苦八苦、苦しみだらけと心のなかでつぶやきながら、仁心はパソコンを起動し、過去帳と呼ばれる亡くなった人のリストと檀家名簿を同時にひらく。

――おたくの寺に永代供養してもらってる天道マサミチとヒロミって夫婦の墓があるはずなんだよ。交通事故でいっぺんに亡くなったらしいから、二人の命日は同じ。いいから調べてみろ。

過去帳には亡くなった者の死亡年月日や俗名や喪主なども明記されている。一軒しかない天道姓の檀家の欄を見ると、たしかに天道正満《まさみち》と妻の宏美《ひろみ》が同年同日に亡くなっていた。

「まことに失礼ですが、あなた様は――」

――親戚だよ。遠い親戚。遠すぎて天道家の誰とも交流なんてなかったけど、たまたま東京に住んでたもんだから、今回コータ君の骨を託されちまった。

仁心は過去帳の喪主の欄に光太《こうた》という名前を見つける。夫婦の嫡男となっていた。

「〝骨〟って――光太さんもお亡くなりに？」

――そうだよ。まだ若いのに。お家断絶ってやつだ。ほんじゃ近々仏さん送るんで。納骨しといてくれる？

「え。ちょ、ちょっと待ってください。〝仏さん送る〟ってどういうことやか？」

泡を食った仁心に対し、相手は一刻も早く電話を切りたそうに早口で言った。

――〝送る〟は送るだよ。遺骨専門の宅配業者があってね、そこに頼めば、責任持って送り届けてくれるっつーから。あ、ちゃんと火葬は済んでるから、安心して。

「はあ」

――コータ君は東京に来てずいぶん長かったみたいだけど、ゆっくり眠るならやっぱり故郷の菩提寺《ぼだいじ》でしょ。

故人とは生前一度も会ったことがないという電話の相手だが、光太が両親を亡くし、兄弟もなく、交流のある親族もいない、天涯孤独の身だったことは、関係者から聞かされて知っていた。

「あ、金の心配ならいらないよ。コータ君はずいぶん羽振りがよかったみたいでね。こっちで出した初七日法要を含めた葬式代は、本人の残した金を遣わせてもらった。そっちの費用も遠慮なく言ってちょうだい。俺が振り込むから」

どうやら一度も会ったことのない遠い親戚の遺産をちゃっかり手にしたらしい。後ろでジャラジャラ鳴っているパチンコの音を聞きながら、仁心は胸にコンクリを詰められている気分になった。じゃあよろしくと今にも電話を切ろうとする相手をどうにか呼び止め、納骨に立ち会えないものかと聞いてみる。

――岩手まで行くの？　俺が？　無理、無理、無理、無理。こっちも忙しいんだから。葬式出しただけでも感謝してよ。

「では今、住職を呼んでまいりますので、あらためてご遺骨の送付手順や今後の連絡についての打ち合わせなどを――」

仁心の話している途中で、電話の向こうが一段と騒がしくなった。パチンコ台の派手な演出音が響きわたる。

——おっしゃ、激アツ！　あ、悪い。ちょっと手が離せなくなったんで、いったん切るわ。あとはまた、おいおい。

「おいおいって、ちょっと待って。まだ——」

あなたの名前も連絡先も聞いてないと、仁心がつづける前に電話は切られてしまった。


夕方近く、檀家の相談事を聞き終えて寺務所に戻ってきた恵快に、仁心はさっきの電話の一部始終を報告する。パソコン画面に過去帳を表示して、「この天道さんです。お亡くなりになったのは、光太さんだそうで」と指さした。

恵快は両親の葬儀の際、喪主として出席した光太を覚えていた。

「葬儀の日もお仕事があるとかで、ギリギリにやって来て、ろくにお話もできないうちに、また東京にトンボ帰りしていかれましたね」

「両親を突然の交通事故で亡くしても、仕事は普通にこなすってすごいな」

仁心の「すごい」には、何も両親の葬儀の日まで仕事しなくても、という呆れが含まれる。恵快は仁心の顔をまっすぐ見返し、「無念だったと思います」と痛ましそうに言った。

「無念？」

「光太さん、たくさん稼いで、早くご両親にお家を建ててあげたかったそうですから」

仁心が全然ピンときていないことに気づいたのか、恵快はつづけて話してくれた。

「あの地震で天道さんの実家は全壊し、ご両親は仮設住宅に入られたんです。光太さんは東京に呼び寄せたかったみたいですが、慣れない土地は嫌だとご両親が断ったそうで」

日常会話にひょっこり顔を出した震災の話題に、仁心ははっとする。高知にいたときは三月十一日以外思い出すこともなくなっていた天災が、この土地の暮らしのなかでは何かにつけて引っ張りだされる。まだまだ過去になっていない。

「この町には仮設が建たなかったので、天道さんご夫妻は遠くの町の仮設住宅から毎日一時間半かけて、二人の職場があるこの町まで通っていました」

「大変ですね」

「ええ、大変だったと思います。お二人とも生まれも育ちもこの町の人だったから、慣れない仮の家や周囲の環境で疲れもたまっていたのでしょう。車で通勤中、雪にハンドルを取られて――七年前の二月でしたね、たしか」

恵快はそっと目を伏せ、過去帳で日付を確認した。仁心は呻く。

「それはもう――震災で亡くなったようなもんやないですか」

あの三月十一日からどれだけ時間が流れようと、震災の死と呼ぶべきものはつづいているのかもしれない。

「親戚とは縁が切れてるって生前ご夫婦がおっしゃっていて、実際彼らの葬儀の参列者も息子の光太さん一人でしたが、そっか、遠いご親戚はいらっしゃったんだねえ」

恵快の言葉で、仁心は我に返る。同時に、例の非常識な「遠い親戚」との会話を思い出し、向かっ腹が立ってきた。

「本当の親戚かどうか怪しいものや。〝あとはまた、おいおい〟って言ってたけど、あの人、ぜったい連絡くれんと思います。匿名で骨壺だけ送られてきたら、どうすればええんでしょう？」

「どうして？」

質問に質問で返され、仁心は「どうして、って」と言葉を詰まらせた。恵快はつるんとしたゆで卵のような顔で電話を見て、次に仁心に視線を移すと、素朴な口調で問いをくり返す。

「どうして、その人は電話をくれないって思うの？」

「それは――さっきの電話、向こうの言葉の端々《はしばし》が適当というか胡散臭《うさんくさ》いというか――」

説明の途中で、仁心はたまらず口をつぐんだ。これじゃただの悪口だと、ようやく気づく。自分がずいぶん醜い人間に感じられ、気まずくなった。そんな仁心を恵快は目を細めておだやかに見つめたまま、ゆっくり口をひらく。

「未来を見れば、不安になる。過去を見れば、後悔する。今だけを見るといいよ、仁心君」

「今――ですか」

「相手のかたは仁心君に〝あとはまた、おいおい〟って言ってくれたんでしょう？　今は、それだけでいいじゃない。あれこれ先を想像して、勝手に悲観する必要はない」

逆に楽観して期待しすぎるのも意味ないしね、と恵快は付け足し、次の応対は自分にまわしてくれるよう頼んだ。仁心はそれでもまだ電話相手への不信感をぬぐえずにいたが、「はい」と返事しておく。間を置かず、机の上に置かれた電波式腕時計のアラームが鳴った。恵快はその腕時計をはめながら立ちあがる。

「四時五十五分だ。ちょっと行ってくる」

恵快は鐘楼堂へ出向き、五時ちょうどになるのを待って梵鐘を撞いた。お腹の底を震えさせる音が、一度だけ町内に響きわたる。その残響を味わいながら、仁心は本堂へ出向き、恵快が来るのを待って、夕方のお勤めを済ませた。

お勤めのあとに、恵快が仏前に供えてあったカゴいっぱいの筍《たけのこ》を指さす。

「相談にみえた檀家さんからいただいたんだけど、今夜のおかずにどう？」

「いいですね」

歓迎会の翌日から、鐘丈寺の台所を預かっている仁心は目をかがやかせた。恵快はじゃあよろしくねと黒い着物の裾をひるがえし、寺務所へ戻っていく。たまりがちな事務作業を進めておきたいのだろう。お金の計算や文書の作成がことごとく苦手な仁心は、いずれそれらの事務作業も自分一人でこなさねばならないかと思うと、気が遠くなった。

独身男二人の台所事情を気遣ってか、筍はすでに茹でてあくが抜いてある。仁心は本堂から庫裏に戻り、台所までの長い廊下を歩きながら、このたくさんの筍をどうやっておいしく食べようか、考えをめぐらした。

――冷凍庫に油揚げがあったよな、たしか。

それと野沢菜の残りで炊き込みご飯にして、あとは数日前にやはり檀家からもらった生わかめといっしょにすまし汁なんかはどうだろう？　筍のバターソテーを主菜にすれば、筍づくしのできあがりだと、献立を組み立てていく。

筍の皮は茹でてから穂先と根元を握り、ひねるようにして引き抜くと、一息に剝くことができる。これは龍命寺ではじめて筍を調理したとき、ネットで調べた知識だった。あのときは自分であく抜きもしたが加減がわからず、筍にずいぶんえぐみが残ってしまった。それでも、住職を筆頭に僧侶の先輩達がみんな「仁心は料理ができるなあ」と感心してたいらげてくれた。今でも覚えている。大きな観光寺である龍命寺の大勢の僧侶達から「こいつは使える。ここにいてほしい」とはじめて思ってもらえた気がした。

一時間後、夕飯ができたので呼びにいくと、恵快は寺務所で電話中だった。仁心がドアをあけたまま待っていると、恵快は電話に向かって細い腰を曲げて頭をさげ、丁寧な挨拶とともに電話を切る。仁心に振り返り、細い目の目尻をぐっとさげて笑った。

「木原さんと話し合って、骨壺ごと送ってもらうことにしたから」

「きはらさん？」

「例の、天道光太さんの遠い親戚から電話があったんだ。お名前聞いてなかった？」

自分のコミュニケーション不足を指摘されたようで、仁心はうつむく。恵快はそれ以上追及せず、話をつづけた。

「納骨を含めた以降の法要は鐘丈寺でやってほしいと、木原さんから委任されたのでお受けしたよ。まあ、光太さんの一周忌には、僕はもういないかもしれないけど」

ひやりとする予想を淡々と付け足した恵快に「その場合は仁心君、あとをよろしく」と頼まれ、仁心はあわてて顔をあげた。

「そんな――」

次の言葉がつづかない仁心の肩に、恵快は手を置く。心地よい重みをかけてくる。

「木原さん、ちゃんと連絡をくれたね」

「――そうですね。すみません」

仁心は木原へのひどい決めつけを素直に詫びる。恵快はにっこり笑って、「ごはんにしよう」と筍のにおいが満ちた台所へ向かった。

＊

天道光太の遺骨は、ゴールデンウィーク前に無事到着した。

恵快が骨壺を受け取り、本堂内陣《ないじん》の裏側に置かれた位牌棚の一番下に収める。位牌棚には文字どおり檀家の位牌が並んでいるのだが、希望すれば、葬儀のあと納骨を待つあいだの遺骨も置いておける。内陣というのは、ご本尊や各仏像が祀られた須弥壇《しゅみだん》のある仏の世界だ。その真裏なら死者の魂も十分安らげるだろう、少なくともこの世に残された人間はそう考えると、恵快が話していた。仁心から見ても、生者と死者の気配が等しく感じられるここは、身寄りのない魂の一時的な宿泊所としてふさわしく思えた。

思い返せば、光太は実にいいタイミングで故郷に帰ってきたと言える。このあとすぐ、ゴールデンウィークに備えて、恵快も仁心も忙しくなってしまった。一日到着が遅れていたら、わざわざ位牌棚の前で会ったこともない檀家に思いを馳せ、手を合わせる余裕は、仁心にはなかっただろう。

遠くに住む身内が帰ってきやすい大型連休に合わせて、法事を申しこむ檀家は多い。お盆や春秋のお彼岸に比べたら少ないが、鐘丈寺には今年もたくさん電話がかかってきた。親族がお寺に集まって行う家、親戚一同が集まる本家に僧侶を呼ぶ家、檀家それぞれの事情と希望にそって、恵快はできるかぎり柔軟に対応する。恵快のいないときは、必要にかられて仁心が、電話口で檀家の相談にのった。おのずと電話恐怖症も改善されていく。

連休中日《なかび》、仁心が電話応対をそつなく終えて、法事に出かける恵快の身支度を手伝いに戻ると、深紫の衣に緋色の袈裟をつけた恵快が微笑《ほほえ》んだ。

「仁心君もすっかり鐘丈寺の僧侶が板についてきたね」

「まあ、ぼちぼちと」

「よかった。お盆の法要からは、仁心君メインでやってもらうかもしれないし」

恵快との会話は、彼の人柄のおかげでおおむねいつも和やかだったが、ときどきこうやって〝死〟というものの刃先がのぞき、仁心をひやりと突いた。

恵快の背が高すぎるゆえ短めになりがちな着丈を調節すべく、仁心は腰紐を低い位置で結んでやりながら、「そんなこと言わんでくださいよ」と泣きそうな声で抗議する。腰紐を締める力まで強くなってしまったようだ。恵快は細い腰を折って腕をばたつかせ、ふふふと笑った。あらわになった左手首の赤黒い痣が、笑い声と共に揺れる。

「言っても言わなくても、僕の余命は変わらないからなあ」

その言葉は死を覚悟しているというより待ち望んでいるようにも聞こえ、仁心は笑えなかった。

午前と午後に一件ずつ入った法事に出かけていった恵快を見送り、仁心は食事の後片付けと洗濯を済ませる。そのあと熊手を抱えて、竹林に入った。

本堂や庫裏の後ろにそびえる広大な竹林は、鐘丈寺の墓地へつづく通路の役割を担う。また、「裏の竹林こそ鐘丈寺の庭」と言って憚《はばか》らない檀家もいるくらい、風光明媚《ふうこうめいび》な眺めを誇る。林の中に休憩所として茅葺き屋根の東屋《あずまや》があるのは、檀家から「ゆっくり竹林が見たい」という要望があり、寄付も集まったからだと恵快が話していた。寺を預かる身としては、檀家の楽しみを奪ってはいけない。仁心は青い竹が木漏れ日を作る清涼な眺めを保つべく、落ち葉かきや古い竹の伐採など、こまめな手入れを欠かさないよう心掛けている。

午前中いっぱいかかって、大きなゴミ袋三つ分の落ち葉を集めた。それらを庫裏の近くに設けたゴミ置き場に運んでいるあいだに、一人の男性が挨拶もなくすうっと竹林に入っていくのが見えた。

ゴールデンウィークで帰省した人が親族のお墓参りに来たのだろうと、仁心は特に気に留めずにいたが、昼休みを挟んで竹の根元の色をチェックしたり、東屋のテーブルやベンチを拭いたりと忙しい時間を過ごすなか、先の男性が一向に墓地から引き返してこないことに気づく。

——幽霊、とかじゃないよな。

そう思ったとたん腰から下の力が入らなくなったが、墓地を管理する者として様子を見にいかない選択肢はない。仁心はすくむ足に活を入れ、竹林を抜けて墓地へ向かった。

ゆるやかに傾斜した土地に、新旧さまざまな墓石が太陽を浴びて並んでいる。墓地の背後にそびえる山では、カスミザクラが見頃を迎えていた。墓参りかたがた花見もできる北国のゴールデンウィークは、やはり普段よりお供えしてある花の数が多く、色とりどりのにぎやかな眺めだ。

墓地の中腹に、件《くだん》の男性らしき人影を見つけた。地上から浮いたり、透けたりせず、生身の人間の厚みがちゃんとある。仁心は心の底からほっとした。

男性は仁心に見られているとも知らず、ずらりと並んだ墓石を片っ端から眺めていく。いずれの墓前でも手を合わせる気配はなく、ただの墓参りではなさそうだ。

――何してんだ、あの人？

幽霊ではないとわかると、とたんに胡散臭く思えてくる。何て声をかけて注意しようかと考えだした仁心の前を、太いシッポをふりふり、タヌキみたいな猫がゆっくり横切った。

「名無し君！」

猫の三角耳がぴくりと震える。仁心の呼びかけはたしかに届いたはずだが、猫は一度もふり返らず、竹林のなかに消えていった。見送っていた仁心の耳の奥で、恵快の声が響く。

――未来を見れば、不安になる。過去を見れば、後悔する。今だけを見るといいよ、仁心君。

あのときはささくれた心に引っかかった言葉が、今日はすとんと腑に落ちた。仁心は一度大きく息を吸いこみ、お腹の底まで行き渡らせると、ゆっくり吐きだす。そして恵快のいつもの動きをなぞってなるべくのんびりと、空など見あげながら、男性のもとへ歩きだした。

「ええお天気ですね」

だいぶ距離をあけて声をかけたつもりだが、男性は驚いて横っ飛びする。細い手足のわりに腹や顎に肉がついた中年体型で、膝のあたりからぽきっと骨の鳴る音がした。

「あんた誰？」

それはこっちのセリフやと思いつつ、仁心は名乗る。

「木戸仁心といいます。この春から鐘丈寺で世話になってます」

「ああ、新しくきた坊さんって、あんたか。ずいぶん若いんだな」

男性は仁心をじろじろ眺め、風になびく長めの前髪をおさえた。噂が届いていたところを見ると、檀家らしい。

「御用があれば何なりと」

仁心は舐められないよう、これ以上ないくらい丁寧に頭をさげた。狙いどおり男性は鼻白み、「えっと」と言いよどむ。肌つやはよく、ロンTにカーゴパンツという格好もツーブロックの髪型も若々しいが、中年体型とくたびれた表情から三十代半ばにみえた。

「知り合いの墓を探してて――菩提寺がウチといっしょだって、昔聞いたんだけど」

「お知り合いのかたのお名前は？」

「天道――天道光太」

耳に残っている名前だったので、仁心は目をみひらく。その反応に、男性は身構えた。

「あ、俺、別に怪しい者じゃねえよ。小中学校であいつと同級生だった亀山《かめやま》だ」

「亀山さん、失礼しました。天道家のお墓はここから二段下がった真ん中あたり――ほら、今ちょうどモンシロチョウがとまりゆう墓石です」

仁心の視線を辿り、亀山と名乗った男性も白い目印を見つけたようだ。体の向きを変えてすぐに歩きだそうとするので、仁心は急いで言葉を継いだ。

「ただ、天道光太さんのご遺骨は、四十九日法要がすんじょらんので、まだ本堂のほうに安置してあります」

「あ、そうなんだ。墓さ入ってねえんだ」

亀山は拍子抜けしたように動きをとめ、ぼんやり仁心を見返す。

「――あいつ、死んだんだが？　本当に」

亀山の目には何の感情も表れていなかった。仁心はうなずきつつ、思いつきを口にする。

「四十九日法要と納骨は、五月十八日を予定しとります。もし御都合がつくなら、ぜひ亀山さんも――」

「やだよ。なんで俺が？」

思いがけず激しい拒絶にあい、失言だったかと仁心は焦った。声がうわずる。

「いや、えっと、故人にはもうご家族もご親族も近くにいらっしゃらんき。お寺で法要を行う予定やったんやけど、親しいご友人に参列いただけたら故人も嬉しいかなって」

「俺が？　あいつの〝親しいご友人〟？」

「違うんですか？」

仁心がおそるおそる尋ねると、亀山の瞳がすっと空を映した。

「昔は——友達だったかもな。よくいっしょにゲームした」

「どんなゲームを？」

仁心が何気なくした質問は、亀山の心の芯を捉えたらしい。急に視線が定まり、いきいきと喋りだす。

「格闘ゲームだね。『バーチャファイター』シリーズと『ストリートファイター』シリーズは小学生の頃からやってた。周りが『ポケモン』一色でも、俺とあいつは〝ストⅡ《ツー》やろうぜ〟って。福田パン賭けて勝負して」

へえと相槌を打つのが精一杯の仁心のことは置き去りにして、亀山は話しつづけた。

「あいつはいい対戦相手だった。最初は二人でどっちが勝った、負けたで楽しんでだんだども、そのうち物足りなくなってきて、より強い相手を求め、小学生ながらゲーセンさ潜りこんだ。二人で行けばおっかなぐなかったし」

「勝てたんやか？」

「まさか。ぼっこぼこにされたわ。んだども、それでもっと格ゲーがおもしろくなった。勝つためにどったなキャラクターを使うか、どったな技を出すか、コンボや必殺技をいかに早く確実にきめるか、レバーの持ち方から椅子の座り方まで、あいつと二人でいろいろ研究したんだ。研究成果とそれを実践したときの戦果を記録するノートまで作った。学校やゲーセンの帰りに、浜辺でボタン操作の素振りをしたのは黒歴史だな」

　そのときの光景を思い出したのか、亀山は首をすくめるようにして短く笑った。

「お話をうかがっていると、天道さんととても仲が良かったように聞こえますが」

「だから、最初から言ってるべ。昔は友達だったって」

「〝昔は〟」と仁心がくり返すと、亀山の口は重くとざされる。

　空でとんびが鳴くと、亀山は周りに並んだ墓を見まわし、ぶるりと身を震わせた。喋りすぎたことを自覚したのか、話をたたむように早口になる。

「法要や納骨のときに参列者がいたほうがいいなら、寺の場所と法要の日時を公表すりゃいい。あいつの信者が山ほど集まってくれるよ」

「信者って、ファンってことですか？」

「そう。あいつ、ひかりPってゲームクリエイターのなかの人だから。あいつの作ったゲームやあいつ自身のファン達が結構いると思うけど」

　天道光太の物語を聞くために乗った列車が、いきなりひかりPという駅に着いた。仁心は思わず声をあげてしまう。亀山が「知らなかった？」と驚いたように眉をあげた。

「知りませんでした。私だけじゃのうて、誰も知らんと思います」

一時期、岩手県の寺すべてにかかってきたであろう、ひかりPの墓の問い合わせ電話の話を仁心がすると、亀山は顔を歪めた。

「プライベートは徹底的に秘密にしたんだな」

「心を許した友達にしか話さなかったんでしょう。やっぱり亀山さんは——」

「友達じゃねぇって言ってるべ」

仁心の言葉を荒々しく遮り、亀山は乱れた前髪を撫でつけた。

「友人関係さ断ち切ったのは、あいつだ。俺じゃねえ」

「天道さんが一方的に?」

「そう。あいつは故郷捨てて、友達捨てて、名前捨てて、生きたんだ。そして、死んだ」

地を這うような暗い声を絞りだすと、亀山は丸めた背中を向けて去っていった。

その日の夕食がすむと、仁心は部屋には戻らず、庫裏のなかでも比較的電波状況がよいと聞く小さな客殿に直行した。十畳ほどの畳部屋だが、調度品がないので広く感じる。

仁心は畳の上であぐらをかき、スマートフォンの検索ページでひかりPのインタビューを探した。ウェブ媒体のゲーム雑誌で一件、カルチャー全般のニュースサイトで一件、現在閲覧できるインタビューはそれくらいだ。ゲーム雑誌のほうは、仁心がはじめて〝ひかりP〟を検索したときに飛んだページだった。ニュースサイトのほうは、メール形式での一問一答となっていた。いずれのインタビューも、ひかりPの顔写真は例の美形CGだ。

仁心は前回さらっと目を通しただけのゲーム雑誌のインタビューを、今度はじっくり読みふけった。ひかりPの発言を切り取った〝仲間も敵も利用して生き抜け〟という見出しは、たとえそれがゲーム性を説明した煽《あお》り文句だとわかっていても、亀山の話を聞いたあとだけに、少しドキリとさせられる。

インタビュアーは、ひかりPというクリエイターがどうして生まれたのかを解き明かしたいらしく、あれこれ質問を投げかけていた。そのわりに生い立ちがばっさり抜けているのは、ひかりP側から要請があったのかもしれない。

ひかりP　学生時代はゲームセンターに入り浸ってましたね。どちらかといえば、そっちが学校、みたいな（笑）。

亀山があれほど長く具体的に語ってくれた彼らの学生時代は、あっさり総括されていた。

――格ゲーの腕前は相当なものだったとうかがいました。プロゲーマーになってもおかしくなかった？

ひかりP　プロゲーマーの道は、考えたことなかったですね。だけどプロ並みに勝ちにはこだわりました。ノート作って勝てる法則を研究したし。ただ、勝って当たり前になる

と、ゲームがおもしろくなくなっちゃって（笑）。自分が勝てないゲームで遊びたいなあ、ないなら作ろうかなって。

――それで、某大手ゲーム会社に入社されるんですよね。

ひかりＰ　自分的には別に会社に入るつもりはなかったんですよ。技術のある有志を募って、大学サークルの延長線上で楽しくゲームを作れたらいいなとか夢みてました。けど当時ゲーセンでよく対戦してた人が、実はゲーム会社の結構エライ人で、何かの話のついでに、昔からつけていたゲームの攻略方法や改善点などの研究ノートを見せたら〝作る側もやってみたら？　ウチの会社の面接においで〟と。で、結果的にそうなりましたね。

――うわあ。運命的！

その後、ひかりＰは入社二年目にして任された格闘ゲームのビッグプロジェクトを成功に導き、円満に退社。あいだを置かずにフリーのクリエイターとして古巣のゲーム会社と契約し、『夕闇花の咲くまでに』を作りあげるというサクセスストーリーが、インタビュー上で展開されていた。さらにこのインタビューを出典として、ひかりＰのウィキペディアにも〝格ゲーの研究ノートをプロデューサーに見せたことをきっかけに、ゲーム会社に就職〟という記述が見られた。

「ノートや」

仁心はため息とともにつぶやく。ゲームがとてもうまい一般人の天道光太が、自分の作ったゲームで多くの信者を生むカリスマクリエイターのひかりPへと変わる分岐点に、ノートがあった。断言はできないがおそらくそのノートは、亀山の話していたノートと同じものではないだろうか。

——天道さんは亀山さんに黙って、二人のノートを持っていっちゃったんだ。

ひかりPが世に出るきっかけを作ったノートの話を、亀山もどこかで聞くか見るかしたのだろう。そのときの亀山の気持ちを思うと、仁心からため息がこぼれた。

「お先にお風呂いただきました」

急に客殿の扉がひらいて恵快から声をかけられ、あぐらをかいていた仁心はあわてて座り直す。顔を向けると、恵快の手のなかに見慣れないものを見つけた。

「住職、何ですかそれ？」

恵快は「これ？」と銀色の丸い機械を掲げながら、仁心の前まで来る。

「CDウォークマンだよ。知らない？　若い人はもう音楽をCDでは聴かないのか」

「ていうか、俺はそもそも音楽に疎いんで」

「そっか。疎いか。まあ、僕も学生の頃と違って、最近はめっきり聴かなくなってるんだけどね——」

そう言って、恵快はSONYとロゴの入った機械を、長くきれいな指で大事そうにさすった。仁心は思わず問いかける。

「学生時代とは変わってきちゃうものですかね、人間って」

「どういうこと？」

恵快に聞き返されるまま、仁心は今日の午後、墓場で亀山と会ったこと、天道光太がひかりPだと亀山から教えてもらったこと、亀山と光太は小中と同級生で、かなり親しかったこと、しかしのちに二人のあいだには溝が生まれ、それを解消しないまま光太が亡くなったこと、溝の大きな原因は二人で作りあげたノートを光太が独り占めしたせいだと考えられることなどを、思いつくまま話して聞かせた。

「亀山さんを天道さんの四十九日法要に誘ってみたんやけど、断られました。〝あいつは故郷捨てて、友達捨てて、名前捨てて、生きたんだ。そして、死んだ〟って言われちゃうと、もう――」

「人を赦《ゆる》すって苦行だからねえ。簡単にできることではない」

恵快の言葉に、仁心は深くうなずく。まさに、怨憎会苦。自分を傷つけ、損なった相手の顔など見たくないのが普通だし、見る義理もないと、仁心は思っている。たとえその相手が故人になったからといって、簡単に癒える傷ではないのだから。それが、あの場で亀山に参列を無理強いできなかった理由だ。

恵快は肩にバスタオルをかけたまま、仁心の前にぺたりと正座する。

「その天道光太さんのインタビューを読ませてくれる？」

仁心のスマートフォンを受け取り、恵快は黙って読んでいった。やがて顔をあげ、仁心の手にスマートフォンを戻す。いつもゆで卵のような顔だが、風呂あがりのせいか蛍光灯の加減か、今夜は一段と白くつるつるしている。

「故郷《ふるさと》に帰ってこない人は、おおまかに分けて二種類いる。故郷を憎み、帰らない人。故郷が恋しいのに、罪悪感から帰れない人」

仁心が口をひらくのを制すように、恵快のたれた目尻が少しだけあがった。

「僕の知るある人は、人生の分かれ道ともいうべき場面で、仲間の一人を切り捨てたことをあとあとまでずっと後悔してた。そのときは正論で武装して、自分も周囲も納得させたのに、今となってはもう罪悪感しか残っていないと」

「その人は、故郷に帰〝れ〟ないほうですね」

「うん。誰かから奪ってまでも愛した相手のことを、思い出したくない記憶とともにあっさり捨て去った人も、やっぱりホームには帰れないと言ってたなあ」

「――ひょっとして住職は、天道さんが罪悪感から岩手に帰ってこなかったと思ってます？」

仁心の問いかけに、恵快は肩をすくめる。

「わからない。だけど僕は彼のインタビューから、故郷への恋しさをひしひしと感じてしまったんだよなあ」

そんなこと言われても、と仁心が及び腰になっているのに気づいたのか、恵快はにじにじと膝を詰めてくる。蛍光灯の光の下、ゆで卵のような顔に冴え冴えとした微笑みが浮かんでいた。

「ねえ、仁心君。亀山さんは天道さんのお墓を探しだして、何をするつもりだったんだろう？　墓石に唾を吐く？　蹴り倒す？　落書きする？」

「罰当たりな。そがなわけないでしょう。過激すぎるし、不毛や」

「だよね。やっぱり天道さんのお墓にお参りに来てくれたと、仁心君も思うでしょう？僕もそうなんだよ」

勝手に同意見にされて閉口している仁心を気にせず、恵快はつづけた。

「亡くなった天道さんに、僕らは僧侶としてお経をあげる。成仏を祈る。その法要が、天道さんを赦せない気持ちを抱えたまま生きつづけなくちゃいけないのかと苦しんでいる亀山さんにも、等しく力になるといいよね」

「いいよねって――そがなことできるんですか」

「できるよ、きっと。仏様の教えは、今を生きる智恵だ。だから死者を弔うことで、生者を救えるときがある。僕らはそういう仕事をしてるんだ」

にこにこしながら請け合ったあと、恵快は「亀山さんが天道さんの法要に参加してみたくなるアイデア、なんかないかなあ？」と仁心に聞いてくる。

丸投げかと呆れつつ、仁心は考えこんだ。まずは亀山のなかですでに固まってしまった天道光太像をほぐさなくてはならない。本人が亡くなり、ゲームクリエイターとしての評判や噂だけが残った今、素の光太を感じられるものは、仁心には一つしか心当たりがなかった。

「『ヤミバナ』やってみるか」

鼻をすすりながら「やみばな？」と聞き返した恵快の表情で、彼がそのゲームについてほとんど知識を持っていないことが伝わってくる。

「『夕闇花の咲くまでに』。ひかりPこと天道光太さんが作ったゲームです。彼の色や持ち味がいかんのう発揮されたゲームらしいき、まずは俺がこれをやってみて、亀山さんの心に響く糸口がないか、探ってみます」

「いいね。ところで仁心君は、そのゲームを持ってるの？」

「持ってないけど、だいじょうぶです。桜葉さんのお家《うち》でやらせてもらいますから」

「へえ。桜葉さんってゲームされるんだ」

「虎太郎さんのほうはわかりません。千蓮ちゃんは遊ぶそうです。『ヤミバナ』のソフトも対応ハードも持ってるって――」

恵快の瞳に鋭い光が走った気がして、仁心は自分の失言に気づく。

「や、このあいだ――先月かな。たまたま、偶然、隣駅のショッピングモールで会ったときに、俺が『ヤミバナ』を買おうとしてたら、千蓮ちゃんが初心者には難しいゲームだから、一式購入する前にウチのやつで遊んでみたらって」

「ウチに遊びにおいでって誘われたの？　千蓮ちゃんに？」

「はい――ていうか俺だけじゃなくて、みんなで遊ぼうって話ですよ。住職と桜葉さんを入れて四人になれば、チーム戦ができるらしいんで」

事実をそのまま伝えているはずが、おかしな雰囲気になってしまった。焦る必要はないのに、恵快の目を見ていたら汗がふきだし、言葉が長くなる。

恵快は仁心の弁明を最後まで聞くと、小さなくしゃみをつづけて二回した。

「ふうん。じゃ、僕も行かせてもらおう。みんなの足を引っ張らないよう、がんばるね」

その声は思いのほかそわそわと嬉しそうで、仁心は恵快の意外と子どもっぽい面を見た気がした。

＊

久しぶりに訪ねた桜葉家は、やはり立派だった。もともと両隣とのあいだに距離がある土地ではあるが、この家にかぎって言えば「ぽつんと」なんて形容は似合わない。広大な田畑のなかに堂々とそびえ立っている。

だいぶ長くなった日が山並に隠れる前にと、仁心は鐘丈寺から早歩きでやって来た。作務衣はデニムとビッグサイズのスウェットに着替えたが、キャップは迷った末に置いてきた。虎太郎にまた大学生だのバイトだのと難癖をつけられそうで、面倒くさかったからだ。

その虎太郎が前の道まで出て、待ち構えている。色黒のせいか、一人だけすでに夜のなかにいるようだ。

「こんばんは」

「住職どうよ？」

挨拶をすっ飛ばして尋ねてきた。仁心は「なかなか熱がさがらなくて」と目を伏せる。

風呂あがりに長話をして、湯冷めしたのだろうか。気温差の激しい気候のなか、ゴールデンウィーク中の出張法要が重なり、疲れたのだろうか。恵快は三日前から体調を崩していた。入院こそせずに済んでいるが、布団から起きあがれず、仁心が住職代理として働く日々だ。

住職の穴を埋めようと、仁心は懸命に励んでいる。それでも檀家への応対はまだまだぎこちなく、お勤めの声も細くなりがちだった。初日は梵鐘を撞く時間すら間違えた。直近に法要の予定が入っていないことだけが救いだ。

事情を知らない檀家達は、新入り坊主の粗相に目をつぶり、「慣れないお役目、ご苦労さま」とおおらかにねぎらってくれているが、仁心が住職という役目を引き継ぎ、一人で寺を切り盛りする未来が確実にやって来るとわかれば、態度も心証もまた変わってくるに違いない。

「置いてきちゃって、よかったのか？」

虎太郎の声で我に返り、仁心はあわててうなずいた。

「はい。今日は薬がよう効いたみたいで、眠れよったき。〝だいじょうぶ〟と〝よろしく〟を桜葉さんに伝えてほしいとのことです」

恵快から実際に託された言葉を、仁心は虎太郎に差し出した。同時に、今日の予定をキャンセルもしくは延期しようとした自分に向けられた恵快の言葉も思い出す。

——それはいけない。天道さんの四十九日法要が迫ってる。せっかく桜葉さんに頼んで、訪問日程を調整してもらったんだ。仁心君一人だけでも行ってきて。

冷静に話しながらも、恵快の顔はとても寂しそうだった。残念に思っていることが強く伝わってきて、仁心はつい言ってしまった。

——今度は住職もいっしょに行きましょうね。次こそ絶対に四人でチーム戦ですよ。

言ったそばから〝今度〟や〝次〟という言葉がひどく不吉に感じられ、仁心は恐縮する。

恵快は布団を両手で鼻の下まで引っ張り、そうだねえとくぐもった声で応じた。天井を見つめ、何を思っていたかまでは、仁心にはわからない。

「住職にちょっと相談があったんだけど。体調がよくなってからにするか」とつぶやき、虎太郎はスキンヘッドをつるりと撫でた。その言い方と表情がいつになく弱々しい。

「相談、ですか」

仁心が何気なく言葉を返すと、虎太郎はへの字口になって、ぶんぶんと首を横に振った。

「坊っちゃんには相談しねえよ。これは住職案件だ」

「どうぞ、どうぞ。別に俺、〝相談乗りますよ〟とは、ひとことも言うちょらんし」

仁心がつい応戦した言葉に、虎太郎は「なんだとっ」と気色ばみ、両手をひらいて立ちふさがった。

「監視役の住職がいねえのに、ウチにあがるつもりか？　ゲームを口実に千蓮たぶらかしやがって。坊っちゃんのくせに、油断ならねえ」

「ちょっと！　人聞き悪いな。〝たぶらかす〟なんて言い方、やめてくださいよ。俺と千蓮ちゃんは、隣駅のショッピングモールで偶然会って、ゲームの約束をしただけです。それも平日の真っ昼間に。健全そのものやろうが」

　仁心の反論に、虎太郎はのってこなかった。急に厚い胸板を折りたたむように肩を丸め、黒くつやつやと光っていた顔色がくすむ。仁心が見かねて「どうかしました？」と声をかけると、今度はすさまじい力で胸ぐらを摑まれた。

「平日の昼間って、いつのだ？　何日前だ？　何回会った？」

「えっ、や、もう一ヶ月前くらいかな、いや、三週間前か。四月の中頃に一度だけ、偶然会いました。会ったのはその一回だけですよ、もちろん、ええ、偶然なんで！」

　伸びていくスウェットの首元を気にしながら、仁心は必死になだめる。

　虎太郎は「四月」と呻き、全身から力を抜いた。スウェットを握っていた手も離れる。仁心がよれたスウェットの首元を直していると、虎太郎がぽつりと言った。

「四月からとは、知らなかった」

仁心はさっきの失敗を踏まえて、相槌を打たずに黙っていたが、一度切った堰《せき》は戻らない。虎太郎はかまわず喋りつづけた。

「千蓮のやつ、高校さ行ってねえんだ。ゴールデンウィーク明けに、担任から会社さ電話入って、俺もう驚いてしまって——五月病じゃねえかと思ったんだけんど、四月からサボってたなら、れっきとした〝不登校〟だな」

虎太郎はかすれた声で小さく笑う。朝は虎太郎のほうが早くに家を出るせいで、孫娘の異変にはちっとも気づいていなかったらしい。煮るのを失敗した黒豆のようにしわが寄ってしぼんだ虎太郎の顔からは、はじめて年相応の老いが見て取れた。

仁心は思わず口をひらく。

「千蓮ちゃんには、不登校の理由を聞きました?」

「聞いたよ。だが、〝うまく説明できねえ〟って、だんまりだ。一年のときは問題なく通ってたんだし、いじめはねえって担任は言ってるし、説明できねえ理由ならとっとと学校さ行けって、俺は怒ったんだが、ダメだな。喧嘩になって終わり」

どちらも硬い芯を持っていそうな祖父と孫娘の喧嘩の様子は、仁心にもたやすく想像できた。ため息をつく仁心を見て、虎太郎もまた重い息を吐く。

「俺にバレた今じゃ、千蓮は学校に行ってるふりする必要もなくなり、堂々と引きこもってるよ。俺がどれだけなだめても脅しても〝ひとあし早い夏休みだと思って、見逃しといて〟って涼しい顔してやがる」

虎太郎はそこで言葉を切り、仁心の顔を見た。仁心の言葉を待っているのがわかる。だが、仁心は何も言えない。何も思いつかなかった。虎太郎はどんぐり眼を細め、仁心からゆっくり視線をはずす。そのまま黒々としたシルエットを連ねる山々を見つめ、「育てるって難しいよなあ」と独り言を落とした。

仁心はもはや相槌も返事もできず、気まずく立ち尽くす。いつしか日は山の向こうに落ち、とっぷり暮れていた。恵快ならきっといい言葉を、いいタイミングで渡すことができるのだろう。鐘丈寺の住職とは、そういう存在なのだろう。仁心は無力感で体が重くなった。このまま地面にめりこんで退場できたら、どれだけ楽か。

玄関灯がパッとつき、引き戸がひらく。

「遅いなあ、もう。二人でずっと何話してるの」

パーカにスウェット素材のフレアパンツを合わせた千蓮が、猫を抱いて出てきた。幅の広い顔で、目鼻の周りが一段と濃い毛色になっている。そのタヌキのような猫を見て、仁心は声をあげた。

「名無し君、何でここにいる?」

「ななしくん？　何ですか、その変な名前」

千蓮はきれいなアーチ型の眉をひそめる。

「いや、住職がそう呼んでて――この猫、ときどき寺にも来るんです。神出鬼没やな」

「野良猫の行動範囲は広いですよ」

千蓮はそう言って、腕のなかの猫に「ヒトん家《ち》の台所さ忍びこんで、エサを調達しねえとなんねえからな」と笑いかける。猫は真顔のまま千蓮を見あげていた。

猫のゆるい雰囲気と、想像していたよりずっと明るい千蓮の表情に励まされ、仁心は顔をあげて虎太郎を見る。

虎太郎は（この件は、また今度）と声は出さず口の形だけで告げると、千蓮に向き直り、声を張りあげた。

「坊っちゃんに住職の具合を聞いてたんだ。わりと元気みてえだから心配すんな」

千蓮はほっとしたように息を吐き、猫から虎太郎と仁心に視線を移す。

「よかった。だども、住職が来られねえのは残念です。せっかくチーム戦しようと思ったのに」

「デュオでも、チーム戦やれるだろ」

「デュオよりスクワッドのほうが、チームっぽいでしょ。それにデュオを三人ではできない。誰か一人がハブになっちゃう」

祖父と孫娘のあいだで、仁心にはわからない専門用語がまじる会話がつづいていたが、気にならない。むしろ仁心は、千蓮の不登校が響かない関係が二人に残っていて、安堵した。目をあげると、千蓮がじっとこちらを見つめている。細い顎が小顔を引き立たせていた。このあいだ会ったときとは印象が変わった気もする。仁心がその理由を探しているうちに、聞かれた。

「住職、本当にだいじょうぶなんだが？　最近よく体調崩すから心配です。このあいだ会ったときは、元気そうだったけど」

千蓮は恵快の病気について詳しいことを何も知らないのだと、思い出すのに時間がかかる。とっさに仁心は、質問に質問で返すことで時間を稼いだ。

「このあいだって？」

「一週間くらい前かな。ギターを教えてもらってるんです。春休みに〝やりたいことがなくて毎日つまらねえ〟って住職に相談したら、楽器でもやってみようかって」

「──初耳。住職はギター弾けるんか」

「ううん。ピアノはできるんだども、ギターは初心者だって。でもコードとか基本的なことはわかるし、耳がとにかくいいんだ。弾きたい曲を全部楽譜におこしてくれる」

ギターは好きになれそう、と嬉しそうな千蓮の横から、虎太郎が口を出す。

「納屋にしまいこんでた母親のギターを引っ張りだしてきて、住職にチューニングしてもらって以来、日がな一日弾いてんだよ。下手なギターほど、うるせえもんはねえな」

今の千蓮のやるべきことは、もっと他にあるだろうが、と虎太郎の顔にははっきり書かれていた。そのまま口に出してしまいそうな勢いを感じ、仁心はあわてて話題を変える。

「住職は熱が少しあるんで養生しておくそうや。千蓮ちゃんに〝よろしく〟って」

「そっか。早く熱さがるといいね。住職いないと、鐘丈寺がまわらねえもんね」

千蓮は笑ってさらりと言う。その言葉に嫌みや悪気が含まれていないことを重々承知した上で、仁心はひそかに傷つき、おおいにプレッシャーを感じた。

玄関からあがるとまず食堂に通され、当然のように二人と夕飯を共にする。事前に恵快から聞いていたので、仁心は変に遠慮もせず、千蓮が作ったというグリンピースの豆ごはんと車麩《くるまぶ》の唐揚げをそれぞれおかわりさせてもらい、虎太郎にすすめられるままビールを一缶あけた。虎太郎はさらに日本酒を持ってきたが、「酔っ払ったら、ゲームができない」と千蓮が止めてくれる。

食事中ずっと千蓮と向かい合わせに座っていたため、仁心はようやく彼女の印象が変わった理由に辿り着いた。

「千蓮ちゃん、髪切った？」

千蓮は白い頬をぱっと赤らめ、前髪をおさえつける。

「やっぱり、前髪切りすぎだべ？　やだあ、もう。眉毛が出ねえようにって頼んだのに」

「切りすぎじゃねえよ。こけしみたいでめんこいよ。なあ、坊っちゃん？」

「こけし——あんまり褒め言葉に聞こえねえけど」

千蓮は仁心が答える前に虎太郎に突っかかり、髪をくしゃっと掻いた。

「あーあ。あの美容院には二度と行かね。けっこう高かったのに」

仁心は桜葉邸まで歩いてくる道の途中で、美容院の看板を見かけたことを思い出す。

「美容院って、あそこですか？　えっと、『ハミングバード』とかいう名前の——」

千蓮と虎太郎の目線が行き交い、空気がふと重くなる。その空気をみずから押しあげるように、千蓮が明るい口調で返してくれた。

「あそこはいい美容院だよ。でも今は休業中だから、行きたくても行けねえの」

「そっか」

仁心も軽くうなずき、二人の空気を読んで、それ以上のことは聞くのを止《よ》しておく。虎太郎が仕切り直すように「さ、ゲームの時間だ」と手を打ち、席を立った。

テレビ画面にゲームタイトルが現れると、千蓮がうきうきした顔で仁心を振り返る。

「仁心さん、どんな作戦でいく？」

「俺は――『ヤミバナ』の世界に少しでも長くいて、少しでも深く味わえたらええ。作戦はおまかせするよ」

千蓮は少し考えてから、「それってつまり、一分でも長く生き残ることを競う、バトルロイヤルゲームそのものだよ」と笑った。


千蓮につづき、仁心と虎太郎も大きなテレビが鎮座する居間に移動する。千蓮はこのゲームのコアユーザーらしく、慣れた調子でコントローラを扱い、仁心の好みを聞きながらキャラクターを選んでくれた。プレイヤー名を決めろと言われ、仁心は出家するまでの戸籍名だった仁平《じんぺい》からそのまま〝JIN〟とする。千蓮の使用キャラクターは戦車のような見た目のロボットで、名前は〝ベーグル奉行〟。由来は特にないそうだ。一連の設定が終わると、千蓮は次に操作方法やゲームの導入設定について、なめらかに解説してくれた。

「プレイヤーはオンラインで百人まで参加可能。つまり生身の敵がそれくらいいるってこと。わたし達は今回、デュオと呼ばれる二人組のチームを作るから、同じくデュオの人達と戦うことになる。で、ゲームがスタートしたときに乗ってるのがタイムズーム。簡単にいうと、タイムマシン。この未来の乗り物にのって、ポニアナと呼ばれる国の過去へ行くんだ。あ、国の名はカタカナだけど、町並みはほぼ日本。そったなポニアナ内のどのタウンで降りるかは、プレイヤーの自由に任されてる。タウンごとで戦いやすさや生存率が変わるよ。あ、今回降りるタウンは、わたしの独断で決めていい？」

千蓮のよくまわる口にすっかりのまれ、仁心は小さな声でおまかせしますと答えるのがやっとだ。千蓮はゲームが「好きじゃない」そうだが、これだけいきいきと語れるなら十分好きと言っていいだろうと、仁心はこっそり思った。

「降ります」

千蓮はコントローラをぐっと胸に近づけて叫ぶ。時空の壁に空いた穴に、ベーグル奉行が鋼鉄の体を放りこんだ。あわててつづこうとした仁心はコントローラのボタンを押し間違える。テレビのなかでは、ＪＩＮが初期装備の鉈《なた》を振りまわした。とんだ殺人行為だ。

仁心は思わず「なむ」とつぶやく。初心者の仁心を補佐するため、後ろで控えていた虎太郎があわてて腕をのばしてコントローラを奪った。

「そっちじゃねぇ。降りるときはこっちのボタンだ」

操作する人を替えたＪＩＮは、先ほどまでの動揺をいっさい感じさせない悠然とした仕草で鉈をしまうと、時空の狭間にたゆたうタイムズームからあっさり飛び降りる。

千蓮の選んだイコンカナンというタウンは、さびれた田舎町の風景とは裏腹に、かなり高い人口密度でバトルが行われる激戦区らしく、開始五分でＪＩＮは三回もノックダウンを取られた。いずれも千蓮が職人のような早業で回復アイテムをくれて復活できたが、とても生き残れそうにない。千蓮の足を引っ張るのも嫌だったので、仁心は早々に虎太郎にコントローラを委ねた。ゲーム初心者のあっけない挫折に心を痛めたのか、虎太郎は千蓮に苦言を呈する。

「ここはどう見ても初心者向きのタウンじゃねえべ」

「でも攻略サイトの裏情報によると、ひかりＰの一番思い入れのあるタウンらしいんだよね。仁心さんはそったなのが見たいのかなーと思って」

喋りながらも千蓮の指は、ピアニストが鍵盤を叩くように、コントローラ上をときに激しくときに優雅に行き交う。テレビの中でベーグル奉行は重そうな体をもろともせず俊敏に動き、アイテムを拾ったり、大砲で建物を壊したり、肉弾戦で敵を吹っ飛ばしたりと大活躍していた。

プレイヤーを虎太郎に変えたＪＩＮは別人のように堅実な働きをするキャラクターとなり、ベーグル奉行の脇をきっちり固める。このデュオは、仁心が見ても安心感があった。

追いすがる敵を打ち払い、たちまちボスが潜む小学校に辿り着く。ボスキャラクターはタウンごとに存在し、いずれもコンピュータが操作しているため、動きにプログラムが透けて見えてむしろ倒しやすいとは、千蓮の弁だ。仁心から見れば、イコンカナンのボスはトリッキーな動きをする強くておそろしい敵だった。当然このバトルも虎太郎にお任せしておく。

千蓮の操るベーグル奉行はボスからの攻撃に対し、武蔵坊弁慶の立ち往生もかくやという仁王立ちのまま一歩も退《ひ》かず、ボスの弱点を狙って冷静に大砲を撃ちつづけた。その合間に、虎太郎版ＪＩＮが縦横斜めから地道に相手のＨＰを削っていき、ついにボスが崩れ落ちる。

仁心は思わず拍手した。時計を確認すると、ゲーム開始から二時間が経っている。虎太郎がやれやれと肩を叩きながらコントローラを仁心に返してくれた。

「あとは周りにだけ気をつけておけば、だいじょうぶだろ」

仁心は戦意を喪失したボスの横で赤く光っている玉に近づく。ボスを倒したあと、ご褒美のように現れたものだ。その光る玉がアイテムの印だと、仁心はすでに学習していた。色はレア度を示し、たしか赤は最高位だったはずだ。

「武器かな、弾薬かな、それとも――ＪＩＮが取りなよ」

千蓮からキャラクター名で呼ばれて面映《おもは》ゆくなりながらも、仁心はその玉にＪＩＮの体が重なるよう移動した。

効果音とともに、手に入れたアイテムが大きく表示される。そのシルエットを見て、仁心は「本？」と首をかしげた。

「〝ノートブック〟だって」

ステイタスに表示されたアイテム名を読みあげ、千蓮も首をひねる。

「ノートがレアアイテム？　バトルにどうやって使うんだろ？」

その何気ないつぶやきで、仁心の心臓は跳ねあがる。レアアイテムにノートを設定するということが、すでに光太のメッセージであるように感じた。

「教卓さ置いてみろ」

虎太郎がきっぱり言う。千蓮と仁心の視線を受け、胸をそらした。

「ノートは先生さ提出するもんだべ」

仁心がＪＩＮを操作して教卓に向かわせる。ぎこちない動きになったが、無事置くことができた。次の瞬間、黒板が光りかがやき、透明度を増し、ガラス窓のように景色を映しだす。

「これは――」

仁心は思わず呻いた。

幸い恵快の熱は週末にはさがり、少し痩せてしまったものの、声の張りと動作の機微さは前と同じ状態を取り戻すことができた。

「もうだいじょうぶ。天道さんの四十九日と納骨の法要は、僕がきちんと勤めるからね。そっちは頼んだよ、仁心君」

恵快にそう言ってもらえて、仁心は安心すると同時にありがたく思う。桜葉家でゲームをさせてもらった晩、仁心が帰るなり興奮気味に伝えた計画を、恵快は布団のなかで真摯に聞き、仁心の気持ちを削ぐような反応は一切しなかった。恵快が唯一心配したのは、

「寺の電力で動く？ ブレーカー落ちない？」だけだ。それは仁心の計画実行に協力したいからこその心配であり、微笑ましい杞憂でもあり、仁心の心をおおいに和ませた。

＊

当日の朝、仁心はそわそわと落ち着かず、本堂と庫裏を何度も行き来する。

ふと視線を感じて顔をあげると、きらびやかな袈裟をつけた正装の恵快が、本堂の欄干に出て仁心を見ていた。

「そのうち来るよ。絶対にいらっしゃる。約束したんだから、のんびり待っとこう」

相変わらず、恵快は全身全霊で人を信じているようだ。一切衆生悉有仏性《いっさいしゅじょうしつうぶっしょう》の教えを愚直に信じるような、あたたかく清い心根の人達に囲まれて育ってきたのだろう。俺なんて、とやさぐれる心を隠すように、仁心は黒い衣の襟を合わせ、ひっきりなしに浮かぶ悪い予感を振り払った。

約束はした。それは事実だ。鐘丈寺の檀家名簿に亀山姓が一軒しかなかったことに加え、独身の亀山は両親と同居していたため、連絡は容易についた。自宅に電話をかけてきた仁心に、亀山は「天道光太について、もう話すことはないし、法要に参加する意思もない」と渋ったが、どうにか説き伏せ、法要当日に寺に来ることだけは了承してもらっていた。

欄干の手すりを握った恵快の左手が、仁心の視界に入ってくる。手首の赤黒い痣が物言いたげな存在感を示していた。仁心の視線を感じたのか、恵快は「火傷の跡なんだ」と言いながら、すっと手首を隠す。

「お見苦しくて、ごめん」

「そがなことないです。あ、でももし気になっちゅうんやったら、レーザーで取れますよ。龍命寺の住職は首にできた大きなイボのついでに、顔のしみや痣を取ってきました」

恵快は手首をおさえたまま、静かに首を横に振った。

「これは、残しておかなきゃいけないものだから」

その言い方が少し気になったものの、亀山のことで頭がいっぱいの仁心は「そうですか」とうなずき、新しい話題に飛ぶ。

「今さらやけんど、仏事とかけ離れたことをお寺でやってしもうて、だいじょうぶでしょうか。罰《ばち》当たらんかな」

「だいじょうぶだよ。お寺は昔から集落の寄合所なんだ。仏事と関係ないことでも集まってたに違いないよ。第一、これしきのことで当たるなんて、たいしたことない罰だ。どんどん当たっていこう」

罰を大抽選会みたいに言われても、と仁心が苦笑いすると、恵快は嬉しそうに目尻を下げた。

「仁心君の緊張が、少しはほぐれたかな」

約束の時間まであと十分を切る。

――きっと来てくれる。

いつのまにか、仁心のなかにも亀山を信じる心が生まれていた。数珠を握りしめ、左右を萩の低木に囲まれた敷石の先にある山門を、焦げるほど見つめる。

石柱で作られたあの山門の脇には、ガラスケース型の小さな掲示板がある。仁心がはじめて来た日には〝おかえり〟とただ一言白い紙に書いてあった掲示板だ。寺を訪れる人や通りかかる人のために、住職の恵快が書いている。今朝、掃除の際に見てみたら、何週間ぶりかで貼り替えてあり、新しい紙には〝土にかえそう〟と筆文字で書かれていた。意味深いような、意味がわからないような、恵快らしいセンスの言葉だ。

亀山はあの言葉をどう読み取るのだろう。仁心が考えていると、少し内側に傾《かし》いだ二本の石柱のあいだに人影が立った。

おお、と思わず声をあげてしまう。恵快もまた腰を浮かし、はしゃいだ声で言った。

「いらしたね」

仁心は我慢できず、敷石の道の途中まで迎えに出る。山門の前で入るかどうか悩んでいたらしい亀山は、仁心を見てぎくりと目をむき、それからあきらめたように肩を落とした。

「亀山さん、おはようございます。平日の朝早くからお時間を取っていただき、ありがとうございます」

「べつに。俺、道の駅で働いてんの。あそこはシフト勤務だから。今日はもともと休日」

仁心が何も言わないそばから、「本当に」と付け足し、挑むような口ぶりになる。

「言っとくけど、寺に来ただけだから。電話でも話したとおり、本堂には入らないよ。服も礼服じゃないし」

亀山はそう言って胸をそらした。薄手のスウェットにカーキの軍パンを合わせた若々しい格好は、あえて選んできたとしか思えないほどカジュアルだ。

「存じあげております。こちらにどうぞ」

仁心のそう言って示した先が本堂ではなかったので、亀山は意外そうな顔をした。

昨晩、虎太郎の運転する車でハードもソフトも一式持ってきてくれた千蓮は、仁心を助手にして、配線からセッティングまでてきぱきとこなしてくれた。客殿のテレビはなかなかの年代物だったが、千蓮が動作確認と称してプレイしたところ問題なかった。

そして今、テレビとそこにつながれたゲーム機を見て、亀山が眉をひそめる。

「何これ」

「ゲームです」

「見りゃわかるよ。聞きたいのは、何で俺がゲーム機の前に案内されたかってこと」

仁心はゲーム機といっしょに借りたゲームソフトを、黒い衣の袂《たもと》から取りだした。

「天道光太さんの代表作『夕闇花の咲くまでに』を、今から私が亀山さんといっしょにプレイさせていただこうかと」

「はあ？」

亀山はぽかんと口をあける。

「あいつの四十九日法要はどうすんだよ？」

「そのあと滞りなく行いますので、どうぞご心配なく」

心配なんてしてねえけど、と口ごもる亀山をおいて、仁心は昨夜のうちに千蓮から教わっておいた手順で、ゲームのスタート画面をテレビに表示してみせた。程なく、カラフルなキャラクター達が所狭しとバトルするデモムービーが流れだす。

「亀山さん、このゲームで遊んだことは？」

「――あるよ。大ヒットしたから。でも、やりこんではいねえな。タウンも一つくらいしか攻略できてない」

「チーム戦はやりました？」

「デュオとスクワッドってこと？　やってない。もっぱらソロ」

亀山の答えで、仁心は合点がいき、何度もうなずく。

「天道さんはこのゲームに隠し面を作ったんです」

「あそ。隠し面なんてべつに珍しい仕様じゃ――」

「二人組のデュオで戦い、〝ノートブック〟というアイテムを得て、はじめて行ける隠し面です」

亀山は頬を引き攣《つ》らせ、テレビ画面に映るデモムービーを凝視した。仁心はコードレスのコントローラを二つ持ち、一つを亀山に差し出す。

「俺とデュオになって、いっしょに見にいきませんか？」

亀山は黙ってコントローラを受け取った。

亀山の腕前はたしかだった。〝ファースト〟というプレイヤー名をつけた筋肉質の青年キャラクターは、背中に何丁もの重そうな銃を背負い、それらをひっきりなしに持ち替えては阻んでくる面々を着実に撃ち倒し、イコンカナンのボスを目指して進みつづける。バトルのキレに円熟味があった。

「上手ですね」と仁心が素直な感想を述べると、心外そうに首を振る。

「このゲームをやるのは、本当に今日で三回目くらいだよ。上手なわけない」

「そうですか。でも俺よりは全然上手い」

「まあ、ゲーム全般好きで長年遊んできてるから、慣れはあるかも。あと、お坊さんは下手すぎる」

亀山のストレートな指摘に、仁心はコントローラを持ったまま肩を落とした。

「これでも練習したんや。逆走せんで、思ったとおりに動けるようにはなっちゅう」

助けを借りず自力操作でイコンカナンのボスを倒さねば、あの場所に亀山を連れていくことができない。仁心は千蓮と虎太郎に猛特訓を受けて、今日のバトルに挑んでいた。

戦闘が過酷になるとともに、二人のあいだに沈黙が訪れ、テレビから聞こえる効果音やBGM、キャラクター達の雄叫びがその沈黙を埋める。

ファーストがどこかの誰かが操作しているキャラクターをぶん投げて、強力な回復薬を手に入れる。亀山は小さく息をつき、コントローラに視線を落としたままつぶやいた。

「お坊さんって、故人を供養するためなら慣れねえゲームまでやるのか」

「――はい。亡くなった人はもちろん、遺《のこ》された人の人生の落とし所まで探ってみるのが、鐘丈寺の住職の方針やから。ぶっちゃけ俺は、やりすぎやないかって思ってますけど」

仁心が正直に本音を打ち明けると、亀山はおもしろそうに目をみひらいた。

「お坊さんにも迷いはあるんだ」

「俺はあります。たまたま僧侶って仕事を選んだだけの俗な人間やもん――あぶないっ」

ファーストが後ろから狙われていることに気づいて、仁心が叫ぶ。亀山は「人生の落とし所ねえ」と顔色も変えずにつぶやき、コントローラに置いた右手を軽やかに動かした。テレビのなかでは、ファーストが振り向きざま、後ろの敵を銃で撃ち抜く。さらに横っ飛びでJINのそばまで来ると、彼の周りを囲んでいた集団を早撃ちで倒してくれた。その見事なプレイに、仁心は拍手を送りながら言う。

「煩悩をなくすという意味での〝成仏〟は、なにも死んだ人間だけが目指すことではないんですよ。生きてるうちに成仏できたら、どれほど楽なことか」

言葉の後半は自分自身に向けたものだったが、亀山にも響いたようだ。

「お坊さんから見て、俺ってよほど生きづらそうに見えてんだな」と亀山は唇を歪め、ファーストをボスの潜む小学校へと駆けさせた。

ボスを倒せたのは九十九パーセント亀山のおかげだが、仁心が操るＪＩＮも、ボスが立てつづけに降らせるミサイルの盾役くらいは果たせたはずだ。桜葉家ではじめてボスに挑んだときは、虎太郎にコントローラを預けて見ているだけだったことを思えば、格段の成長といえる。

アイテムのノートを拾って教卓に置くと、桜葉家で一度体験したとおり、今回も黒板が窓になって景色を映しだした。

「海だ」

黒板いっぱいに広がった青い海と白い波を見つめ、亀山が呆然とつぶやく。仁心はうなずいた。

「そうなんです。海なんです。砂浜にハマナスが咲いちゅう。まるで――」

「ウチらの町の海だ」

仁心の言葉を引き取ると、亀山はもどかしげにコントローラでファーストを操作し、黒板に向かってジャンプする。つづいて、ＪＩＮも黒板の向こうの世界に飛びこんだ。

キャラクターが砂浜を歩き、海に近づくにつれ、空はみるみるオレンジ色に染まっていく。

「日が落ちるのか」

「この隠し面は、〝釣瓶《つるべ》落としの浜辺〟と名付けられているそうです」

だから、と言葉を切って、仁心はテレビのなかで咲くハマナスを指す。太陽光を失った紅紫色の花は、影の色を濃くしていた。

「夕闇花はハマナスか」

亀山は察しがよい。学校やゲーセンの帰りに、光太と浜辺で格闘ゲームの練習をしていたという過去を思い出したのか、ファーストの動きが完全に止まった。

「たしかに、俺らいつも日が落ちたあとの海にいた。暗い色のハマナスしか見てない」

隠し面では何をしたらいいのかと亀山に問われ、仁心は千蓮が調べてくれた攻略情報をそのまま伝える。

「この浜辺で〝しなきゃいけない〟ことは何もありません。アイテムが手に入るわけでも、誰かとバトルするわけでもない。デュオを組んだ二人が、ただのんびり好きなことをすればいいみたいです。お喋りでも休憩でも食事でもトイレタイムでも」

「何だそれ。理論武装したオタクの一方で、あまあまロマンチストだったあいつらしい」

亀山はコントローラを膝に置いて、薄く笑った。その笑いはだんだんと大きくなり、気づくと嗚咽《おえつ》に変わっていた。仁心が背中をさすってやると、切れ切れに言葉を押しだす。

「あいつ、故郷を出たあと、実は一度だけこの町に戻ってきたことがあって――」

「ご両親の葬儀の日ですね。お仕事が忙しゅうてトンボ帰りしたって聞いてます」

亀山は涙と鼻水でぐしゃぐしゃになった顔を歪めた。テレビのなかでは、ファーストが棒立ちのまま海を見ている。

「そう、その日だ。俺の携帯に何度か着信があった。留守電にも〝ファースト、今日は忙しいのか?〟ってあいつの声が入ってた。平日だったんだども、俺はちょうどシフトが休みでヒマしてて――なのに、あいつからの電話には出なかった」

何度もかけてくれたのに出なかった、と押し殺した声でくり返し、亀山はうなだれた。

仁心がそっと差し出したボックスティッシュから乱暴にティッシュを引き抜き、大きな音を立てて鼻をかむ。

「ひょっとしたら――いや、きっと二人でまたいっしょに海へ行こうって誘いの電話だったんだろうな。今、この隠し面を知って気づいたよ。今さらだけど」

亀山はようやく涙の止まった充血した目でゲーム画面を見つめ、コントローラをもどかしげに操作した。ファーストが砂浜を駆けだす。夜になった空を背負って駆けていく。浜辺と夕闇花はどこまでもつづいていた。

亀山は何度も首を横に振り、違う、違うと叫ぶ。

「俺が腹を立ててたのは、あいつにじゃねえ。自分に、だ。んだども、それを認めて口さ出すことが、ずっとできなかった。あいつを赦さねえことで、自分を保ってたからよ」

「天道さんから捨てられたわけではないと？」

仁心の質問に、亀山は二度強くうなずいた。

「心の底ではわかってた。あいつは、自分の描いた未来さ進んだだけだって。捨てられたように感じたのは、俺の受け取り方の問題。俺のひがみが、事実をねじ曲げた」

憑《つ》かれたように喋りつづける亀山は気づいていないが、仁心には客殿の扉が細くあいて、恵快がのぞいているのがわかった。住職に聞かせていい話かどうか判断のつかぬまま、仁心は亀山の次の言葉を待つ。

「ノートを持ちだそうがだすまいが、あいつはひかりPになってたよ。逆に俺はノートを持っていようとなかろうと、きっと今の俺のまんまだ。ゲームで遊ぶのが好きってだけの人間だ。東京で勝負すべえなんて思わねえし、すごいゲームを作って、不特定多数のファンさ死を惜しまれるクリエイターになんて、絶対になってねえ。たとえノートが何らかのチャンスを作ったって、そのチャンスを摑むことにひるんだと思う」

亀山はようやくコントローラから手を離し、ファーストが立ち止まる。苦しげに肩で息をつくキャラクターのモーションがよくできていた。

あの電話に出てりゃよかった、と亀山はぽつりとつぶやく。

「日が落ちたあとの浜辺で、あいつとまたゲームがしたかったよ。友達として」

亀山が落ち着くのを待って、仁心はさっきから気になっていた点について聞いてみる。

「〝ファースト〟はプレイヤー名であり、亀山さん自身のあだ名でもあったんですか？」

「そうだよ。本名の一就《かずなり》の〝一〟を英語にしただけ。自分の使うゲームキャラにいつもその名前をつけてたら、あいつが勝手にあだ名にしたんだ。俺をそう呼ぶの、最後まであいつだけだったけど」

「あ、じゃあ、もしかして、天道さんのあだ名は――」

「光太の〝光《こう》〟を訓読みしただけの、〝ひかり〟だよ。これまた学生時代は俺しか呼んでなかったけどな」

そうですか、と仁心は何度もうなずき、明るい気持ちで亀山を見つめる。

「容姿も経歴も何もかも捨てて覆面クリエイターになった天道さんも、亀山さんがつけてくれたあだ名だけは捨てず、大事に残したんじゃのう」

「ひかりP――」

亀山は呻くようにつぶやき、「本当だ」と泣き笑いの顔になった。

亀山は、光太の四十九日法要にも納骨にも参列した。

軍パンと襟首の伸びたスウェットという服装が失礼ではないかと、本人はずいぶん気にしていたけれど、出迎えた恵快が「よくいらしてくださいました。天道さんも喜んでおられるでしょう」とにこにこしながら本堂に引っ張りあげた。

鮮やかな深紫色の衣と緋色の袈裟を身につけた恵快が本堂内陣の中央に座り、法要は滞りなく進む。本来ならば遺族が用意する位牌は、木原から頼まれて恵快が用意した。新しい位牌には開眼《かいげん》供養の作法をして、お経を唱える。これによって、位牌ははじめて故人の霊が宿る依《よ》り代《しろ》としての役割を担えるようになると、仏教では考えられている。

恵快の後ろに控え、ともにお経を唱える仁心からは、外陣《げじん》にいる亀山の姿を捉えることはできない。ただ時折ざりざりと数珠玉のこすれる音が聞こえてきた。仁心が貸してやった数珠を、亀山は感情の赴くまま何度も握りしめているのだろう。

本堂での法要が終わると、恵快が位牌棚の下に安置してあった骨壺を持ちだしてきた。次は墓地へ移動して、納骨となる。

竹林を抜けて天道家の墓に行くと、事前に手配しておいた石材店の者が待っていた。本来はまず遺族から参列者への挨拶があるのだが、身寄りもなく、参列者も飛び入りの亀山一人きりなので、恵快がまっすぐ亀山に向けて口をひらいた。

「本日は、故天道光太さんの四十九日法要および納骨式にお越しいただき、まことにありがとうございました。ご覧のとおり北国にも春が来て、寺の庭も竹林も非常に美しい時節となりました。故人もなつかしい故郷の香りに囲まれていることでしょう。お骨が土にかえると共に、故人の魂が迷いなく仏様の御許に辿り着くことを祈ります。そしてまだ生きている我々の魂が、今日を安らかに過ごすことを望みます」

恵快の言葉には、光太への鎮魂だけではなく亀山へのエールもこめられていた。仁心はちらりと亀山の横顔を見てしまう。亀山は目をつぶり、数珠をたらして合掌したまま、神妙な面持ちを崩さなかった。

今まで影のように存在感を消していた石材店の者が、お墓の蓋をあけてくれる。カロートと呼ばれる墓の内部が見え、そこにはいくつもの骨壺が並んでいた。恵快と仁心、二人がかりで光太の骨壺を新たに納め、カロートの蓋をしめてもらう。墓守のいない天道家の墓は、これから鐘丈寺の僧侶が守っていく。仁心は肩の荷が重くなるとともに、身の引き締まる思いもした。

墓前で恵快と共にお経を唱えながら、仁心は亀山を見守る。たった一人で焼香する彼は、またも涙を流していた。

──後悔の涙やろか。

逝く人も遺される人も、後悔のない死は難しいのかもしれないと思ったら、仁心に動揺が走る。心の有様は声に出る。仁心の読経は揺らぎ、恵快に気づかれたようだ。

──いつか死に手がかかったとき、あの人は俺への仕打ちを後悔して泣くがやろうか。そして俺は、あの人が死んだら泣けるのか？

答えは出ない。これ以上あの人のことを考えたくないと、仁心はふたたび目の前に集中し、お経を唱えた。

すべてが終わったときには、お昼をだいぶ過ぎていた。

いっしょに昼ごはんでも、という仁心と恵快の誘いを固辞し、亀山は背を向ける。このまま一人であの浜辺に行くのかもしれないと、仁心はふと思った。

亀山さん、と呼びとめたのは、恵快のほうだ。怪訝《けげん》な顔で振り返った亀山に、恵快は朗らかに言った。

「ゲームで遊ぶのが好きって、亀山さんの立派な個性であり特技だと、僕は思いますよ。今はオンライン対戦も盛んだから、あちこちで大会もあるんでしょう？　新たな仲間作りの道具《ツール》にだってなりますよね」

自分に負けず劣らずゲームに疎かったはずの恵快がいつのまにと、仁心は舌を巻く。そういえば『ヤミバナ』のプレイ中、恵快が客殿の扉の隙間から、亀山の話を聞いていたことを思い出した。あのあと、恵快は亀山のねじれた魂を救うために、法要の合間の限られた時間で昨今の業界事情を必死に調べたのだろう。そう確信し、仁心は震えた。

――恵快さんは、まっこと住職や。

亀山は面映ゆそうに目をしばたたいていたが、目尻にしわを作って笑顔になる。

「ゲームの腕は、ひかりより俺のほうが上だった。あいつは絶対否定するだろうけど」

それじゃと手をあげた亀山の顔を見れば、恵快のあげたお経と言葉が、死んだ光太だけでなく生きている亀山の力にもなれたことを、仁心は実感できた。

恵快が細長い体をかがめて、仁心にささやく。

「お坊さんって、いい仕事だよね」

「ですね」

仁心は素直にうなずけた自分に自分で驚き、嬉しく思った。

クマさんといっしょ

高知より十日ほど遅く岩手の梅雨が明けると、日めくりをめくるようにきっぱり夏が来た。鐘丈寺の夏は涼しくて短いと恵快から聞かされていたけれど、なかなかどうして、今年の夏は茹《う》だる。仁心は朝の掃除を終えたところで、作務衣の下のTシャツを着替えるのが日課になっていた。

山門脇の掲示板には、〝涼に寄るのは負けじゃない〟という不思議なメッセージが貼りだされている。もちろん恵快の筆によるもので、癖の強い右あがりの文字だ。先日、仁心が掃除をしていたら、散歩中の老人達が掲示板の前で立ち止まり、「朝からエアコンつけるか」「そうだな」とうなずき合っていたので、これはこれで響く言葉なのかもしれない。

朝食のあと、仁心が寺務所の前を通りかかると、恵快に呼び止められた。

「仁心君、これはそろそろ千蓮ちゃんに返しておこうか」

そう言って掲げてみせたのは、黒光りしているゲーム機だ。「好きなだけ遊んでから返してくれていいよ。わたしは今、使ってないから」という千蓮の言葉に甘え、もう三ヶ月近く借りっぱなしになっている。

「ええんですか？」

仁心がそう聞いたのは、ゲーム機といっしょに千蓮から借りたバトルロイヤルゲームのソフト『夕闇花の咲くまでに』を恵快がたいそう気に入り、夜な夜な仁心を誘って興じていたからだ。コントローラを握ることすらはじめてに近かった恵快が、今では仁心よりよほど手練《てだ》れの戦士となっている。以前、自分が体調を崩して幻に終わったスクワッドという四人のチーム戦を、桜葉家の二人と仁心といっしょにできる日を楽しみに特訓しているらしい。

「うん。じきに棚経《たなぎょう》だしね。しばらくまた大忙しになるでしょう？　ゲーム機が近くにあると、僕は誘惑に負けて夜な夜な遊んじゃうし、そしたらきっとまた体を壊すだろうし、いったん返そうかと」

「それがええですね」

恵快の返却理由を聞き、仁心は一も二もなく賛成した。ゴールデンウィークの頃、「お盆の法要からは、仁心君メインでやってもらうかもしれない」と不吉な予言をしていた恵快だが、連日の猛暑もうまく対処して、今のところ体調の悪化は避けられているように見える。棚経と呼ばれるお盆に檀家宅で行う読経も、二人で分担してやれることになった。

「今、住職が寝不足で倒れでもしたら、俺が檀家さん全軒をまわることになってしまう。それは困ります」

現時点で、仁心は全体の四割の檀家へ出向くことになっている。仁心一人に法要のすべてを任せると了承してくれた檀家が、四割もいたということだ。

もちろん恵快が頭をさげ、骨を折って頼みこんでくれた結果の数だと、仁心はよくわかっている。恵快の信用を担保にお試しをしてもらえるこの機会を活かせなければ、この地での仁心の未来がきつく苦しいものになることも知っている。

仁心はキリキリと痛む胃をおさえ、恵快に懇願した。

「住職、体だけはだいじにしてください。本当に」


仁心のその懇願は、そこから始まる鐘丈寺の忙しい日々を予言していたかのようだ。檀家の葬式が三日にあげず、立てつづけに入ってきた。もちろん寺にとって葬式は避けられない日常だが、恵快いわくその数が例年より格段に多かったらしい。恵快と仁心は棚経の準備と日々の業務に加えて、非日常な数の葬儀を執り行うことになり、体調を崩すところまではいかずとも、疲労困憊《こんぱい》のうちに棚経の日を迎えた。

鐘丈寺のあたりのお盆は、田畑の作業が一段落ついた旧盆に行われる。毎年だいたい八月十三日に迎え火を、十六日に送り火を焚く日程だ。春までいた高知の龍命寺は、檀家を持たない観光寺だったので、仁心にとって棚経ははじめての体験だった。

鐘丈寺は一台しか車を所有していないため、今回、仁心は檀家総代の虎太郎から軽自動車を借りた。桜葉家では虎太郎しか自動車免許を持っていないにもかかわらず、社用車のワゴンを含め三台もの車を所有しているそうだ。

――楽に使ってくれ。多少へこんでも気にしねえから。

虎太郎はそんなふうに言っていたが、仁心は断然気にする。虎太郎にこれ以上弱味を見せたくないとも思う。よって檀家から檀家への移動中も、車の運転で神経が安まらず、ここ数週間解消しきれずにいる疲労がさらにたまっていった。

緊張しすぎて記憶の飛んだ十三日が明け、十四日の今日は経を大声で読みすぎ、声が嗄《か》れ気味だ。仁心はこれ以上聞き苦しい声になりませんようにと祈る思いで、トローチを舐め舐め本日最後の檀家に向かっていた。あらかじめ登録しておいた住所に従い、カーナビは鐘丈寺にほど近い場所で案内の終了を告げる。仁心はサイドブレーキを引いて窓から外をうかがい、「あれ？　ここって」と声をあげた。

以前、桜葉家まで歩いていく途中、見つけた美容院だった。そのときは気づかなかったが、店舗併用住宅だったようだ。レッドシダーの外壁が印象的な店舗部分の後ろに、白い壁の建物がつづいている。

「ハミングバード――間違いない」

仁心は英文字で書かれた看板を読んでうなずく。店舗の扉にＣＬＯＳＥＤの札が下がり、お客様用の駐車スペースが空いていたので、停めさせてもらった。車を降り、ステップをあがって店舗入口に近づく。ガラス扉の中は暗く、人影もなかった。シャンプー台やスタイリングチェアに白いクロスがかかっている。休業中だという千蓮の話を思い出したところで、声をかけられた。

「ご住職――じゃなかった。すみません。えーと」

仁心は体を後ろにそらして声の方向を探す。建物の脇から、眼鏡をかけた五十がらみの男性が手をひらひら振っているのが見えた。

「はじめまして。鐘丈寺の木戸仁心です」

「仁心さん、家の玄関はこっちなんです。そこからまわってもらえますか」

仁心が言われたとおり、男性のあとにつづいて建物の脇を歩く形でまわりこむと、店舗とは九十度向きを変えた方角に住居部分の玄関がある。

仁心は黒い玄関ドアの前で、男性に向かってあらためて頭をさげた。

「今日は、私が棚経を勤めさせていただきます」

「あ、どうも。加倉田《かくらだ》です」

あわてて頭をさげ返す加倉田の頭には、白いものがちらほらまじっている。顔が長細いせいか、眼鏡のフレームがやたら突き出ているように見えた。

「すみません。あの、申しあげにくいんだども、もしかしたら妻が——」

話の途中で、玄関ドアがひらく。顔をのぞかせたのは、加倉田と同年代の女性だった。

「——妻の安美《やすみ》です」

加倉田が消え入るような声で紹介する。女性は潤んだ瞳で仁心を見あげるやいなや、泣きだした。どうしよう、どうしよう、と口の中で念仏のように唱えている声が聞こえる。

驚いた仁心が動けずにいると、加倉田がドアの向こうに安美を押しこみながら言った。

「ええと、お坊——いえ、仁心さん。悪いんだども、今日は帰っていただけますか」

「え、でも」

仁心は安美に視線を移す。安美は加倉田に抵抗して、必死で外に出ようとしていた。背が小さく頭身も低いため、子どもの体に五十代の顔がくっついている印象を受ける。

安美は仁心と目が合ったとたん、首を横に振って力いっぱい叫んだ。

「帰っちゃ、ダメ。今こそお坊さんさ必要なときだ」

「――すみません。あがってください。すみません」

結局、加倉田のほうが根負けしたらしい。謝りながら、ドアを大きくひらく。仁心は早く早くと手招きする安美を無視できず、戸惑いつつもおっかなびっくり草履を脱いだ。

加倉田邸は、併設の美容院と同じく、無垢の床と漆喰《しっくい》の壁のぬくもりが感じられる内装となっている。にもかかわらずどこか寒々しいのは、整然としすぎているからだろうか。モデルルームのような生活感のなさに、仁心はひそかに驚いた。

リビングに通される。ダイニングテーブルとソファとテレビ台、あとはヴィンテージ家具らしき揺り椅子くらいしか家具は置かれていないので広々としていた。

壁にぴたりとそった特注らしきテレビ台の端に、テレビ台と同じ木材で作られた上品な仏壇があった。盆棚はその前に作られている。ござのような敷物の上に、バナナ、スイカ、ブドウ、トマトといった季節の野菜と果物は丸ごと、煮染めや天ぷらや団子など手作りのお供え物は器に入れて供えてあった。下段にはナスやキュウリに割り箸をさして作った精《しょう》霊牛《りょううし》や精霊馬《しょうりょううま》も飾られている。盆棚の両脇に置かれた少し大きすぎる盆提灯《ぼんちょうちん》とともども、この家のなかで唯一、洗練やお洒落《しゃれ》とはほど遠い、バランスを欠いたスペースになっていた。だからこそ加倉田夫妻の体温が感じられ、仁心はほっとする。

盆棚の前に敷かれた座布団へ進んでいく途中、テレビ台の上に置かれた上品な写真立てが目にとまった。大きなフレームのなかに、七枚の写真が並べて収納できるデザインになっている。真っ赤な顔の赤ん坊が、入学準備で買ったランドセルを背負って、おませな表情で笑うまでの、一人の女の子の成長の軌跡が見られた。

仁心の視線を辿り、加倉田が一瞬、泣き笑いの表情を作る。十年、と仁心は頭の中で暗算する。

——十年前に死んだ子を、親はこんな表情で振り返るのか。

せつなく痛ましいし、気の毒に思う。けれど仁心の胸のどこかで、からからと乾いた風が鳴っているのも、また事実だった。ずいぶん昔にあいた心の穴から、血や情愛でつながった絆に共感し、震える気持ちがきれいさっぱりこぼれ落ちてしまっていた。

仁心は歩みをとめずに座布団までくると、座ってすぐに合掌し、扉のひらいた仏壇に一礼する。ではさっそく、といつもの手順で読経に移ろうとしたとき、安美が声をあげた。

「待って」

振り返ると、安美は仁心のすぐ後ろに立ち、仏壇を指さしていた。

「お坊さん、わからねえの？　結芽《ゆめ》さ今、ここにいません」

「え」

「わかるんです。私にはわかる」

安美は仁心を見つめ、必死に訴える。さっぱり意味が摑めず、加倉田に助けを求めて仁心の目が泳ぎそうになったとき、安美が指さした状態のまま体ごと急に向きを変え、今度は揺り椅子を示した。

「結芽は今頃きっとクマさんを捜して、この世のどこかをさまよってる。迷子です」

「く、熊さん？」

仁心は反射的に龍命寺の住職がよく聴いていた落語の登場人物を想像してしまい、ますます混乱する。加倉田が恐縮しきった様子で説明を足した。

「結芽の形見となったぬいぐるみの名前です。クマのぬいぐるみだから、クマさん。まんまだども、あの子がそう呼んでいたので」

「ああ、プーさんのほうのクマですか」

ようやくぴんときた仁心に、安美はまくしたてた。

「あの子が五歳の頃、ショッピングモールのワゴンセールになってたぬいぐるみなんです。誕生日プレゼントも〝ママ達が決めていいよ〟って言うような物欲のねえ子だったんだども、あのときだけは特別だったな。〝クマさんをなしてでも連れて帰る〟ってワゴンの前から動かなくなって。ワゴンのなかには他にもっとめんこい顔立ちのクマがたくさんいたのに、〝この子がクマさんだから〟って。以来、結芽はクマさんとどこへ行くのもいっしょでした。二人は通じ合ってた」

「少し神経質なところがある子どもだったんで、ぬいぐるみをリラックスグッズの一種として扱っていたんだと思います」

ともすれば精神的な世界へ飛びそうになる安美の物言いを、加倉田が冷静に嚙み砕いてくれる。

仁心は話の先が読めないまま、ひとまず夫婦に向かってうなずいた。安美が揺り椅子まで歩いていき、背もたれを手で摑んでぐらぐら揺さぶる。

「この椅子が、結芽とクマさんの特等席でした。結芽が亡くなってからは、クマさんがずっと独り占めしてきたのに、消えたんです。このお盆に消えちゃった」

「昨日――十三日の夜から、ぬいぐるみが見当たらなくて」

「私ね、クマさんは結芽の棺に入れでけるべと思ってました。でも火葬の前の晩、私の夢枕さ結芽が立ったんです。あの子、はっきり言いました。〝クマさんは、お母さんとお父さんのそばにいさせでけで。結芽の代わりにいさせでけで〟って」

安美のまばたきが速くなる。みるみるせりあがってきた涙を乱暴に指でぬぐい、安美は座布団に座った仁心の前にぺたんと膝をついた。

「わかりますか、お坊さん。結芽と一心同体だったクマさんが消えたということは、結芽も消えたってことです。お盆なのに、家にいねえんです。どうしたらいいんでしょう。結芽はどこさいったの」

「どうしたらって――」

すがりつかんばかりの安美の迫力に、仁心は思わず座布団から腰を浮かす。

加倉田が割って入ってくれた。

「やめなさい。仁心さんだって困ってるべ」

「お坊さんだったら、きっと結芽を捜しだしてくださるわよ。法力があるんだもの」

「俺――いや、私はあいにくそがな修行はしちょらんで」

僧侶を占い師か超能力者のたぐいと考えているふしのある安美に対し、仁心は必死で説明する。ついでに言えば霊感もなく、幽霊やおばけ――亡くなった女の子の魂が入って勝手に歩きだすクマのぬいぐるみとか――の話は、一人で風呂に入れなくなるから苦手だと正直に告白したかったが、安美を傷つけてしまいそうなのでのみこんだ。

加倉田に後ろから羽交い締めされた安美は、それでもまだ歯を食いしばって仁心を見つめていたが、仁心がたまらず目を伏せたとたん、はらはらと涙をこぼした。

「今日はもう帰っていただこうか。な?」

加倉田がなだめるように声をかける。安美がこくりとうなずくのを待って、加倉田から目配せが飛んできた。仁心はあわてて座布団から立ちあがる。

加倉田と二人で玄関を出て、建物の脇を通って店舗の前まで戻ってくる。そのあいだずっと、加倉田は仁心に詫びつづけた。

「お盆でお忙しいときに無駄足を踏ませてしまい、本当に申しわけありませんでした。時間もずいぶん押しちゃいましたよね」

「気にせんといてください。今日は加倉田さんのお宅が最後で、あとはもう寺に帰るだけなんで。なんとかお盆のあいだにクマさんが見つかるとええですね。ちなみに、どんなぬいぐるみなんです?」

仁心の言葉に加倉田は恐縮しつつ、ポケットからスマートフォンを取りだした。

仁心は加倉田のカメラロールに残ったクマの写真の数に驚く。えんえんスクロールしても、手を止めればまた、舌を出したクマのユーモラスな顔が目に飛びこんできた。レストランやアミューズメントパーク、あるいは観光地らしき眺めのいい風景のなかで、夫妻とクマのぬいぐるみがいっしょにうつった写真がずらりと並んでいる。大人が小脇に抱えるのにちょうどいい大きさのクマさんではあるが、実際に大人が旅行や外出先で持ち歩けば、さぞ周囲の目を引いただろう。

仁心の心を読んだように、加倉田が決まり悪そうな顔でうなずいた。

「今じゃ妻が、どこへいくにもクマさんといっしょです。結芽を連れ歩いてるつもりなんでしょう」

仁心は「なるほど」とうなずきながら、安美自身がどこかにクマさんを置き忘れてきた可能性を考えていた。


夕飯どき、仁心は恵快に加倉田夫妻の話をした。

海藻を入れた中華スープをゆっくり口に運びつつ、恵快は「結芽ちゃんが行方不明」と嚙むようにつぶやく。蛍光灯の光の下にいるせいか、その顔色はやけに青白い。もともと細身だが、連日の猛暑とお盆のハードワークで、ランニングシャツからのぞく腕も胸もさらに肉が落ち、骨が浮いていた。仁心は心配になりつつ話をつづける。

「盆棚を作って、迎え火を焚いてと、いつもどおり仏様を招いて供養しちゅうんやし、結芽ちゃんが帰ってきちょらんわけはないと思うんやけど――」

「かといって、僕らに〝結芽ちゃんは、ここにいます〟って証明もできないしねえ」

「そうなんですよ。そこがつらいところで――とにかく、クマさんが出てこんことには、おちおちお経もあげさせてもらえん状況でした」

恵快は目を丸くして、スープのカップを持ったまま考えこんだ。

「加倉田さん家の棚経《ち》には、僕が新盆からずっと行かせてもらってる。新盆は二人とも声をかけるのを遠慮するくらいつらそうだったけど、三回忌のあとの盆くらいにはめっきり落ち着いて、結芽ちゃんの思い出話で笑えるくらいにはなってたな。あれは、クマさんがいっしょにいてくれたおかげか」

「そうやと思います。クマさんが〝結芽の代わり〟だって、奥さんの夢枕に立った結芽ちゃん自身が言ったそうやき。加倉田さんのカメラロールにあった、夫妻とぬいぐるみが並んでいるたくさんの写真――あれはきっと、家族写真なんやと思います」

「もう十年か」

恵快が左手首の痣をさすりながら言う。仁心と同じ計算をしたらしい。

結芽は先の震災で亡くなった。その日の二日前から熱を出していて、三月十一日はようやく平熱に戻った日だったという。保育園へ行きたい結芽と、大事をとらせたい安美のあいだで少し揉めたが、最終的には母の意見に娘が従う形で休むことにした。結芽は祖母の家に朝から連れていかれ、養生していた。そこに地震が起こり、崩壊した家の柱に潰された。苦しむまもなく逝ったでしょうという見立てが、夫妻の拠り所だ。

今回、仁心が分担した檀家の仏様事情については、恵快から事前に教えてもらっていた。加倉田家は仏様が幼い子どもであることやその死因からとりわけ印象に残り、対応や言動には十分注意しようと思っていたところに、このクマさん騒動だ。仁心はついつい加倉田夫妻、なかでも安美を腫れ物扱いしてしまう。

「安美さんはだいぶお疲れのご様子やった。ひょっとしたら、安美さん自身が外出先にクマさんを置き忘れて、そのこと自体を覚えちょらんとか――」

「うーん、どうだろう？」

恵快は仁心の仮説に賛同も否定もせず、玄米の上にわさび醤油につけたアボカドとトマトをのせた野菜の漬け丼を一口食べて、おいしいと頬に手をあてた。恵快が左手で箸を操っているのを見て、仁心は「器用だな」と感心する。そしてすぐに、左利きなのだから当たり前かと思い直した。読経の際は、右利きの仁心と同じように、恵快も左手に数珠をかけ、右手で木魚を叩くため、うっかり忘れがちだ。

恵快は箸をいったん置いて、仁心を見る。

「加倉田さん達が家のなかを捜してるなら、僕らは外を捜してみようか」

は？　と仁心は思わず声をあげたが、恵快は視線を外さない。ゆで卵のようだった肌のきめが粗くなっている。青白い顔色で、夏バテの一言ではけっして片付けられない痩せ方をして、それでもまだ自分より檀家の心配をして、手をさしのべようとする。

――自殺行為や。

仁心の口からつい、きつい言葉が飛びだした。

「このクソ忙しいお盆どきに、クマさん捜索網を張るんですか？　もう三週間近く休みがなくて疲労困憊の俺らが？　警察でもないのに」

「警察はぬいぐるみを捜してくれないでしょう？」

「坊さんだって捜さんよ」

仁心の方言まじりのタメ口を受け止め、恵快はぱちぱちとまばたきする。細い目の奥にのぞく瞳は、悲しいくらいに透明度が高かった。

恵快はゆっくりお茶をのんだあと、湯呑みを置いて静かに言う。

「仁心君、僧侶の仕事は自由だよ。しちゃいけないことなんて、ない」

いや、あるわ。仁心は反射的に突っ込みそうになったが、声は出なかった。恵快が先に言ったからだ。

「他の檀家さんと同じく、加倉田さんとこの仏様もちゃんと供養してあげようよ。だって今はお盆なんだから。死者と生者がいっしょにいられる貴重な時間なんだから」

恵快の澄みきった瞳で見つめられると、仁心は嫌でも境界線を意識してしまう。

今、目の前で弱りながらも熱い息づかいを感じさせてくれる恵快は、来年は境界線の向こう側にいってしまっているかもしれない。姿も見えず、触れられず、声も聞こえないところに。結芽のいる側に。

仁心は腕組みして、天井を見あげた。そのまま微動だにせず考え、結論を探し求める。

やがて窓の外から猫の鳴き声が聞こえたのを機に顔を戻し、恵快を見つめた。

「とりあえず俺、加倉田さんに電話して、奥さんの十三日の行動ルートを聞いてみます」

「いいね」

恵快が嬉しそうに口笛を吹いた。彼の口笛はだいたいいつも同じメロディだが、仁心はいまだその曲名を知らない。今日も聞きそびれた。

――十三日の妻の外出先ですか。

電話口の向こうで、加倉田の声が戸惑っている。クマさんの行方を捜す目的だと最初に伝えたものの、やはり身辺を探られている感はぬぐえないのだろう。

仁心はあわてて「思い出せる範囲でかまいませんし、答えたくないなら結構です」と付け足そうとしたが、加倉田の返事のほうが早かった。

――墓参りとスーパーくらいかな。墓参りは私も行きましたが、家内はクマさんと最後までいっしょでしたよ。

「じゃあ、まずはスーパーに問い合わせてみます」

仁心がクマさん捜索の方針を固めて電話を切ろうとすると、加倉田がホームベースに滑りこむような勢いで言った。

——あっ。スーパーでは総代のお孫さんに会ったみたいです。〝ずいぶん大きくなってた〟と、家内が帰ってから話してたから。

「檀家総代の孫って、千蓮ちゃ——桜葉千蓮さん？」

意外な名前が飛びだして驚いたが、よく考えたら町にスーパーは二軒しかないし、車が主な移動手段であるこのあたりだと、加倉田家と桜葉家は近所と言っても差し支えのない距離にある。仁心が納得しかけたところに、加倉田が付け足した。

——ええ。千蓮ちゃんと結芽は保育園でずっと同じクラスで、仲良くさせてもらっていました。家内のほうも千蓮ちゃんのママとはワーキングマザー同士、話が合ったようで——

語尾が不自然に途切れたのは、千蓮の母親もまた震災で亡くなっているからだろう。

「余計な話をしてしまって、すみません」と加倉田の声は細くなった。電話の向こうで白髪まじりの頭を掻いている姿が目に浮かぶ。

「や、十三日の情報なら何でもありがたいです」

仁心は礼を言って、話を切り上げた。

スマートフォンの時刻は午後八時になろうとしている。スーパーは二軒ともまだ営業している時間だ。仁心は電話番号を調べて、二軒それぞれに忘れ物の問い合わせをした。二軒とも警備センターやら本部やらに電話をまわされた挙げ句、返ってきたのは「クマのぬいぐるみの忘れ物は届いていません」というすげない言葉だった。

20：31というデジタル時計の表示を見て少し迷ったが、まだ「夜分遅く」とは言わなくていいだろうと、仁心は桜葉家にも電話を入れる。最初に電話を取ったのは、予想どおり虎太郎だ。仁心が事情を話すと、虎太郎は電話口をふさがずに孫の名を呼ぶ。足音が近づいてきたと思った次の瞬間、耳元で千蓮の声が響いた。

――なんでわざわざ家電《いえでん》に？

「いや、もう夜やし、突然やし、いちおう保護者公認のもと話そうかと」

――はあ。仁心さんって、先生っぽいところもあるんですね。

少し小馬鹿にされている気もしたが、仁心は話を進める。

「聞きたいことがあるんだ。千蓮ちゃん、十三日にスーパーで加倉田さんと会《お》うたやろ？」

――カクラダって、ハミングバードの？

「そう。あの美容院の奥さん」

――ああ、結芽ちゃんママか。会いましたけど、何？

昨日も遊んだ調子で故人の名前がすらりと出てきた。仁心は千蓮のペースにのまれそうになり、あわてて咳払いする。

「そのとき加倉田——結芽ちゃんママが、クマのぬいぐるみを抱いてたかどうか、覚えちょらん？」

——結芽ちゃんのクマさんね。うん。小脇さ抱えてたよ。

あっさり答えがもたらされる。クマのぬいぐるみの説明は不要だった。安美が結芽の忘れ形見であるクマさんを抱いて買い物するのはいつもの光景だと、千蓮がつづけて話したからだ。

——クマさん、めんこいよね。小さい頃、結芽ちゃんに何度せがんでも、クマさんだけはぜったいに抱かせてもらえなかった。そんくらい大事にしてたんだべ。

千蓮の声が少し沈む。結芽にとって特別だったクマさんは、結芽が亡くなり、いっそう特別なぬいぐるみとなってしまったらしい。

「結芽ちゃんママは、スーパーを出るまでぬいぐるみを抱いちょったかな」

——そこまで見届けてはいないけど。クマさんのことは忘れないでしょ。

千蓮は当然のように言った。だとすれば、紛失場所はスーパーではないことになる。じゃあどこだ？　と剃髪の頭を抱えた仁心の耳に、千蓮の声が飛びこんでくる。

——そうだ。あの、仁心さん、ついでと言ったらあれなんですけど。わたしの貸したゲーム機で、まだ遊んでます？

「え？　あっ、ああーっ」

仁心の奇声に驚いたのか、千蓮まで電話の向こうで「ひゃあ」と叫ぶ。仁心はスマートフォンを握りしめ、その場でがばりと身を伏せた。

「ごめんなさい。申しわけございません。まだ返してなかったよね。住職からお盆の前に返しておくよう言われてたのに、忘れちょった！」

——い、いいよ、そったら謝らなくても。来週ちょっとおもしろそうなゲームが発売になるんで、ハードだけ返してもらえたらいいから。

「返します。返します。ハードもソフトも、明日返しにいきます。ええかな？」

——わたしはいいですけど、仁心さんはだいじょうぶなんだが？　明日もまだ棚経が残ってるんでねえの？

仁心は思わず舌打ちしそうになり、なんとか我慢する。合間の移動時間か帰り際に寄ってもいいかと尋ねると、横で二人のやりとりに耳をすましていたらしい虎太郎が、急に電話を代わった。

——合間はやめとけ、坊っちゃん。ただでさえ下手クソな運転のくせに。気を散らせてると、事故を起こすぞ。明日はもともとウチの車を返しに来る予定だったべ？　そのときに寄ったらいい。夕飯用意して待っとくわ。

「え。ごはんなんて、そんな――」

恐縮する仁心の言葉を遮って、虎太郎はつづける。

――住職の労をねぎらうために用意すんだ。坊っちゃんはただのおまけ。気にしなくていい。じゃあ、明日な。おやすみ。

千蓮に代わってもらえないまま一方的に切られた電話を前に、仁心は深々と息を吐いた。

＊

明けて十五日。十六日が送り盆とあって、たいていの檀家はこの日までに法要やお墓参りを済ませる。僧侶達の忙しさと疲れもピークに達していた。まして仁心は、不慣れな土地でのはじめてのお盆、そして前代未聞の棚経の延期を経験したばかりで、朝起きたら軽いめまいがしたくらいだ。それでも今日も、自分を待つ檀家と仏様がある。そして朝のお勤めも変わりなくある。

仁心は蒸し風呂のような湿気と戦いながら着物の襟を合わせ、部屋を出た。階段をおりて、庫裏から本堂につながる長い廊下を進むあいだに、手足を動かして重い体に血を巡らし、顔をあげる。薄暗い本堂に入り、背筋を伸ばしてご本尊に合掌した。腹に力をこめ、読経する。

――また、〝今日〟がはじまるんや。

鐘丈寺に来てから、毎日ではないが、仁心は朝のお勤めでそんな感慨を抱く日があった。昨日からのつづきでも、明日へのつづきでもなく、まっさらな今日。さらに突き詰めると、〝今〟という瞬間。まだ鳥も虫も眠っているような静かな境内で、そんな〝今〟ときっちり向き合えるお勤めは楽しかった。

恵快のように芯からよろこんで誰かのために走りまわることは、仁心にはまだできない。一生できないかもしれない。けれど鐘丈寺に来て、恵快とともに寝起きしているうちに、僧侶として生きる覚悟がほんの少しだけ固まった気がする。

その日最後の檀家の家を辞したときには、すでに日が暮れていた。今日まで喉がもってよかったとほっとしている仁心の頰を、風が撫でていく。昼間の熱風とは違い、早い秋の予感をはらんだ涼しい風だった。恵快から譲られた黒紗《しゃ》の衣がさらさらと鳴る。

仁心は軽自動車に乗りこむ前に、加倉田に電話を入れてみた。問題が解決していれば、今からでもお経をあげにいこうと思っていたが、クマさんは依然として行方不明らしい。

仁心がスーパーに電話で確認し、どちらも遺失物としての届出はなかったことを告げると、加倉田はひどく恐縮して、手間を取らせたと何度も詫びた。

——今年の棚経はもう結構ですよ。一年かければ、妻も心の整理がつくでしょう。

当事者にそう言われてしまうと、仁心は「わかりました」と答えるしかない。電話を切って車に乗り、桜葉家を目指す。

途中ガソリンスタンドに寄って、虎太郎から借りた車の洗車と給油を済ませ、桜葉家の広い敷地に車を停めたときにはすでに午後七時をまわっていた。ドアをあけて車を降りたとたん、エレキギターの音が耳をつんざき、仁心は思わず顔をあげる。

二階の窓があいており、ギターストラップのかかった細い背中が見えた。ボブカットの髪をちょこんと一つに結んで、後《おく》れ毛《げ》とともにあらわになった首は長く頼りない。

「千蓮ちゃん？」

仁心のあげた声に、ギターをつまびく本人ではなく、その横に立っていた剃髪頭のひょろ長い人物が窓に向き直った。

「やあ、仁心君。おつかれさま」

袈裟こそ取っているが、いまだ深紫色の衣で正装した恵快にのんびり手を振られ、仁心は深々と頭をさげる。そして、ようやく振り返ってくれた千蓮に笑いかけた。

「千蓮ちゃん、ギター弾けるようになったんか。かっこええね」

「こったなの、まだ演奏できるうちに入らねえ。住職に教えてもらったコードをおさえてるだけです」

千蓮は即座に首を横に振る。蛍光灯が逆光となり、表情はよくわからない。スタイルのいいシルエットだけ見ると、いっぱしのミュージシャンに見えてしまう。

「でも、三ヶ月前よりは弾けてるよ。ちゃんと練習して、ちゃんと上達してる」

恵快がおだやかに言った。表情は見えなくても、にこにこ笑っているのがわかる声だ。

隣の千蓮がぱっと笑顔になるのが、空気の揺れで伝わってきた。二人のくだけた雰囲気から、恵快にギターを教わることが、すでに千蓮の日常になっていると、仁心は知る。

「住職はピアノが弾けるんやろ？　千蓮ちゃん、ギターをマスターしたら、次はピアノも教わりゃええ」

気が早いです、と仁心の言葉をつれなく流したあと、千蓮は熱をこめてつづけた。

「聞いて。住職すごいんですよ。合唱コンクールで歌ったことないんだって。毎年、伴奏担当で」

「うわ。それはもうガチのピアニストやないですか」

千蓮と仁心のやりとりを黙って（おそらく、にこにこしながら）聞いている恵快の細長い影を見あげ、ああそうか、住職にも学生だった時代があるんだよなと、仁心は当たり前のことに今さら気づく。恵快の達観した物言いや態度に毎日接していると、生まれたときから住職だったような気がしていた。学生ならではの無茶や若気の至りをやらかす恵快など、想像できない。早弁すら怪しいものだと思う。

玄関の引き戸がひらき、虎太郎が顔を出した。

「外に突っ立って何べらべら喋ってんだよ、坊っちゃん。さっさとあがれ。メシはとっくにできてんだ。千蓮と住職もおりてこい」

はい、と三人の返事が揃った。

以前夕飯をご馳走になった食堂のテーブルは使わず、今晩は居間に通される。大きなローテーブルが置かれ、精進料理の大皿がずらりと並んでいた。

「桜葉さん特製、がんもどきとナスの煮物だ。僕は毎年これを楽しみに、棚経をがんばるんです」

恵快はそう言って、仁心に「おいしすぎて、びっくりするよ」と耳打ちした。

虎太郎は黒光りした顔をしわだらけにして笑い、機嫌よく他の大皿を紹介する。

「こっちのちらし寿司とキノコのクリームグラタンは、千蓮が作ったんだ。大根とキュウリの和え物は二人で」

「餅は餅屋に頼みました。比喩でなく」

千蓮が涼しい顔で付け足し、ボウルに入ったつきたての丸餅を見せてくれた。餅にからめるずんだやくるみの餡を見て、恵快は「やったー。つきたてのずんだ餅って、本当においしいんだよねえ」とまた無邪気によろこぶ。

虎太郎はテーブルの片隅に並んだ瓶ビールの栓をいそいそと抜こうとした。仁心があわてて「今日は俺、のみませんよ」と断る。

「なんで？　帰りの車は、住職に運転してもらえばいいじゃねえか」

「いえ。俺は明日も棚経が入りそうやき」

「あっそ。真面目な坊さんで何よりだ」

虎太郎は拗《す》ねたように言って冷蔵庫から缶ビールを出してくると、一人であおった。丸まった背中が寂しそうだ。

一杯くらい付き合えばよかったかなと、仁心は申しわけなく思いつつ、だけど、とずんだ餅を頬ばる。隣に座った恵快の横顔をそっとうかがった。

表情はいつもと変わらず穏やかだが、顔色が青白く、目の下にくっきりとクマができている。頬もまた少しこけた気がする。

何より、あれほど「おいしい」を連呼したがんもどきとナスの煮物もずんだ餅も、最初に取った分すらまだ食べきっていない。

——住職、おつかれや。

今晩は早めにおひらきにしてもらって、帰りの車も自分が運転していこうと、仁心は考えていた。

恵快の体調の悪さは虎太郎も見て取れたのか、仁心が申し出るまでもなく酒もお喋りも早めに切り上げてくれる。ごちそうさまでしたとみんなで手を合わせたあと、千蓮はテーブルの上をざっと見まわし、「あとで片付けるから、そのままにしといて」と自分の部屋に戻っていった。

空の食器を持って立ちあがろうとする恵快を、虎太郎が制する。

「千蓮がやるから」

「でも、ごちそうになりましたし——」

押し問答になりそうな気配を察して、仁心は割って入った。

「ごちそうと車を貸していただいたお礼に、俺が片付けます。住職は、桜葉さんとそちらのソファで楽にしちょってください」

そう言うと、食の進まない恵快の分まで食べたせいではちきれそうな腹をおさえ、リビングから流しまで何往復もして食器を運ぶ。

洗い物をしながら、ソファに移った二人の話す声を背中で聞いた。

「住職、体調はどうよ？」

「きついことはきついんですが、ただの夏バテじゃないかと」

冗談なのか、本気でそう思っているのか、恵快は飄々と答えている。余命一年が頭をちらつき、仁心は戸惑った。虎太郎も鼻白んだ様子で口ごもり、早口になる。

「そうは言っても、住職はほら、油断禁物だべ」

「ですね。薬もそろそろなくなるんで、この忙しさが一段落したら病院に行きますよ」

恵快が素直に医者にかかることを約束したので、虎太郎から安堵のため息が漏れた。仁心もほっとする。恵快が体勢を変えたのか、衣擦れの音がした。少し遅れて恵快の声があがる。

「エレキギター、リペアに出しました？」

「千蓮が出してたよ。アンプにつなぐとノイズが起こってたべ？　あそこを直してもらったんだと。ボディの傷はお母さんの味だから、絶対にいじらないでって頼んだらしい」

「お母さんの味かあ」

　恵快はしみじみ嚙みしめるようにつぶやく。仁心は背中を向けたまま、口を挟んだ。

「千蓮ちゃんのお母さんも一人で練習してたんですか」

「いや。華蓮《かれん》はバンドやりてえと高校で軽音部さ入って、ギターをはじめた。だから最初から仲間がいたな。大学でも軽音サークルさ入った。というより、もっといろんな人達と音楽がしたくて東京の大学さ行ったようなもんだ、あいつは」

　だども、と虎太郎は仁心まで聞こえるくらいの大きなため息をつく。

「千蓮のギターはゲームと同じ。ひとりでする気楽な暇つぶしの一種だべよ。とうとう高校へは一日も行かずに、夏休みだ。学校という社会で揉まれる青春を捨てた分だけ、時間があり余ってんのよ」

　虎太郎の口調は少し尖っていた。理由も告げずに学校を休みつづける孫娘を心配してばかりの時期は過ぎ、苛立ちを覚えはじめているのだろう。

「暇つぶしでギターが弾けるようになれば、儲けものじゃないですか」

　不登校には一切触れず、恵快がのんびり言う。心の底からそう思っているふしがある。

　仁心は、千蓮が恵快といっしょにいるとやわらかい雰囲気になる理由がわかった気がした。と同時に、虎太郎が怒りだすんじゃないかと心配したが、当の虎太郎は「むう」と困り果てたように唸っただけだ。

二人の会話はそれきり途絶える。仁心が洗い物を終えると、虎太郎が肩を落としたまま立ちあがった。恵快はソファでうつらうつらと船を漕いでいる。

「お経は住職にあげてもらったが、せっかくだから坊っちゃんも、帰る前に挨拶してってくれよ」

「挨拶？」

「華蓮に」

虎太郎は顎をしゃくって、廊下に出た。恵快がまだ起きそうにないのをたしかめてから、仁心がついていくと、玄関までつづく廊下の途中にある襖《ふすま》をがらりと開け放つ。

ふだんから仏間として使用しているらしい小さな和室には、加倉田家のような簡易でモダンな盆棚ではなく、昔ながらの大きなそれが置かれている。お供えの果物や野菜の量も、棚がたわむほど大量だ。

盆提灯のやわらかな光が照らす棚の上に、位牌と並んで写真が飾ってあった。

千蓮とよく似た涼しげな目元の女性は、刷毛《はけ》で書いたような眉をさげ、困ったように笑っている。想像していたよりずいぶん若い。高校生になった今の千蓮と、この写真の女性が並べば、姉妹と間違える人もいるだろう。後れ毛をたらして長い髪を一つにまとめた髪型のせいか、写真の女性のほうが千蓮より気弱ではかなげに見えた。ステージでギターをかき鳴らしている姿など全然想像できない。

「このかたが、千蓮ちゃんのお母さん――」

「華蓮だ」

虎太郎がきっちり訂正する。仁心は「華蓮さん」と言い直してから、盆棚の前に正座し、手を合わせた。

「華蓮が生きていれば、千蓮が今どったなこと考えてんのか、もう少し理解できたかね」

虎太郎の途方に暮れた声が、背中に当たる。仁心は合掌したまま、返事の代わりに経を唱えた。


恵快を起こして、仁心は桜葉家を辞す。恵快の細長い体を車の後部座席に押しこみ、エンジンをかけていると、恵快がむにゃむにゃと声をあげた。

「仁心君、まだ返してないんじゃない？」

仁心はあわててエンジンを止める。危うく今日ここに寄った最大の目的を忘れるところだった。

待っちょってくださいね、と起きているのか寝ているのかわからない恵快に言い置き、キーをさしっぱなしにしたまま車を出る。

虎太郎に事情を話し、返却した車のキーをもう一度借りた。後部座席のはじっこに置き忘れていたゲーム機とゲームソフトを包んだビニール袋をぶじ回収すると、二階にある千蓮の部屋を目指す。

「千蓮ちゃん、あけてくれる？　仁心や。ゲームを返しにきた」

ドアの前で声をかけたが、反応がない。仕方なくノックと同時に、さっきよりも大きな声でもう一度声をかけた。

いきなりドアがひらき、目の前に千蓮の顔が現れる。真夏だというのに、肌の白さに透明度が増していた。

「手ぶらで来るから、今日も忘れたのかと思いました」

千蓮はそんなことを言って、両手を差し出した。そこにすっぽりおさめるように、仁心はビニール袋に入ったゲーム機とゲームソフトを返す。

千蓮の体が少し傾ぎ、後ろにアンプとオレンジ色のエレキギター、そしてアンプからつながったヘッドホンが見えた。

「練習中やったか。ごめんね」

仁心の言葉に、千蓮は自室を振り返り、肩をすくめてみせる。

「遊びみたいなもんです」

「聴かせてほしいなあ」

「無理。他人様《ひとさま》に聴かせるなんて、ぜったい無理」

写真立ての中の華蓮とよく似た目をぎゅっとつぶり、千蓮は何度も首を横に振った。

「ギター練習して、バンド組んで、ステージに立つんやないの？」

「そんな——お母さんみたいなこと、わたしはできません。恥ずかしい。わたしのは、ただのお遊び。ゲームと同じです」

千蓮は暗い目をしてエレキギターを見つめる。オレンジ色のそれは、バイオリンのf字孔みたいなペイントが施され、美しい曲線を描いていた。

「そっか。ゲームもギターも楽しいのが一番やな」

仁心がうなずくと、千蓮は空中に読点を大きく書くように体をひねる。メンズサイズのTシャツの中で体を泳がせながら腰を折り、ゲーム機を置く代わりにギターを拾いあげた。

「これはもともとお母さんのギターだから、右利き用。初心者なら右手で覚えていけばいいって住職は言うけど、左利きのわたしにはやっぱりちょっとハードルが高いんです」

「利き手が違うとたしかにねえ——あ、でも、その高いハードルを飛び越えて弾けるようになったら、組みたくなるかもよ、バンド」

しつこいと言いたげに仁心をにらみ、千蓮は尖った顎をくいと前に出した。

「わたしはただ、このギターで弾きたい曲があるだけです」

「なんて曲？」

「内緒」

千蓮はすげなく言って、左手を仁心の顔の前に突きだす。手足が並外れて長いので、些《さ》細《さい》な仕草でも目立つ。仁心が思わずのけぞると、千蓮は「結構ビビりなんですね」と呆れたように言って、仁心の着物の襟についた糸くずを取ってくれた。

「そういえば、住職から聞いたんだども、結芽ちゃんママがクマさんをなくしたんだって？　だから昨日、仁心さんからあんな電話が来たんだね。見つかったんですか？」

「いや、さっき連絡したら、今日もまだクマさんは行方不明だって」

「ありえない」

千蓮はきっぱり言い切った。力がこもったのか、丸い頬がみるみる赤らんでくる。

「結芽ちゃんの形見だよ。あんなにいつもいっしょにいるクマさんだよ。結芽ちゃんママがなくすわけない」

「でも家にないなら、どこか外で置き忘れたか、落としたかって考えるしか――」

「本当に？」

千蓮のつぶらな目が強いかがやきを放つ。仁心とまともに視線がぶつかると、千蓮は尖った肩をすくめて、腕のなかのエレキギターへ目を落とした。

「わたしのギターと、結芽ちゃんママのクマさんは、同じだべ」

「――かけがえのない人の形見ってこと？」

仁心の言葉に、千蓮はほっそりした白い首をかくんと折るようにしてうなずく。ほつれた髪が頬にかかった。

「わたし、本当はずっと前からお母さんのギターを弾いてみたかった。小学生の頃からね。これが弾けたら、死んじゃったお母さんがもっと近くにいてくれる気がして――」

「それがどうして今まで――」

「じっちゃんが嫌がったんだ。〝このギターは大人用だから、もっと体が大きくならねぇとダメだ〟って禁止されてたの」

千蓮はオレンジ色のギターをぎゅっと抱きしめた。背丈はあっても細身のため、今でもそのギターは十分大きく見える。

仁心の言葉を待たず、千蓮は虎太郎をかばうように早口になった。

「わたしがお母さんの死から立ち直れていないように見えて、じっちゃんは心配だったんだと思う。おっかなぐで、もどかしかったんだと思う。当時はそこまで想像つかなかったんだども、今ならわかる」

わかるようになった今のほうが、あの頃よりじっちゃんを困らせてるってどうなのって話だけど、と自嘲するようにつぶやいてから、千蓮はあらためて仁心を見あげた。

「仁心さん、死ってものはやっぱり大事《おおごと》だよ。残った人達も無傷じゃいられない」

「そうなんやね」

仁心は自分のまぬけな相槌を情けなく思う。どれだけ日常的に死に触れていても、その深さや広さにとことん鈍感な自分を感じていた。

クマさんが見つからなくても、お盆最終日の明日はまた加倉田家を訪ねてみると、仁心が言うと、千蓮はアーチ型の眉を寄せて何やら考えこむ。後ろでちょこんと結んだ髪が、あけはなした窓からの風に揺れ、どこからか風鈴の音が聞こえた。

*

玄関のドアをあけてくれた加倉田は、困惑した顔をしていた。送り火を焚く前に訪ねることは伝えてあったはずだが、と仁心は首をかしげる。

「どうかしました？」

「ええと、先客がいまして」

その言葉の終わらぬうちに、加倉田の足元からぬっと幅広の顔がのぞく。仁心と目が合うと、加倉田のひらいた足の間を8の字で移動しながら、「ニャア」と鳴いた。名無し君だと、仁心はすぐにわかる。

「客って、この猫ですか?」

「いや、これはたまにウチにやって来る野良猫で、お客様は――」

加倉田の視線が落ちるのを追って、仁心も上がり框《かまち》を見おろす。カラフルなハイテクスニーカーがきちんと揃えて脱いであった。猫は玄関ドアを背中で支える仁心の足元にすり寄り、小さな声でひと鳴きしてからふらりと外に出ていく。その超然とした後ろ姿と立派なシッポをしばし見送ってから、仁心は加倉田に尋ねた。

「出直しましょうか」

「いやいや、だいじょうぶです。お客様といっても桜葉さんとこの――」

「おばんでござんす」

いつのまにそこにいたのか、千蓮が加倉田の後ろからひょこっと顔を出して挨拶した。今日は黒いポロワンピースを着て、ボブカットの髪もおろし、少し大人っぽい印象だ。

「――こんばんは」

「お盆だから、結芽ちゃんのお仏壇に手を合わせにきたんです」

千蓮は両手を合わせて、そんなことを言う。仁心が目線を奥へ向けると、リビングのドアがひらき、安美が能面のような顔をのぞかせた。黙って一礼されたので、仁心もあわてて会釈を返す。そして背中を向けられないうちに、安美に話しかけた。

「送り火を焚く前に、結芽ちゃんにお経をあげたいと思いまして。よろしいですか？」

「さっき千蓮ちゃんにも言いましたけど、クマさんも結芽もここにはいねえから」

安美はきっぱり言って、首を横に振る。頑なな拒絶だった。仁心が鼻白んでいると、千蓮が加倉田を見つめ、次いで安美に振り向き、明るい声で尋ねる。

「だったら結芽ちゃんママ、わたしの髪を切ってくれませんか？」

「え」と全員がかたまるなか、千蓮は真面目な顔でボブカットの髪を触った。

「しばらく美容院行ってねえから、伸びすぎちゃって。短くして梳《す》いてほしいです」

お金は払いますからと千蓮が懇願するうちに、安美の目の焦点が定まり、生気がわずかばかり戻ってくる。

「お金はともかくね、千蓮ちゃん知ってるべ？　今、ハミングバードは休業中なのよ」

「三日後、ウチの高校の二学期がはじまります」

千蓮が唐突に口にした「高校」という言葉で、安美だけでなく加倉田の表情までがぴりっと引き攣った。娘の時間が断絶したことを、思い知らされたのだろう。仁心は千蓮が次に何を言いだすのか、はらはらしながら見守る。

「わたし、一学期は丸々休んじゃったんです。不登校ってやつです。誰かに何かされたわけじゃねえよ。自分の問題です。自分のなかのやる気というか生気？　そういうものがなくなっちゃって——疲れちゃって、休みました」

唐突にみずから不登校とその理由をカミングアウトし、千蓮は仁心の顔を見ながら「じっちゃんにはずいぶん心配かけました。ていうか、今も現在進行形でかけてる」とつづける。

「お母さんを亡くして、もちろん悲しくて苦しくて寂しかったんだども、わたしが元気にならねえと、いっしょに暮らすじっちゃんがつらそうだったから、お母さんを亡くした痛みや傷は早く忘れよう、紛らわせようって努力してきました。実際、けっこううまくやれたと思う。んで、このままうまくやっていけるんじゃねえかって自分でも思ったとたん、疲労困憊でつまずいちゃいました」

千蓮はあははと笑って、腰に手を当てる。スレンダーな長身美少女の仁王立ちは、どこかいびつで痛々しい。大人達が誰も笑わないでいると、千蓮は神妙な顔つきに戻って言った。

「結芽ちゃんママが、ずっと羨ましかったです」

「私が？　なして？」

安美が目を丸くする。

「クマさんといつでもいっしょだったべ？　結芽ちゃんのクマさんさ抱いて出かける行動で、結芽ちゃんを失って悲しい、寂しい、苦しいってことをちゃんと周りに表明できてて、わたしはとても羨ましかったんだ」

仁心は、華蓮のエレキギターを抱いて佇む千蓮の姿を思い出した。〝死ってものはやっぱり大事だよ。残った人達も無傷じゃいられない〟という彼女の言葉もよみがえり、天啓のように真実が見えた気がする。

「家族の死は、残った家族みんなで受け止めて、共存していかねえとダメですよ。誰かが一方的に我慢したら、いつか疲れて、歪んで、崩れちゃう」

千蓮は目を伏せたまま、つぶやいた。昨晩、ことのあらましを聞いた時点で、千蓮はすでにわかっていたのだろうと、仁心は察する。今やっと仁心が理解した真実を、見抜いていた。

――クマさんはなぜ、いなくなったのか？

仁心は加倉田へ視線を向ける。安美もまた彼を見ていた。娘の死を思うぞんぶん嘆き悲しみ、形見にすがりつづけた妻を常に見守り、なだめ、励ましてきた夫を。安美と同じくらい娘の死に打ちのめされたはずなのに、悲しみ、怒り、寂しさ、絶望、その他ありとあらゆる感情を、ただ一人で堪《こら》えるしかなかった彼を。

安美が静かに千蓮に歩み寄り、その細い肩を抱きしめる。ころころと身が詰まって背の低い安美は、すらりと背の高い千蓮にぶらさがっているように見えた。

「ありがとう、千蓮ちゃん。大きくなったね。本当に大きくなった」

安美は千蓮を抱いたまま潤んだ瞳を加倉田に向け、黙って頭をさげる。加倉田も頭をさげ返す。彼の唇が音を発さないまま動くのを、仁心は見ていた。

「結芽ちゃんママがかっこいい髪型にしてくれたら、わたし、きっと元気になる。久しぶりの学校もおっかなくねえ。長い休みを終えて、また歩きだせると思うんだ。んだから結芽ちゃんママ、わたしの髪を切ってくれませんか？」

千蓮が震えた声でもう一度尋ねると、安美はもちろんとうなずいた。

「その前に、お坊さんにお経をあげてもらわねえと。千蓮ちゃんもよかったら、いっしょに見送ってやってよ、結芽を」

今度は千蓮がにっこり笑って、もちろんと言う番だった。

仁心にとって今年最後の棚経がつつがなく終わろうとしている。ひどく喉が渇いているのを感じつつ、仁心は座布団の上で体勢を変えて、後ろに控えたみんなに顔を向けた。揺り椅子の指定席にクマさんの姿はなかったが、安美はもう何も言わない。数珠を手に持ち、正座してまっすぐ盆棚を見つめている。

仁心は喉の渇きを誤魔化そうと咳払いをして、自分が緊張していることにやっと気づいた。

恵快のお供から脱し、はじめて一人で檀家と接してきたこのお盆、法話までは手がまわらず、定型に近いもので乗り切ってきた。けれど、今日はそれじゃいけない気がする。

――死者を弔うことで、生者を救えるときがある。僕らはそういう仕事をしてるんだ。

今このときになって、恵快の言葉がずしんと腹に響いてくる。安美が、加倉田が、そして千蓮が自分をまっすぐ見ていることをたしかめ、仁心は声がうわずらないよう、もう一度咳払いして口をひらいた。

「お盆は、仏様となった方々のこの世への里帰りなんて言われています。年中行事と化しているふしもありますが、俺――私は今年はじめて棚経をやらせてもろうて、尊いなって思いました」

我ながら軽く拙《つたな》い口調だと思う。もっと威厳のある話し方ができればいいが、彼らの前では、等身大の自分の思いを正直に伝えることを優先したほうがいいと、仁心は判断した。

「この世で忙《せわ》しのう生きる誰かが仏様を忘れず、毎年帰る場所を準備して、戻ってきてほしいと願うことで、はじめて叶《かな》う里帰りです。生者が愛を持っていなければ、死者は帰れん。じゃあ、その愛は誰が教えてくれたのか？　おそらく今や仏様となった故人達ではないでしょうか。私はお経を読みながらそがなんを感じ、尊く思うた次第です」

仁心は数珠を持った手で左胸をおさえた。

「個人的な話をします。私には帰る場所がありません。肉親との縁が薄うて、帰るどころか居る場所も持てず、生き残るのに必死で、愛を知る暇がありませんでした。だから、愛を持つこともなかなか難しく、みなさんがことさらまぶしゅう、尊く見えるのかもしれんです」

まさかこんな話をするなんて、と自分で驚く。自らの生い立ちについて、仁心がすすんで他人に話すのははじめてだった。

「生きている者の心に愛があるかぎり、仏様は盆という里帰り期間だけでのうて、あの世にいながらこの世にもおることが叶うんやないかと、今年の棚経を終えた私は思ってます。私達が毎日どう生きるかを、仏様は心のなかでずっと見ててくれるはずやと。だから——」

おさえた胸が熱い。息苦しいほどに感情が押し寄せてくる。仁心は一度しっかり呼吸したあと、なるべく静かな口調で言い切った。

「みなさんが愛する仏様は、今でもみなさんを愛し、いつもいっしょにおります。しっかり生きていきましょう。今日はありがとうございました」

合掌して深々と頭をさげた仁心のつむじに拍手の音が当たった。顔をあげると、千蓮が潤んだ瞳で手を叩いている。仁心と目が合うと、あわててやめた。

「不謹慎でごめんなさい。でもありがとう、仁心さん」

安美と加倉田も大きくうなずく。仁心はほっと息を吐いて、背筋にこもっていた力を抜いた。あたたかい歓《よろこ》びがひたひたと自分の心を満たす。これが愛ってやつなら、いつまでも味わっていたいもんやな、と仁心は願った。


法要が済むと、安美は千蓮の髪を切るため、二人で店舗に移動する。リビングでは、加倉田が仁心をもてなしてくれた。車で帰らねばならない仁心のために、炭酸水にレモンを搾り、自宅で燻製にしたというミックスナッツとチーズのおつまみが盛られた皿といっしょに出してくれる。スモークチップの香りが爽やかなおつまみに、仁心の手は止まらなくなった。

「ええですね、燻製。食欲のない人にもすすめられそうで」

言いながら、恵快の顔が浮かんでいる。加倉田は家庭で使える燻製器についてひとしきり講釈をぶったあと、ふいに口ごもり、レモン入り炭酸水をがぶがぶとのみほした。

「あの、仁心さんに謝らないといけねえことがあります。もうおわかりでしょうが、捜すのにお手を煩わせたクマさんは、私が隠し――」

「だいじょうぶですよ」

仁心は加倉田の言葉を制し、首を横に振る。

「俺――私に謝る必要はありません。安美さんには機会を見てお話しされるとええでしょう。安美さんはちゃんとわかってくれると思いますよ」

「はい」

自分の子どもでもおかしくない年齢の仁心の言葉を、加倉田は真剣に聞き、重く受け止めてくれる。僧侶という仕事の不思議を、まざまざと感じる瞬間だ。今までは分不相応に手厚く扱われることへの居心地悪さがぬぐえなかった仁心も、今日ばかりは胸をはって、恵快のように微笑むことができた。

二杯目の炭酸水を自分と仁心のグラスにつぎ、加倉田は「ありがとうございました」とグラスを掲げる。

仁心も同じようにグラスを掲げてみせ、一口のんだ。乾いた喉を通っていくしゅわしゅわした刺激が心地いい。滑らかになった喉を通って、本音がするりと出ていく。

「今回は、私も千蓮ちゃんに助けられたふしがあります」

「んだが。あの子は繊細で強い。ママとよく似てます」

加倉田は眼差しを遠くした。仁心は写真立てのなかにいた女性を思い出して言う。

「桜葉華蓮さん――彼女も震災で亡くなったとか」

「ええ。あちらは津波です。ここから少し離れた、海にもっと近え町《ちけ》で看護師をされてました。患者さんの避難を優先した結果――ご遺体は十日後にやっと見つかったそうです。千蓮ちゃんがどったな思いでその十日間を過ごしてたのか考えると、やりきれませんね」

仁心は唇を噛みしめ、うなずいた。そして、つぶやく。

「――看護師さんやったんですね」

華蓮はギターにはまり、音楽活動がしたくて東京の大学へ進学したと、虎太郎から聞かされた。そのエピソードには、にわかに結びつかない職業だ。

「岩手さ帰ってきて、出産してから看護学校に通い、資格を取ったそうです。裕福な実家さ身を寄せたとはいえ、食いっぱぐれのねえ仕事に就いて、自分の力で娘を育てたかったんでしょう」

「〝自分の力〟って――あの、千蓮ちゃんの父親は？」

仁心はおそるおそる問う。ずっと気になっていたが、近い人には聞けなかったことだ。

加倉田は耳をそばだて、女性達が戻ってくる気配がないことをたしかめてから、小声で言った。

「いません。彼女は通ってた大学を中退し、大きなお腹を抱えて、ここさ一人で帰ってきました。父親の名前は、総代にも千蓮ちゃんにも明かさねえで逝ったようです。相手の男性はどうも、子どもができたこと自体を知らないまま彼女と別れたようですね」

「そんな——」

「お葬式のときに酔いつぶれた総代が話してましたよ。〝無責任なクズ男め。どうせ華蓮が死んだことだって知らねえまま生きてんだべ〟って吠えて、泣いて——大変でした」

部屋がしんとして、炭酸の泡立ちが聞こえる。母親のエレキギターをかまえ、利き手ではないほうの指で懸命に音を奏でようとしている千蓮の姿が思い起こされ、仁心はスモークチーズを強く嚙んだ。

千蓮はボブヘアを短くして戻ってきた。同じ髪型ではあるが、切りっぱなしのまま伸びていた印象の髪が全体的に軽くなり、頭の形にそってうまくまとまったように見える。小顔がますます小さくなった。

「結芽ちゃんママのカットは上手だな。めんこくしてくれてありがとう」

千蓮が嬉しそうに言う。お世辞は言わない子だと知っているのだろう。安美も素直に喜んだ。

「千蓮ちゃんの学校、髪染めオーケーなんだべ？　次来てくれたときは、ちゃんと時間とってインナーカラーも入れちゃおうね」

「はい。何色がいいかなあ」

髪を切る時間、二人のあいだでどんなやりとりがあったのだろう。安美は店を再開する気に、千蓮はふたたび高校へ通う気になっている。

仁心は、加倉田にこっそり「インナーカラーって何ですか」と聞いた。髪の内側だけカラーリングすることらしい。色白で背も高い千蓮はきっと似合うし、ますます人目を引く存在になるだろう。

送り火を焚く加倉田夫妻に別れを告げ、仁心は車で千蓮を送っていくことにする。今晩、虎太郎は仕事関係の飲み会があり、出かけているらしい。

車の窓をあければ、ひんやりとした夜風が入ってきた。スピードを出すと、寒いくらいだ。助手席に乗った千蓮の髪がさらさらと揺れる。安美にしてもらったばかりのトリートメントのいい香りが、仁心に届く。千蓮の口からこぼれたハミングのメロディに、仁心は聞き覚えがあった。何て曲だったっけと考えていると、千蓮が口をひらく。

「夏が終わっちゃいますね」

独り言に聞こえたのは、千蓮が頬杖をつき窓の外に視線を向けていたせいだ。仁心は一応そうだねと返事をする。すると、千蓮がおもむろに姿勢を正し、運転席に向き直った。今度ははっきりと仁心に向けて、口をひらく。

「鐘丈寺に来るまで、仁心さんは高知のお寺にいたんだべ？　じっちゃんが話してた」

「うん。龍命寺っていう大きな寺におったよ。観光名所になっちゅうような寺やき、毎日地元の人以外に、旅行客もたくさん拝みにくる。檀家さんはおらんし、墓地もなかった。鐘丈寺とは全然違うタイプの寺や」

「龍命寺の前は？」

仁心は千蓮の視線がまだ自分にまっすぐ向けられていることを横目で確認し、頬を掻いた。腹に力をこめて答える。

「施設や。児童養護施設って知っちゅうか？」

「親を亡くした子ども達が、共同生活を送るところ？」

仁心は思わず鼻を鳴らし、頬を歪めた。自分が今どれだけ皮肉な笑いを浮かべているか、想像がつく。

「親を亡くした子どもばかりじゃないよ。親に捨てられた子どもも入っちゅう。親に殺される前に避難してきた子どももおる」

白い肌をますます白くしてかたまった千蓮の沈黙に質問を嗅ぎ取り、仁心はつづける。

「俺は母親が死んで、俺と二人で残された父親が育児放棄したんで、入ったわ」

「放棄って――ひどい」

「父親に言わせると、仕事が遠洋漁業で家を長く留守にするき、赤ん坊の面倒は見れんって、もっともな理由があったらしいけど」

仁心はここで言葉を句切ったが、胸のなかにまだ焦げついた叫びが残っていた。

――俺が成長して、留守番くらい一人でできるようになっても、父親は一度も「施設を出ていっしょに暮らそう」とは言ってくれんかった。だから、俺はやっぱり捨てられた子ちや。

こうして仁心が子ども時代の大部分を過ごすことになった児童養護施設に、講演や法話でよく訪れていたのが、龍命寺の住職だった。住職から、僧侶として龍命寺に就職すれば、衣食住が保証されると聞きだし、仁心は中学卒業後すぐ仏門に入った。

「正直、施設から出られんなら、俺は坊さんになっても極道になってもよかったんや」

「――極論ですね」

「うん。だけど本当。そんくらい切実に居場所が欲しかった。鐘丈寺の求人に応募したのも、龍命寺に坊さんが増えてきて、人間関係もろもろで居づらさを感じたからやし――だからまあ、俺は不純な僧侶だよ。自分でわかっちゅう。恵快さんみたいに徳の高い住職を前にすると、俺が坊さんでええんかなって、今でも不安になるわ」

仁心が冗談めかして本音を語りきると、千蓮は白い腕を窓の外に出し、風をすくうように掌《てのひら》を上に向けた。人家の少ない道だが、ヘッドライトに照らされた田畑の向こうで、明るい炎があがっている。お盆の送り火だ。子どものいる家では、花火の明かりも加わる。加倉田夫妻は六歳で逝った娘のために花火をするのだろうかと仁心は考えかけ、頭を振ってやめた。

桜葉家の広い敷地に車を乗り入れる。虎太郎はまだ帰っていないらしく、家のなかは真っ暗だった。

「桜葉さんが帰るまで、一人で怖くない？」

「一人じゃないから怖くないです」

「え」

「ウチはまだ送り火を焚いてねえから、お母さんがきっとそのへんにいる」

千蓮はそう言ってあたりを見まわし、「仁心さんは怖いか」と笑った。仁心は少し考え、余裕の笑みを返す。怖がりを克服したわけではないが、今は本当に怖くなかった。このお盆の棚経で、幽霊でもいいからもう一度死者と会いたいと望んでいる生者がどれほどいるか、よくわかったからだ。

「千蓮ちゃんのお母さんの幽霊なら、全然怖くないね」

仁心の得意げな様子に千蓮はふきだし、それから小さな声でありがとうと言った。

仁心が車のなかから見送っていると、玄関に入りかけた千蓮がふいに振り向き、駆け足で戻ってくる。

「何？　忘れ物？」

あわてて室内灯をつけて助手席に視線をめぐらす仁心に、千蓮は外から叫ぶ。

「仁心さんは、ちゃんとお坊さんですよ。最初はそうでなくても、高知のお寺や鐘丈寺での日々が、仁心さんをお坊さんにしてるんじゃないかな。あ、これ、別に慰めとかじゃねえですから。今日の結芽ちゃん家《ち》でのお話を聞いて、本当に思ったこと」

ぽかんと口をあける仁心を置いて、千蓮は「おやすみなさい」とまた風のように走り去った。

足音を忍ばせて廊下を歩いたつもりだったが、起こしてしまったようだ。乾いた咳の音とともに、恵快の部屋の襖がひらく。

暗いなか、スウェット姿の恵快の目がきらりと光り、すぐに柔和な笑顔を作った。

「おかえり。おつかれさま」

当たり前のようにかけられたその言葉を聞き、仁心は思い出す。はじめて鐘丈寺に来た日、山門脇の掲示板に貼られていた言葉も「おかえり」だった。それを見て、見知らぬ土地に対する仁心の不安が、だいぶ薄まったものだ。

「ただいま戻りました」

仁心は声をはって挨拶すると、恵快と食堂に行き、熱いお茶をいれて、加倉田家での出来事を話す。千蓮が安美の心を動かす大きなきっかけを作ってくれたことや、棚経のあと、自分がみんなに語った打ち明け話についても伝えた。恵快はこけた頬をふくらまし、全神経を集中させて聞いてくれている。余計な口はいっさい挟まず、身動きすらほとんどしなかった。

ひととおり語りおえると、仁心はぬるくなったお茶をのんで、恵快の言葉を待った。

恵快は「がんばったね、仁心君」と称《たた》えてくれたあと、眼差しを遠くしてつづける。

「クマさんが必要なくなっても、またいつか加倉田さんご夫婦は、結芽ちゃんのことでつらい気持ちになるかもしれない。そのとき、ご夫婦だけで乗り越えられそうになければ、坊さんの出番だ。仁心君、頼むね」

「あそこは、もうだいじょうぶやないかと思いますけど」

帰り際の安美の晴れ晴れとした笑顔や、そんな安美を見つめる加倉田のやさしい眼差しを思い返して、仁心はやんわり反論する。恵快はふだんからさがり気味の目尻を一層さげて、掌をあたためるように湯呑みをくるくるまわした。

「でもね、親の一番の望みは、子どもの成長を見ることなんだ。子どもを忘れるなんて、一生できないんだよ。その子と離れてからどれだけ時が過ぎても、その子との距離がどれだけひらいたとしても」

テーブルの上を小さな虫が歩いている。仁心は反射的に手で潰しそうになるのをこらえ、視線を虫に落としたままつぶやいた。

「どんな親もそうやといいんですけどね」

「そうだよ」

「――はは。住職、まるで自分が親みたいな口ぶりじゃのう」

思わず言い放ってから、仁心は険のある言葉だったと反省する。ぐすっと鼻をすする音が聞こえた。まさか泣かせてしまったかと、仁心はあわてて恵快を見る。恵快は掌で口と鼻を覆い、くちゅんくちゅんくちゅんと雀がさえずるようなかわいい音を立てた。

「住職のくしゃみ――かわいいですね」

「そう？　ありがとう。冷えてきたね。今、何時かな」

恵快はスウェットパンツのポケットを探りかけ、気まずそうに笑う。

「ああ、つい癖で携帯を探しちゃうな。解約したのに」

「えっ。解約？　なんで？」

「準備だよ。少しずつね。僕はじきに寺から出なくなるだろうから、固定電話だけで十分だなって」

何の準備かは、聞かずともわかる。黙りこんだ仁心を励ますように、恵快は明るい声をあげた。

「これから緊急の連絡が仁心君に集中すると思うけど、よろしくね」

「――はい」

「あと、もし僕の準備が間に合わなかったら、部屋の片付けも頼みます。残ってる物は全部捨ててください」

仁心は小さくうなずき、自分と恵快の湯呑みを台所にさげて手早く洗った。一刻も早く話題を変えようと、大きな声をあげる。

「千蓮ちゃん、二学期から学校に行くと思いますよ」

「本当？」

その声が思いのほか嬉しそうだったので、仁心は振り返る。恵快は照れくさそうに剃髪頭をつるりと撫でて、早口になった。

「桜葉さんがずいぶん心配してたからね、喜ぶだろうなあ。何より千蓮ちゃんが、自分自身で次の一歩を決められたことがよかったなあって」

「そうですね」

仁心も今度は心からの同意を示す。恵快は口笛でいつものメロディを吹きながら、自室に戻っていった。その軽やかな足取りに気を取られ、仁心はまた曲名を聞きそびれる。

恵快が体調を崩しつつも自力で行きたい場所に行けたのは、この夏が最後だった。

ママの我が儘

仁心は箒《ほうき》をいったん肩で支え、手をこすりあわせる。外に置かれたまま夜を越す竹箒は冷たく、ずっと握っていられなかった。十一月二週目。朝晩はたいてい白い息が浮かび、作務衣の下に着こんだ防寒インナーも薄手のものでは心許なくなりつつある。鐘丈寺の参道と庭を埋め尽くすように咲いていた萩の花も、今では跡形もなかった。しだれた枝には葉すら残っていないものも多い。根元には毎朝、霜が降りる。

萩の白い花がまだ目にまぶしかった九月くらいから、恵快は法要も日常のお勤めもほとんど仁心にまかせ、自分はもっぱら病院に通うか、部屋で臥《ふ》せっている日が多くなっていた。

引継ぎはだいたい終わっているので、寺の業務自体はどうにかなる。仁心を目下悩ませているのは、住職の具合を心配する檀家に、余命を含めた詳しい病状をまだ伝えられないことだった。

檀家の星賀保子《ほしかほこ》が鐘丈寺を訪れたのは、そんな時期だ。

「星さん、どうしました?」

昼ごはんの用意をしていた仁心が、呼び鈴に気づいて台所から駆けつけると、メンズ物らしきオーバーサイズのフリースジャンパーを無造作にまとった老齢の女性が、クーラーバッグを抱えて立っていた。きれいな白髪を乱暴にひっつめ、すらりとした長身を猫背にして、みずから印象を悪くしているとしか思えない彼女の顔と名前がすんなり一致したのは、先月に彼女の夫、大輔《だいすけ》の一周忌を自身が担当したばかりで、なおかつ大輔の職業が自分の父親と同じ、漁師だったからだ。遺影ですらへの字口を崩さない、大輔のいかめしい顔に長らく会っていない父親がかぶり、プラスとは言いがたい印象が残ってしまった。

「こんにちは。仁心さん、お昼ごはんはもう済んだか?」

「いえ、まだですけど」

よかったと、賀保子はクーラーバッグを突きだした。

「まぜごはんを多めに作ったから、持ってきた」

「ありがとうございます。助かります」

恵快の体調が悪いという噂が広まると、賀保子のようにごはんを差し入れてくれる檀家が増えた。仁心は料理が好きなほうだが、仕事量が増えた今、すぐに食べられるものをもらえるのは、とてもありがたい。いつものように頭をさげて受け取ろうとするも、賀保子はクーラーバッグを離さなかった。把手《とって》を握りしめたまま、ずいと一歩前に出てくる。

「住職の具合、どう？」

「えっと、まあ、寝たり起きたり、変わらずですね」

「今日は起きられるかしら？」

賀保子は恵快の影を追い求めるように、廊下の奥を見やる。

「住職に相談事でもあるんですか」

んだ、と神妙な顔でうなずき、賀保子は猫背を伸ばして、はっきり言った。

「私、自分だけのお墓が欲しいんです」


食堂で賀保子の持ってきてくれたタッパーをあけると、シイタケ、ニンジン、ゴボウなどを細かく刻んで甘く煮たもの、採れたてのコンブ、ツナなどをまぜこんだごはんがのぞく。それとは別に、カボチャの煮物が入った小さなタッパーもあった。

仁心は食器棚から三人分の皿と小鉢を出して、まぜごはんとカボチャの煮物をそれぞれよそいつつ、階段とトイレを挟んだ先にある客殿から漏れる話し声に耳をすます。

賀保子の依頼を伝えると、恵快はすぐに寝床から起きあがり、パジャマ代わりのスウェットから着物に着替え、無精髭《ぶしょうひげ》をきれいに剃った。

「無理はしないでくださいよ」

「うん。でもウチの寺の墓については、まだ仁心君に伝えきれていないところがあるし、星さんが本家の墓に入りたくない事情も気になるし、体調はそこまで悪くな――」

最後まで言い終わる前に咳きこむ恵快を、仁心が支える。そのあとも何度となく安静にしているようお願いしてみたが、恵快は聞き入れなかった。それどころか、賀保子が昼ごはんを差し入れてくれたと知るや、「じゃあ、食べながら話そう。仁心君も同席してよ」と頼んでくる。そばにいれば何かあったときに安心かと、仁心はしぶしぶうなずいた。

客殿からはときどき笑い声があがる以外、食堂にいる仁心に聞き取れる言葉はない。距離があるから仕方ないとあきらめ、だしの素で簡単にお吸い物を作った。焼き海苔《のり》ととろろコンブを加えれば、なかなか立派な見た目になる。

仁心はできあがった昼ごはんをお盆にのせて、失礼しますと客殿の扉をあけた。

蛍光灯の明かりの下で眺める恵快の顔は、無精髭を剃ったこともあり、さっぱりして見える。顔色も思ったほど悪くない。顔は少し細長くなり、ゆで卵の曲線からは遠ざかったが、もともと痩せていたのでそこまでやつれた感じはしない。賀保子も「住職のお加減よさそうですね」なんて笑顔で言ってくる。当人がしれっとうなずいているので、仁心も愛想笑いを返しておいた。

三人でテーブルを囲み、しばし食事に集中する。仁心と恵快はまぜごはんのおいしさに目をみはり、賀保子はお吸い物を作った仁心の気遣いに感謝を述べた。仁心はかぼちゃの甘みを嚙みしめながら、横目でさりげなく恵快の食べっぷりを観察する。最近はごはんの量を半分以下に減らしてほしいと頼んでくる恵快だが、今日はゆっくりながらも、着実に箸を口に運んでいてほっとする。まぜごはんのやさしい味に助けられた。

まぜごはんに入れたコンブの話から、漁師だった大輔の話になり、さらに一周忌の話へと移り、最後に墓の話へ辿り着く。

仁心がいれたお茶をのんで一息つくと、恵快はのんびり口をひらいた。

「ご自身のお墓が欲しいそうですね」

んだ、とうなずき、賀保子は身構えるように唇を真一文字に結んだ。

「結論から先に言いますと、鐘丈寺の墓地に新しい墓を建てるスペースは、まだあります。ちょっと奥のほうになっちゃうけど」

「よかった。菩提寺はこちらがいいの」

「嬉しいお言葉ありがとうございます。では次に、どういうお墓をお望みですか」

どういうお墓？　と恵快の質問を尻上がりで復唱し、賀保子は眉根を寄せた。若い頃から日焼け止め等の基礎的な化粧すらせずに過ごしてきたと思われる賀保子の肌は、あちこち染みはあるものの弾力を保ち、くたびれていない。しわも少なく、若々しかった。

　恵快が湯呑みを撫でながら言う。

「一般的なお墓なら、息子さん達に管理を——」

「ああ、ダメダメ。息子なんて当てにできねえ。本家の墓すら存続が怪しいんだから」

　恵快の言葉を遮るように言って、賀保子は腕を組んだ。恵快は目尻を悲しそうにさげ、また口をひらく。

「お墓を引き継いでくれる人がいないとすれば、先々の供養や管理を寺に一任いただく永代供養墓が用意できます。墓石の代わりに樹木を用いる樹木葬も承れます。ただウチの樹木葬の場合、希望者が増えると合祀《ごうし》墓となりますので、〝自分一人の〟墓ではなくなる可能性がありますね」

「あら、それもダメ。いわゆる大部屋だべ？　落ち着かねえのは嫌だあ」

「了解です。あとは——位牌だけを寺に安置し、ご遺骨はパウダースノー状に砕いて海や山などで散骨する方法もありますよ。撒く骨を少し残しておいて、ご遺族のみなさんが手元供養することも可能です」

「散骨って大自然に還《かえ》る感じ？　んー、それも違うかな。私は自分だけの部屋というか、場所が欲しいんだもの」

「お墓を、自分の居場所にするってことですか」

今まで黙っていた仁心がたえきれず口をひらく。賀保子ははじめて会うように仁心を見て、「居場所」とつぶやき、小刻みにうなずいた。

「そうね。そったな感じ」

仁心と恵快は顔を見合わせてしまう。まだ記憶に新しい一周忌の際、賀保子は三人の息子を従え、親族への礼もきちんと果たしていた。あの日も、賀保子は自分には居場所がないという思いを抱えていたのだろうか。すでにお墓を分けることは頭にあったのか。何も気づけなかった自分に、仁心はがっかりする。思わずつぶやきが漏れてしまう。

「そんなに、旦那さんといっしょのお墓が嫌ですか」

「あらやだ。そんなことは言ってないべ。義実家の先祖や夫と同じ墓に入りたくねえから、自分の墓を買いたいわけじゃないの」

賀保子が何を言っているのかよく理解できず、仁心は「はあ」と吐息のような相槌を打った。代わって、恵快が尋ねる。

「お墓について、旦那さんや息子さん達と話し合ったことは？」

「ありませんよ。ウチの男連中には、私とまともに話をしようって発想がねえんだもの」

話しているうちに腹が立ってきたのか、賀保子は湯呑みを片手でがっと摑み、お茶をのんだ。宙を見据えて、独り言めいた愚痴を言う。

「長男の遼大《りょうだい》は税理士をやってんだけど、妻の美貴子《みきこ》さんの言いなりでね、彼女の実家がある仙台に事務所を構えて、帰ってきやしねえ。次男の俊大《しゅんだい》はパートナーの伽澄《かすみ》さんといっしょに大阪で洋服屋なのか雑貨屋なのか、よくわからねえ店をやってて、これまた帰ってこねえ。三男の瑛大《えいだい》にいたっては四十過ぎても独り者で――」

ふいに言葉を途切らせると、賀保子はため息をついた。虚しくなったらしい。猫背を丸め、恵快に視線を戻す。

「私ね、住職のお話を聞いて、供養も管理もお寺さんにまかせる永代供養墓がいいと思いました。それで手間が減るなら、息子達も文句は言わねえでしょう。お父さんは怒るかもしれないけど、墓の下から怒鳴られたところで聞こえねえし」

一抹の寂しさを覚えたのか、ブラックジョークのつもりなのか、賀保子は唇を片端だけあげて微笑んだ。恵快も微笑みを返しつつ、静かに告げる。

「星さん、お忘れになっていることが一つあります」

「あら何？」

「星さんのお墓には、星さんのお骨が納められるということです。自分の骨を自分の手で墓に納められる人間は、この世に一人もおりません」

「――どういうこと？」

「つまり、お骨をどういう形でどこに納めるかは、祭祀承継者――星家の場合は大輔さんが亡くなったときに、祭祀承継者を三男の瑛大さんにお決めになっていましたから、彼にゆだねられるんです」

「瑛大が、私の骨を無理やり本家の墓さ納骨する可能性があるってこと？」

「話し合いが十分でない場合、そういうこともありえます」

「ああ、ダメダメ。それはダメだあ」

賀保子は頭を抱えてしまった。ひっつめ髪がばらけて、頰に幾筋か落ちる。仁心は賀保子の湯呑みに残っていたお茶を捨て、急須から新しいお茶を注いだ。

賀保子を落ち着かせたいというより、手を動かしていないと自分がむかっ腹を立てて何を口走るかわからなかったからだ。

仁心から湯呑みを差し出されると、賀保子は手をゆっくり頭からおろし、乱れた白髪を適当に撫でつける。あたらしいお茶を一口のんで、つぶやいた。

「やりかねないわ、瑛大なら」

賀保子の目がすわってしまっている。酒はいれてないはずだが、と仁心は急須の蓋をあけて、においを確かめた。

「あの子はウチの問題児なんです。高校出たあと家を飛びだして、定職さ就かず定住もせず、日本中をふらふらふらふら——四十を前に兄達にお灸を据えられて岩手に戻ってきたはいいけんど、相変わらずフリーターをつづけようとするから、夫がほうぼうツテを辿って、頭をさげて、ようやく地元の道の駅さ就職させたんだ。そこまでしてくれた父親が入院したって、見舞いに来やしねえ。死んだって実家に寄りつかねえ。本当に薄情な子だよ。私、どこで子育てを間違っちゃったんだべ」

三男への憤懣《ふんまん》をぶちまけ、最後は自省をはじめてしまった賀保子を、恵快がまあまあとなだめる。

「葬儀のときは、瑛大さんが誰よりも泣いてらしたし、このあいだの一周忌ではお兄様達といっしょに立派に務めを果たされていたじゃないですか」

「は？　あの子が？」

賀保子は大きく目をみひらき、まっすぐ恵快を見つめた。その眼差しは刺々《とげとげ》しい。

「親族にも同じこと言われたけんど——住職までそんなふうに思ってたなんて、がっかりだわ」

「え。私はただ――」

「一周忌に立派な務めを果たしたのは、私だ。法要だけじゃねえ。今までずっと、星家の者として働いてきたんです」

賀保子は荒々しく立ちあがり、声を絞りだすように叫んだ。

「死んだあとくらい、どこの家の者でもねえ、ただの私でいたっていいべ」

恵快と仁心は同時に息をのむ。女性のなかでは長身の部類に入る賀保子だ。座ったまま見あげると、どんなに猫背でも威圧感がある。

待って、と恵快が叫ぶより早く、賀保子は客殿を小走りに出ていった。

その晩、「お昼を食べすぎた」と夕飯を拒む恵快の部屋まで、仁心は山菜粥《がゆ》と海苔の佃煮を運ぶ。食欲がないのは病気のせいもあるだろうが、賀保子とこじれてしまったことを気にしているのだろう。仁心が枕元にぴたりと張りつき、スプーンを持って粥を食べさせようとすると、恵快は「食事介助はまだ必要ないから」と苦笑いとともに起きあがり、自分でスプーンを持ち直した。

山菜粥をゆっくりすすっている恵快に、仁心は賀保子が帰ったあとからずっと考えていたことを言ってみる。

「俺、瑛大さんと話してこようかと思ってるんですけど」

「行ってくれるの」

恵快の顔がぱっとかがやく。その表情と声の調子から、恵快も同じことをしようと考えていたのがわかった。

「はい。ちょっと気になるき」

瑛大さんが、と仁心は心のなかだけで付け足す。

「だよねえ。僕もこのまま星さんを放っておけないなあって思ってたんだ」

思いやっている相手が違うことはのみこんで、仁心はうなずいた。恵快の粥を食べるスピードが少しあがったことが、今はただ喜ばしい。余計な心労で、恵快の体調をこれ以上悪化させたくない。

「瑛大さんの住所わかる？　祭祀承継者だから、檀家名簿に書いてあるはずだけど」

「や、まずは職場に行ってみようかと」

「ああ、道の駅？」

「はい。道の駅なら周囲に人も多いし、感情的にならんで話せそうでしょう」

俺、話すの苦手やけど、と仁心が言い足すと、恵快は目尻をさげて、笑った。

「仁心君はただ、自分の心に素直になればいいんだよ。言葉はあとからついてくる」

「素直かあ。なれたらいいんですけどね」

「だいじょうぶ。いろいろな人間を赦していくうちに、仁心君はきっと素直になれる」

そう断言され、仁心は思わず恵快の顔を見つめてしまう。ごはんを食べたせいか、頬に赤みがさしていた。素直きわまりない恵快は、きっと誰のことも赦してきたのだろう。

――でも俺は、あの人のことだけは、そう簡単には赦せんです。

心の内で叫び、仁心は空になった茶碗を受け取る。そして、恵快が布団に入るのを手伝った。

恵快は寝方をいろいろ試してから、仰向けに落ち着く。天井を見あげ、お伽噺《とぎばなし》でも語るようにつぶやいた。

「昔々、今日の星さんと同じような目で僕を見た人がいたよ。その目を見れば、切実に助けを求めてきているのがわかったのに、僕は全然力になれなかったんだ」

「仕方ありませんよ。坊さんは仏様じゃない」

仁心が何気なく返した言葉は、恵快の心にいたく響いたらしい。細い目を丸くして驚いたあと、ふきだした。

「そうだね。〝坊さんは仏様じゃない〟。本当にそのとおり。仁心君、傑作だなあ」

めずらしく身をよじって大笑いしている。ウケることを言ったつもりのない仁心は、居心地悪くなって剃りあげた頭を掻いた。

恵快はようやく肩の震えを止めて、おだやかな顔で目をつぶる。

「仏様ではないなりに、今度こそ、少しでいいから、力になれるといいんだけどね」

さがった目尻に、涙がたまっていた。

＊

久しぶりに会った亀山一就は、相変わらず若者のような髪型をしていた。斜めに流した前髪を片手で直しつつ、もう片方の手を振って合図する。

「仁心さん、こっちこっち」

海沿いの県道を三十分以上運転してきた仁心は、ほっと息を吐いて道の駅の駐車場から、亀山の待つ建物の入口へ向かった。

「仕事中にお時間取らせてしもうて」

「や、いいって、そったなこと。にしても、リアルで会うとなんか照れるべ」

亀山は視線を斜め下にさげたまま照れくさそうに笑う。勤務中の今日は他の従業員同様、白いシャツに黒いパンツを合わせ、深緑色のエプロンをつけたシンプルな格好をしていた。

だからこそ、スプレーであちこちを固めた髪型がひときわ目立っている。

「ネットでは、週三で戦ってんのにね」

　仁心の口調がつられて砕けた。春にひかりPこと天道光太の納骨を終えて以来、仁心と亀山はスマートフォンの対戦ゲームでちょくちょく遊ぶ仲になっている。〝ＪＩＮ〟と〝ファースト〟のプレイヤー名も健在だった。

「そういや仁心さん、〝ベーグル奉行〟のレベル見たか？」

「いえ。また上がってました？」

「ああ、爆上がり。学生さんは時間あるもんなあ。羨ましいよ」

　千蓮がプレイヤー名呼びで話題になる。仁心が誘う形で同じゲームに参加した彼女は、先にはじめていた仁心のレベルをあっというまに抜き去り、今や亀山に迫る勢いだった。何度か三人でチームを組んだり、差しで対戦したりもしているので、現実の千蓮と一度も会ったことがない亀山も、ベーグル奉行とはすっかり馴染み、チャットで冗談を言い合う仲だ。千蓮のゲームの腕前もよく知っている。戦略に長《た》けている反面、思いきりのいい戦い方をすると褒めていた。

　仁心の視線が、ふと止まる。

「あれ。亀山さん、髪の色明るくなった？」

「ああ、染めたの。今度、ゲーム大会さ出ることにしたから、景気づけに」

「eスポーツってやつですか。すごい」

仁心が歓声をあげると、亀山は頭を掻いた。

「ほら、ひかりの納骨の日、おたくの住職が〝今はオンライン対戦も盛んだから、あちこちで大会もある〟って言ってたべ。あれでちょっとやる気になった」

さすが住職、と仁心は心のなかで拍手しながら言う。

「応援してますよ」

「まだ予選だけどな。んだども、ひかりの縁で久々にゲームに熱くなれた。今、楽しくてしゃーねえわ」

亀山は笑ってそう言い、やっと仁心と目を合わせてくれた。

「で、えっと、星ちゃんだよね」

「ありがとうございます」

回れ右して歩きだした亀山の背中に向かって、仁心は頭をさげた。瑛大と同じ道の駅に亀山が勤務していることを思い出し、電話をかけたのが一昨日の話。亀山はすぐに瑛大に話を通し、仁心と会える日程を調整してくれた。

地元で採れた海産物や野菜が並ぶ市場のような売場を、先に立ってすいすい抜けていきながら、亀山は仁心に振り返って言う。

「星ちゃんは食堂担当なんだわ。早番だから、もうじきあがってくると思う」

その声が聞こえたように、一人の中年男性が柱の陰になっているところからにゅっと出てきた。亀山が「おう、星ちゃん」と声をあげる。

びくりと肩を震わせた男性は、亀山と仁心をすばやく見比べた。

「このあいだ話した、鐘丈寺の仁心さん」

亀山に紹介されて、仁心が一歩前に出ると、瑛大は後ろに二歩さがりながら頭をさげた。

「ああ。父の一周忌ではお世話になりました——よ、ね？」

細く頼りない声だ。イントネーションが完全な標準語であるところに、仁心は日本全国を放浪していたという瑛大の過去を嗅ぐ。

瑛大は仁心の顔を覚えていなかったようだが、仁心のほうでも忘れていた。というより一周忌当日は、やはり賀保子が前面に立っていた印象が強い。瑛大は小柄で目の大きな男性だった。額が大きく後退した薄毛具合が、キューピー人形を思い起こさせる。賀保子とはあまり似ていなかった。

「じゃ、俺は仕事さ戻るんで。またな、仁心さん」

かたまった二人を残し、亀山は早々に去っていく。沈黙が気詰まりだったのか、瑛大が口をひらいた。

「亀山さんは僕よりだいぶ年下なんだけど、道の駅の社員としては先輩なんです。最初の教育係を担当してもらったこともあって、頭があがりません」

「そうなんですか」

賀保子が〝あの子はウチの問題児〟と言い放った瑛大の仕事遍歴を思い返しながら、仁心はうなずく。そんな仁心の全身にすばやく目を走らせ、瑛大は遠慮深い声で言った。

「お坊さんの作務衣姿って、かっこいいですね」

「え、ああ、寺の作業着やけど」

「若くてスタイルのいいお坊さんが着ると、十分タウン着ですよ」

最近の仁心は私用で出かける際、私服ではなく作務衣を着ることが多い。町の大半の人に「鐘丈寺のお坊さん」だと知られたので、私服を着てキャップをかぶったところで雑踏に紛れることが難しくなってきたのだ。むしろ「お坊さんがおもしろい格好をしている」と目立ってしまう。いわば消去法での作務衣姿だったが、瑛大は嬉しい言葉をくれた。

仁心はぎこちなく礼を述べ、瑛大を見つめる。白いシャツ、黒いパンツ、黄色のエプロンという職場の制服的な服装のため、瑛大のファッションセンスがどれほどのものなのか、正直見当がつかない。

　仁心の視線に耐えきれなくなったのか、瑛大は大きな目を激しくしばたたき、うつむく。

「それで、あの、話って――」

「先週、お母様がお寺に相談にみえたんですけど」

「相談」のあたりで、瑛大の肩がびくりと跳ねあがった。そわそわと落ち着きがなくなり、やたら周囲を気にする。話をつづけようとする仁心を制して、先に口をひらいた。

「立ち話も何ですから、食堂で話しましょうか。ねっ」

　市場のような売場から地続きで併設された食堂へ、瑛大は仁心を引っ張っていく。食堂はフロアの面積のわりにテーブル数が少なく、広々としていた。〝海鮮ちらし〟と〝シーアイスクリーム〟ののぼり旗が、いたるところに立っている。午後の中途半端な時間帯のせいか、客の姿はなかった。カウンターの向こうに見える厨房では、亀山と同じ黄色のエプロン、さらに同じ色の三角巾をつけた人達が数名丸椅子に座って、まかないらしきうどんをすすっている。

　入口にある食券機の前で、瑛大が振り返った。

「何か食べます？」

　いいえと首を横に振りかけて、相手が食堂担当だと思い出す。仁心はのぼり旗を指さした。

「シーアイスクリームって何ですか？」

「見た目は食用色素で青くなってるけど、要は塩バニラソフトです。海の塩ってことで」

「じゃあ、それを」

財布を出そうとする仁心を制し、瑛大はズボンのポケットから取りだしたむきだしの千円札を投入し、ボタンを押した。しゃがんでお釣りを受け取ると、小銭も直接ポケットにしまう。「好きなテーブルで待っててください」と仁心に言い置いて、カウンターへ向かった。厨房の人と二言三言話したあと、みずから厨房の中に入っていく。食事中の仲間を気遣って、自分で準備するつもりらしい。

仁心は空いたフロアをぐるりと見まわし、一面に海が広がる窓際の奥の一卓を選んだ。その見事な海と砂浜の眺めに、ゲーム『夕闇花の咲くまでに』の隠し面を思い出す。

「〝釣瓶落としの浜辺〟だ」とひとりごち、仁心はセルフサービスの水を取りに向かった。

グラスに水をそそぎ、〝ご自由にお使いください〟と書かれたトレイに並んでいたビニール包装のおしぼりを二つもらって戻ると、ちょうど瑛大が水色のソフトクリームを持って厨房から出てくるところだった。

銀色のコーンスタンドにささったソフトクリームが、仁心の前に置かれる。

「ありがとうございます。いただきます」

仁心が手を合わせると、つられたように瑛大も手と声を揃えた。そのまま大きな目で、仁心が一口目を舐めるのを見ている。

「おいしい」

「本当?」

「本当やって。塩で味が引き締まってるぶん、甘みが増して、えっと、まろやか」

仁心ががんばって味覚を言葉にすると、瑛大はようやく息をつき、小さく笑った。

「よかった。シーアイスクリームは僕が考案したんです。海といえば青でしょって単純に色を決めちゃったんですけど、いざ発売したら、青のアイスはないわってお客さんに引かれちゃって」

「あー。食欲減退の色やって言いますもんね」

仁心の言葉に瑛大は頭を抱え、薄毛を揺らした。

「言いますよねえ。冬が近づいてきたこともあって、売上的に苦戦してるんですよ」

「寒いときこそ、アイスはうまいのに」

「でしょう?　その事実、もっと浸透したっていいのになあ」

瑛大は大きな目に力をこめて、我が意を得たりとうなずく。そして、ほぐれた空気に身をまかせるように、するりと言葉をつづけた。

「母の相談って、あのことでしょう」

「ご存知でしたか」

「はい。こっちは、いつ言ってこられてもいいように覚悟を決めてました。でも、父が亡くなっても、一周忌を終えても、母からは何も――」

瑛大はばりばりと音を立ててソフトクリームごとコーンを嚙み砕いた。汚れた指をおしぼりでぬぐいながら喋りつづける。

「まさか僕を飛び越え、お寺さんに相談するとは思いませんでした。なんかすみません」

「いえ。家族の問題やからこそ、第三者の介入が救いになることってあると思うんで」

家庭という密室は怖いですよね、と仁心が実感をこめてつぶやくと、瑛大は大きな目を激しくしばたたいた。仁心の顔色をうかがうように、小さな声で尋ねてくる。

「――母の相談について、お坊さんはどう思いました?」

「俺、いや私は瑛大さんの味方です。お母さんの言い分は正直、ただの我が儘《まま》と愚痴に思えました」

「えっ」

瑛大のあげた大声に、仁心のほうも「えっ」と驚いてしまう。

「あ、口悪すぎましたか？　申しわけありません」

「え、いや、口が悪いとは全然思いませんが、ただ――」

「親に事情があることも、親も一人の人間やってこともわかります。子どもを産んだからって親にはなれん人間がいることも、骨身に染みてわかってます。理解しようと、日々努力してます。やけんど修行が足りんのかな。我が子を貶《けな》す親を見ると、俺はやっぱり思ってしまう」

　仁心は息を吸いこむと、めらめらと燃えだした苛立ちをおさえ、なるべく静かな声で一気に言った。

「親になったんなら、子どもを投げだすな。愛しつづけろよって」

　瑛大がたじろいだように身を引き、台ふきんで意味もなくテーブルを拭いた。仁心の感情が落ち着いた頃を見計らい、おずおずと尋ねてくる。

「あの、母は具体的に何と言ってきたんですか？」

　瑛大の大きな瞳が潤んでいるのを見て、仁心は反省した。檀家の前で我を忘れるほど怒りにかられるなんて、やはり住職はもちろん僧侶にも向いてないなと肩を落とす。消え入りたかったが、瑛大は自分の返答を待っている様子だ。仁心は賀保子が口走った瑛大への酷い評価をそのまま伝えて傷つけないよう、慎重に言葉を選んだ。

「ええと、相談の趣旨としては、星家のお墓に入りたくない、ということですね。自分一人で眠れる墓が欲しいそうです」

「――話はそこまで飛ぶんだ」

瑛大は呆然とした顔で下唇を噛んだ。そのまま数秒かたまっていたが、ぽつりと言う。

「母がそんなことを言いだしたのは、僕のせいです」

「いやでも――」

どうあがいても賀保子を責める言葉しか見つからず、唾をのんだ仁心に、瑛大はゆっくりうなずいてみせた。

「僕、母と直接話してみますよ」

「だいじょうぶですか?」

仁心の問いに、瑛大はいったん口を結んで、またひらく。

「いや――正直、二人きりは怖いです。お墓のことも絡むし、〝第三者の介入が救いになること〟があるかもしれない。もしよかったらお坊さん、立ち会ってもらえませんか」

「わかりました。ご安心ください。何度でも言いますが、私は瑛大さんの味方です」

仁心が間髪を容れず請け合うと、瑛大は気弱な微笑みを浮かべ、よろしくお願いしますと頭をさげた。

＊

賀保子は約束の時間の四十五分も前に来た。ゴミを捨てようと山門を出た仁心が、傍らの掲示板前に立つ彼女を見つけた。朝の日差しにかがやく白髪はひっつめられ、羽織っているのはメンズ物の黒いライトダウンだ。猫背が描くカーブのせいで、不自然にしわが寄っている。

仁心に気づいて、「先日はどうも」ときまり悪そうに挨拶したあと、賀保子はふたたび掲示板に向き直った。

「〝ママがわたしにした我が儘〟――この言葉はどなたが?」

「住職がどこかで見つけてきたそうです。実際に筆で紙に書いたのは、私です」

「んだが。なんだか責められてるように感じちゃったわ」

肩をすくめて言うと、賀保子はうつむく。

「早く来すぎちゃって、ごめんね。瑛大のほうから〝話したい〟なんて言われるの、はじめてで――どうせお墓のことを反対したいんでしょうけど」

賀保子は言いながら、ちらりと仁心の反応をうかがってくる。仁心はなるべく表情を変えないよう努めつつ、「どうでしょうね」と首をひねっておいた。

ゴミを捨てたあと、仁心はあらためて賀保子を山門から招き入れる。昨夜のうちに客殿の掃除をしておいて正解だったと思いつつ、庫裏へ案内した。

賀保子が客殿に入るとすぐ、きちんと正装した恵快がお茶の盆を持って顔を出す。これには賀保子だけでなく仁心も驚いた。最近の恵快は薬で緩和できない痛みが増えてきたらしく、昨日も一昨日も布団のなかで七転八倒していたからだ。その痛がりようをはじめて見た仁心は救急車を呼ぼうとしたくらいだし、虎太郎も医者も万が一を考えて入院をすすめてきたが、恵快たっての希望でまだ自宅ならぬ〝自寺〟療養を貫いている。

「住職、無理せんといて」

血相を変えて駆け寄ろうとする仁心を制し、恵快はのんびり賀保子に手を振った。

「やあ、星――いえ、賀保子さん。いらっしゃい」

その声には張りがある。肌艶は悪くなったが、頬の肉は思ったほど削げていない。賀保子の目には健康体に映ったのか、仁心と恵快の顔を怪訝そうに見比べた。

「住職、まだ具合悪いんだが？」

「そうなんですよ。まいった、まいった。季節の変わり目は嫌ですねえ。もう年かな」

恵快の言いまわしと、つるりと剃髪頭を撫でる仕草がユーモラスで、賀保子の顔がようやくほころぶ。

「ウチの末息子より若えくせに、何言ってんの。そったな細い体してるからだべ。もっと食べて、早く元気にならなくちゃ」

事情を知らない賀保子の励ましは残酷だった。仁心は息を詰めて、恵快の横顔をこっそり見やる。恵快はにこにこしたまま廊下に首を伸ばし、おだやかに告げた。

「その末息子さんが、いらっしゃったようですよ」

恵快の言葉に、賀保子はひっつめ髪を何度も手で撫でつける。その横顔は、話し合いというより果たし合いに挑む顔つきだ。息子をねじ伏せ、自分の意思を貫こうという強い決心がうかがえた。

「おはようございます」

弱々しい挨拶の声とともに、瑛大が現れる。オリーブグリーンのフィッシャーマンズセーターにストレートデニムを合わせた私服姿に、賀保子がさっそく嚙みついた。

「お寺さんにジーンズを穿《は》いてくる人がいますか。作業着じゃねえの。失礼だべ」

「あ、ごめんなさい。どうしよう。着替えてきましょうか」

瑛大の声はますます小さくなる。背を丸めると、賀保子の猫背とよく似ていた。

ウチは全然かまいません、格好いい着こなしですね、と恵快が助け船を出し、場をおさめる。お茶をいれてこようと、仁心が腰を浮かしかけると、瑛大がいきなり土下座した。

「ごめんなさい」

「な、何よ。ジーンズのことはもういいって――」

たじろぐ賀保子を遮って、瑛大の声が響く。

「新しい墓が欲しいのは、お母さんが僕と同じ墓に入りたくないからでしょう？　だいじょうぶ。僕は星家の墓には入らない。だからお母さんは安心して、お父さんやおじいちゃん達といっしょの墓に入ってください」

土下座したまま声を振り絞っている息子の姿に、賀保子の眉がひそめられた。

「いきなり何を言いだすの」

「お父さんから、僕の趣味について聞いてたんでしょう？」

「はあ？　お父さんからは何も聞いてねえよ。あんたの趣味って何？　なんの話？」

賀保子の質問に、瑛大はいきおいよく顔を天に向ける。大きな目がみひらかれ、口もぽかんとあいた。視線が泳ぎ、両手で顔を覆う。耳まで赤くなっていた。

「え、ええーっ？　いやでも、じゃあ、なんで、お母さんは――」

明らかに取り乱している瑛大を、賀保子は眉をひそめたまま見つめ、ふうと息をつく。ポケットから出したリップクリームを、鏡も使わず唇にぐるりと塗りつけた。

「名前で呼んでもらえねえ人生さ、つくづく疲れたからよ」

お茶のいれどきだと察し、仁心は立ちあがる。つづく話は背中で聞いた。

「お母さん、奥さん、お嫁さん――そったなふうに呼ばれて、その枠をはみ出さねえように生きてきた。子どもが、夫が、家が、非常識だとか変だとか後ろ指さされねえように注意を払って生きてきた。で、気づいたら、自分自身が何をしてえのか、わからなくなってた。星賀保子という人間は何が好きで、何をやってみたくて、何に幸せを感じるのか、全部わからなくなってたんだ。自分のことなのにね」

全員が押し黙ってしまった客殿に、仁心は湯呑みののった盆を手に戻る。重い空気を掻き混ぜるように湯呑みを置くと、賀保子はすぐ手に取り、おいしそうにのんだ。

「んだから、もういいやって思ったのよ。先が知れてるこの世での自由や望みは捨ててやる。でもせめてあの世くらい、誰の目も気にせず一人でゆっくりしたい。自分とだけ向き合ってみたい」

「それで、自分だけの墓を」

「希望したんだ。なあ瑛大、いいべ？　それくらいの我が儘、許してよ。祭祀承継者のあんたが賛成してくれなきゃ、実現は難しいらしいんだ」

賀保子は恨みがましい目を仁心と恵快に向けながら、瑛大にすり寄った。

「ママがわたしにした我が儘」

仁心が掲示板に書かれていた言葉を、呪文のように小さな声でつぶやく。そうでもしないと、今にも叫びだしそうだ。隣にいた恵快が目をみはり、こっそり背中をさすってくれた。その骨張った手の感触を頼りに、仁心は理性を保つ努力をする。

しかし、均衡はあっさり破られた。

「いいよ」

瑛大が空気の漏れたような声で許可したのだ。賀保子は両手を天井に突きあげ、「やった」と叫ぶ。勝ち誇った顔で恵快と仁心を見まわし、立ちあがりかけた。

「じゃ、そういうことで住職、お願いしますね」

息子の瑛大を残し、一刻も早く帰ろうとする賀保子の姿に、仁心は自分の父親を見る。恵快の手の感触はなくなり、理性は吹き飛び、気づくと「待っとうせ」と叫びながら片膝を立てていた。その剣幕に驚いて動きを止めた瑛大と賀保子へ、交互に話しかける。

「これで終わり？　せっかく会《お》うて話す機会が作れたのに、星さんは自分の話しかせん。星さんに聞く姿勢がないき、瑛大さんは自分の話ができん。こんなの会話って言わんよ」

「失礼ねえ。仁心さんにウチの家族の何がわかる？　ウチの会話はただの業務連絡。昔からこったらもんよ。勝手な男達に囲まれた家庭だったら、普通だべ」

　賀保子がむっとする向こうで、瑛大がうなだれるのが見えた。仁心がさらに口をひらこうとしたとき、恵快がおだやかだが、凛《りん》とよく通る声で言う。

「仏教は、今を生きる教えだと僕は思っています。だから賀保子さんがこの世での自由や望みを捨ててしまうのは、非常に惜しいというか、もったいない。あの世のことは行ってみないと、わかりませんからね。わからないところに希望を託すより、今、もっと足掻《あが》いてみませんか」

「お坊さんがそったなこと言っていいんだが？　それに、足掻けって言われても――」

　長男は、次男は、と賀保子の子どもへの愚痴がふたたび始まる。恵快はすとんと包丁を振りおろすように、その不毛な循環を断ち切ってみせた。

「じゃあたとえば、息子さん達に本当はどうしてほしいんですか？」

「べ、別にどうもしていただかねえで結構。言っときますけど、帰省とか望んでませんから。大所帯になって帰ってくれれば、私の用事が増えるだけなんだから。息子なんて妻の前では頭があがらねえくせに、母親に対してはいつだって暴君――」

「長男さんも次男さんも、パートナーの女性を大事にしてるんですね」

「大事にしてんだか、怯えてんだか。美貴子さんはフルタイムで働いてっから、遼大が家事も全部仕込まれたそうよ。双子が生まれて、さすがに仕事を辞めるかと思ったら、実家のそばに家を構えて、夫はもちろん自分の親まで巻きこんで働きつづけてるわ。泊まりがけの出張にも行くそうだよ。伽澄さんはまだ若えんだども、籍は入れず事実婚を貫きたいって、十五も年上の俊大を説き伏せたらしいわ。子どもは持たず、俊大の共同経営者かつ恋人として一生を共にしたいって。羨ましい時代よね」

「羨ましいのは、時代じゃなくてお嫁さん達ですよね。自分のやりたいことを何一つあきらめない権利を、パートナーにきちんと認めさせた彼女達を、本当はあっぱれだと思っているんでしょう」

恵怏のあざやかな指摘に、賀保子が顔色を変える。

「私は別に、仕事がしたかったわけ《わけ》じゃねえ。近頃じゃワンオペは悪みてえな風潮だども、私は家事も育児も一人でやるほうが気が楽だった。本当だよ。夫や息子達になんて端から何も期待してねえ――」

「服」

ぼそりとつぶやいたのは、瑛大だ。大きな目で賀保子を見つめ、つづけた。

「お母さんは好きな服を着て、お父さんや僕ら息子達に、その服いいね、似合うねって言ってもらいたかったんじゃない?」

自分の着ている服を見おろした賀保子に、瑛大の言葉がつづく。

「僕は覚えてる。子どもの頃、お母さんと買い物に行ったとき、店員さんにすすめられて赤いワンピースをお母さんが試着したんだ。背が高くてすらりとしてるお母さんに、そのワンピースはよく似合ってた。ゴージャスで女優さんみたいだねって僕が褒めて、店員さんも褒めて、お母さんはそのワンピースを買った。けど家に帰ったら、おじいちゃんやお父さんやお兄ちゃん達に〝派手な服〟って笑われて、〝どこさ着てくつもりだ、恥ずかしい〟って吐き捨てられて――結局、お母さんが赤いワンピースを着ることはなかったよね。それからお母さんは、メンズ物だったり、レディース物でも無難な色や形を選んだりするようになった。自分が本当に好きな服、着たい服を着なくなった」

瑛大は言葉を句切ると、心配そうに賀保子を見た。

「僕が知ってるお母さんのやりたかったことは、これ。ささやかだけど、お母さんにとっては大事なことだったんじゃないかな」

しんとした客殿に猫の鳴き声が聞こえてきて、全員の視線が窓の外へ向く。一本の萩の木が揺れたかと思うと、しだれた枝の下からタヌキみたいな猫が現れた。部屋のなかの人間達と目が合ったことに気づいているのかいないのか、ふさふさのシッポを揺らして悠然と庭を横切っていく。お腹の毛が風にそよいだ。

猫がふたたび萩の木々のなかへと姿を消すと、瑛大は思いきったように立ちあがる。

「お母さん、場所を変えてもいい？　お坊さんもよかったらついてきてください」

一応質問の形式を取っていたが、瑛大の心はもう決まっているらしい。毅然と客殿を出ていく。反応がない賀保子の顔を、恵快がのぞきこみ、「行きましょう」と励ますようにささやいた。

仁心はもつれる足で瑛大を追いかけながら尋ねる。

「どこへ行くんですか」

「僕の家です」

そう言って振り返った瑛大の顔には、今にも泣きそうな、あるいは笑いだしそうな、摩訶不思議な表情が浮かんでいた。

寺に恵快を残して、仁心は賀保子といっしょに瑛大のワゴンに乗りこむ。県道を三十分、県道からはずれた細い田んぼ道を五分、ワゴンは走りつづけ、瑛大の自宅に着いた。

田畑のなかにぽつんと一軒家の建っているさまは、桜葉邸と似ていたが、こちらは小さな平屋だ。ずいぶん年季が入っている。

手入れされないまま茶色く枯れ果て、ところどころに土ののぞく芝を踏みしめ、建物に近づく。白いペンキのはげた壁、軒先部分に穴のあいたトタン屋根、腐食の進んだ窓枠のサッシなど、近くで見ると、建物の老朽化が想像以上に激しかった。

「雨漏りとか、だいじょうぶなの？」

はじめて来たという賀保子が、恐ろしげに尋ねている。瑛大は「昭和四十年代の建物らしいから」とだけ答えた。あとは推して知るべしなのだろう。

「最近の若いお坊さんは、住職に留守番をまかせちゃうのね」

賀保子の目が、今度は仁心に注がれる。恵快に同行してもらいたかったという気持ちが透けて見えた。仁心だって、こんな面倒くさい役まわりは恵快に譲りたかったが、仕方ない。今の恵快を引っ張りまわして、取り返しのつかないことにでもなったら、悔やんでも悔やみきれない。そういった恐怖は隠して、仁心は笑顔で流しておく。

軋む引き戸をあけ、瑛大を先頭に家のなかへ入った。少しの黴《かび》臭さと芳香剤の派手な香りに、仁心の鼻はさっそく麻痺する。

誰も喋ることなく、庫裏を彷彿させる長い廊下を渡っていく。途中、襖があけっぱなしになっている和室があった。間取りと広さからいって客間として使う座敷だろうが、家具も荷物も何も置かれていない。日が射していないこともあって、洞窟のように見えた。

瑛大は座敷には目もくれず、廊下の奥へ奥へと歩みつづける。そして、ぴたりととじた襖の前で立ち止まった。賀保子が声をあげる。

「なあに、ここ？　あかずの間？」

自分も賀保子と同じイメージを持ったので、仁心は思わず苦笑いを浮かべる。瑛大は真面目な顔で振り返った。

「そうだね。あかずの間——だった。今日までは」

早口でそう言うと、瑛大は仁心と賀保子に質問を返す暇も覚悟を決める間も与えず、襖を一気にあけ放った。仁心は何か飛びだしてくるんじゃないかと戦《おのの》き、思わず目をつぶる。

「あら」

隣でそう叫んだきり絶句している賀保子が気になり、おそるおそる目をひらいた仁心が見たのは、六畳ほどの和室に積み上げられた衣装ケース、壁一面に並んだハンガーラック、そして床に散らばる何十もの靴箱だった。衣装ケースのなかにも、ハンガーラックにも、色とりどりの衣服がある。

「この部屋って——ひゃっ」

仁心は部屋に踏み込んだとたん、ハンガーラックの後ろに隠れるように立っていたトルソーを女性の影と見間違え、まぬけな叫び声をあげる。

「すんません。おばけが出たかと」

仁心は照れ笑いで剃髪頭を掻き、ふとその手を止めた。単なる人影ではなく、女性の影だと思ったのには、ちゃんと理由があることに気づいたからだ。

トルソーに着せてあった服は、ボディコンシャスなワンピースだった。

動きも思考も停止した仁心と賀保子を見ながら、瑛大は部屋の中央に進み出て、ぐるりとひとまわりしてみせた。

「ここは、僕の趣味部屋です」

「趣味って――」

「女装だよ」

瑛大の声音は落ち着いていたが、語尾がかすかに震えている。仁心はあらためてトルソーを、次いでハンガーラックを見る。たしかに、レディースの服しかかかっていなかった。

賀保子が小さな声で尋ねる。瑛大はもっと小さな声で答えた。

「いつから？」

「ずっと前から。物心ついたときには、男子より女子の服のほうがかわいいな、きれいだな、着たいなあって思ってた」

瑛大はハンガーラックから洋服カバーのかかったハンガーを取って、賀保子に向き直る。カバーのなかから現れたのは、上品な赤いワンピースだった。

賀保子の目が飛びださんばかりにみひらかれる。

「それ――」

「お母さんが封印したあのワンピースだよ。中学生のとき、衣類ゴミとして捨てられそうになっていたのを見つけて、部屋に持ち帰った。で、家に誰もいなくなるのを待って、着てみた。いうなればその日が、僕の女装記念日」

賀保子がごくりと唾をのむ。芯の抜けた表情で仁心を見つめ、弱々しく尋ねてきた。

「私は、どうすればよかったんですか」

仁心はやっと心の奥におさめた怒りに、また火がついたのを感じる。目の前の賀保子を睨み、大きく息を吸った。瞼の裏にちらちらと自分の父親の影が走る。自分ばかり被害者ぶって、子どもと向き合わず生きてきて、何を今さら、と言葉が迸《ほとばし》りそうになる。

――なむ。

仁心が心で手を合わせ、目をつぶったとたん、「だいじょうぶ」と恵快の声が聞こえた気がした。つるんとしたゆで卵のような顔が浮かび、いつぞやもらった励ましを思い出す。

――いろいろな人間を赦していくうちに、仁心君はきっと素直になれる。

「わかったよ。赦せばええがやろ。一日一日が修行や」

仁心は小さくつぶやき、腹にぐっと力をこめて息を吐きだす。長い時間をかけて肺を空っぽにして、頭がくらくらしたところで、ようやく賀保子と向き合った。

「仏教では八正道《はっしょうどう》という歩むべき道が説かれています。見方、考え方、言葉、行い、生活、努力、意識、心の安定、この八つの正しい道をゆけということです」

「正しい道をゆけって言われて、そのとおりできれば、苦労しないわ」

「たしかに、世の中は苦しみだらけって大前提を持つ仏教の教えには、厳しい側面がありますね。けんど、仏教は人生を受け入れるための智恵でもあるんや。過去を正すことはできんけど、今どうしたら正しい道をゆけるか考えて、心を安らかにすることはできるはずです」

仁心はもどかしくて早口になる。今の賀保子に伝えたい智恵が何かは、もうわかっている。だからこそ、慎重にならねばいけない気がした。

——法話は真剣勝負や。

仁心は賀保子に響く言い方を探して、胸にしまった記憶、言葉、知識を総ざらえする。

「たとえばとても暑い日、かんかん照りの外を歩きゆうと、木陰に入りたくなりません?」

「——ええまあ」

「さあっと涼しい風が吹いて、肌がひんやりしたら、〝ああ、助かった〟とか〝ありがたい〟とか思わんですか?」

「思うわ、そりゃ」

「けんど、冷静に考えてください。木は別に人を涼ませるために葉を茂らせてるわけやない。また、その木だって、かんかん照りの日がつづくなか、にわか雨が降ってくれたら、ああ、ありがたいって思うでしょう」

「もし、木に心があるなら、そう思うかもね——んだども、天は別にその木のために雨を降らせたわけではねえんだべ？」

「そうそう。日本では、これを〝おかげさま〟という言葉で表します。誰もが誰かを助けちゅう。誰もが誰かによって救われちゅう。おかげさまに気づいて、ありがたいと思えるその気持ちが、生きていくためには大事やし、きっと正しい」

そこで仁心はいったん言葉を切り、言い直した。

「や、正しい正しくない以前に、そういう気持ちを持つと、生きるのがグッと楽になる」

楽に、と仁心の言葉を繰り返し、賀保子は瑛大に向き直る。瑛大はこくりとうなずくと、大きな目に力をこめて、手にした赤いワンピースを高々と掲げてみせた。

「お母さんは、これにあまりいい思い出がないかもしれない。ウチの男連中にあれこれ言われて、自分の本当に着たい服を捨てた。でもその捨てられたワンピースのおかげで、僕は本当の自分を知れた——と思ってる。女装という趣味が、僕を生かしてくれてる」

「私のおかげで、自分が一番しっくりくる道を見つけた、と？」

賀保子に抑揚のない声で尋ねられ、瑛大は怯えたキューピー人形みたいな顔つきになる。

「――まあ、この道というかこの趣味のせいで――いや違うな、趣味を隠そうとした自分のせいで、周りにたくさん迷惑をかけてしまったことは、悪かった――と思ってる」

故郷を離れたのも、住む場所や仕事を転々としたのも、身近な人にバレずに女装を楽しむためだったと、瑛大は告白した。

「でもお兄ちゃん達に〝そろそろ親孝行しろ〟って岩手に連れ戻されてすぐ、よりによってお父さんにバレたんだ。僕が女装して町に出てるって噂を聞きつけて、僕の留守中に家捜ししたらしい。この部屋が見つかったらもう、一発アウトだよね」

そう言って部屋を見まわし、瑛大はため息をつく。賀保子が眉根を寄せて尋ねた。

「お父さんは何て？」

「何も。現場で鉢合わせしたから、平手打ちくらい覚悟してたんだけど、それもなかった。何も言わず、ただ背中を向けて出ていって、以来二度と僕の家を訪ねてくることも、僕に話しかけてくることもなくなった」

瑛大はゆっくり唇を嚙んだ。彼もまた父親と再会するのが気まずく、賀保子や兄達から呼ばれないかぎりは実家を訪ねなくなったという。

「お父さんが入院したあとも、いよいよ具合が悪くなって意識をなくすまで、僕は見舞いに行かなかったでしょ」

「んだ。ずいぶん薄情だと思ったわ」

「お兄ちゃん達からも怒られた。けど、あの日のお父さんの背中が、僕という存在を丸ごと拒否してるように感じてしまったから、怖くて行けなかったんだ。ごめん」

瑛大は話しながらハンガーラックにかかった服を一枚一枚撫でていく。服が揺れるたび、ラックが軋んだ。

「僕はてっきり、お父さんはお母さんには話してるとばかり思ってた」

「――言えなかったんだべ。ウチは会話のねえ家族だったから」

賀保子はそう言ったあと、ひっつめた白髪を撫でつけ、ゆっくり首を横に振る。

「いや、ずっとそう思いこんでたんだども、今わかった。会話がなかったのは、私自身がお父さんやあんたら息子達と話をしようとしなかったせいだな」

瑛大の顔が歪む。そちらを見ないまま、賀保子は語りつづけた。

「私は星家の人間として生きてく上での不満や不安を、お父さんにもあんたら息子にも一度もぶつけなかった。〝どうせ無理だ〟〝どうせわかっちゃくれねえ〟って勝手にあきらめてた。同じように、お父さんやあんたらの話も聞こうとしてこなかった。瑛大の趣味も悩みも、お父さんの混乱も、何も知ろうとせずに生きてきた」

悪かったね、と賀保子はつぶやき、ようやく瑛大に視線を投げる。瑛大は子どものようにぶんぶんと首を横に振った。

「家族の誰も悪くないよ、お母さん。ただみんな、家族でいる努力が、ほんの少し足りなかったんだ」

「――んだな。瑛大、あんたのおかげでやっと今日気づけたよ。ありがとう」

「お礼なんて。僕の趣味のせいで、お父さんは余計な悩みと秘密を抱えたまま――」

言いかけた瑛大を、賀保子が止める。

「〝せい〟にするのはやめよう。お父さんの〝おかげで〟、私と瑛大が今日わかり合えたって考えるほうが、お父さんも嬉しいべ、きっと」

「――そうだね」

「私らはたくさん間違ってきた。でも、おかげさまでまだ生きてる。私らはこれからまだこの世で、やりたいことをやれんのよ。それがうまくいってもいかねぐでも、絶対にやるの。たくさんの〝おかげさま〟を見つけて幸せになろう、瑛大」

こういうことでいいんだべ、と賀保子が仁心に尋ねる。仁心は「んだ」とうなずき、反射的に岩手弁を使った自分に少し感動を覚えた。

「瑛大」

「はいっ」

眉間からしわを消した母親から元気よく呼びかけられ、瑛大はぴんと背筋を伸ばす。

「あんた、女装するときはお化粧もするの？」

「え、うん。髭剃って、脱毛して、メイクももちろんする。髪は生やすことができないから、ウィッグだけど」

戸惑いながらも正直に答える瑛大に、賀保子はつづけて質問した。

「メイクは上手？」

「たぶん――」

「じゃあ、私にメイクしてよ。お坊さんの前で、いっしょにファッションショーするべ」

瑛大は絶句し、仁心に助けを求めるような視線を投げてきた。仁心は黙って見守る。口元がゆるんできた。恵快の顔にいつも浮かんでいる微笑みを思い出し、住職はこういう気持ちで、寺に駆け込んでくる人達と接していたのだろうと想像する。

「あんたは女装がしたい。私も女装がしたい。二人でやりたいことをやるべ」

「お母さんは女性でしょう」

「あ、そうか。じゃあ、何て言えばいいの？　変身？　今、とにかくお洒落がしてえのよ。五十年間忘れてた、いや、封じこめてきたやりたいことを、やらせてくれねえか？」

賀保子の顔も言葉も真剣だ。仁心は瑛大に向かってささやく。

「これで賀保子さんにもう一つ、瑛大さんの〝おかげ〟ができますね」

困り顔のキューピーそのものだった瑛大が大きな目を丸くし、やっと笑顔になった。


仁心は廊下の途中にあった客間と呼ぶには殺風景すぎる座敷に通され、一時間ほど待たされる。そのあいだ鐘丈寺に電話して恵快の体調をたしかめたのち、事の成り行きについて説明しておいた。

恵快は瑛大の趣味についてはちっとも驚かず、賀保子が難なく理解を示したことに深く感銘を受けた様子だった。

――お二人の許可がおりたら、ぜひ写真を撮ってきて。僕はすごく見たいよ、瑛大さんと賀保子さんのファッションショー。

仁心は請け合い、電話を切る。しばらくすると、「お待たせしました」の言葉と共に、まず瑛大が現れた。

キューピー人形のような薄毛頭には、黒髪ロングのウィッグ。女性服のLサイズが余裕で入る小柄な体には、立て襟の水玉ブラウスにウール地の巻きスカート、アウターは、アウトドア専門ブランドのロゴが入ったフリースジャケットと、カジュアル寄りの女装姿だった。顔にはもちろんメイクが施されている。髭やその剃り跡はきれいに消えていた。

「全体がすごく自然にまとまってますね。服のコーディネートはもちろん、洋服と体と顔のバランスもしっくり馴染んでる」

仁心が感嘆すると、たちまち瑛大の顔はほころんだ。わあ嬉しいと手を合わせる仕草も、さっきまでとは違い、女性らしくなっている。

「それ、一番嬉しい褒め言葉です」

「そうやか。でも本当に俺、女装ってもっとフリフリとかボディコンとか、女性っぽさを強調した格好をするもんやと思うちょったき」

「フリフリのブラウスやボディコンシャスなワンピースも着ないことはないけど、コーディネートや着こなしを考えたり、実際に着て町に出ていくのが楽しいのは、こういうボーイッシュカジュアルです。女装でボーイッシュって、本末転倒かな」

そう言って笑った瑛大は、本当に屈託がない。すてきだなと仁心は心から思い、照れくさかったが、きちんと口に出して伝えておいた。恵快ならきっとそうすると思ったから。

瑛大の頬がきらきらかがやいたのは、ラメの入ったフェイスパウダーのせいばかりではないだろう。廊下に顔を出し、「お母さんも早く」と賀保子を呼びこむ。

やだやだ、やっぱりお坊さんの前に出るのは恥ずかしいと、さんざんごねていた賀保子だが、瑛大に引っ張りだされた。

着ていたのは、あの赤いワンピースだ。賀保子の体型が若い頃とほとんど変わっていないことと、ワンピースがシンプルなラインかつ落ち着いた色味の赤だったことで、何十年分か年老いた賀保子が着ても、さほど違和感はなかった。

「似合ってるやないですか」

仁心は笑顔で本心を告げる。賀保子はぱっと頬を染め、横を向いた。

「こったら真っ赤な服、還暦の祝いの席で着ればよかった」

「母はあれでも喜んでるんですよ」と瑛大が耳打ちしてくれたので、仁心は肩だけすくめておく。

そこからは仁心そっちのけで、賀保子と瑛大は服を着替えてきては、互いの格好を褒めたり批評したり、楽しげに喋っていた。母が息子にメイク道具の相談をしたり、息子から母にコーディネートの提案をしたり、星親子のファッションショーにはのびのびとした、平和で自由な空気があった。

瑛大が衣服部屋から持ってきた姿見に全身を映し、賀保子が振り返る。

「あとは髪型よねえ。今度、思いきってショートにしてみるべ」

「いいんじゃない。ショートヘアは、女性らしい服も爽やかに着こなせるし」

「美容院はどこがいいかね。できれば、常識や外聞にとらわれない店で切りたいわ」

「『ハミングバード』なんて、どうですか」

仁心はすかさず提案する。

千蓮の心をほぐした安美の腕前はなかなかのものだと、以前より思っていたからだ。

「あら、あそこ再開したの。いいね。オーナーが話しやすくて、技術も高いって評判だったもの。瑛大、あんたも行くべ」

「え、僕？　僕はいいよ。セルフカットで十分な毛量だし」

ぽわぽわした薄い地毛を隠すようにウィッグをおさえ、尻込みする瑛大に、賀保子は首を振った。

「違う、違う。カットするのは、ウィッグのほう。ちょっと気分を変えてみたいって言ってたでねえか。プロに頼んでみなさいよ」

瑛大は黒髪ロングのウィッグの毛先をつまみ、不安げに目を泳がせる。

「――いいの？」

「何が？」

「何がって、その、僕の趣味が町の人にバレても――」

「いいに決まってら。町の人だけじゃねえ。今度、遼大や俊大にも話すべ。だいじょうぶ。

たとえ、あの子らの理解が追いつかねぐでも、二人にはいいパートナーがいるからね。美貴子さんと伽澄さんにまかせておけばいい。ちゃんと納得させてくれるわ」

腰に手を当て、賀保子は請け合った。しかし、瑛大はまだ首をかしげている。そんな息子がじれったいらしく、賀保子は大股で近づくと、手を取った。

「私は、女装したあんたといっしょに美容院にも行きてえし、洋服を買いにも行きてえのよ。それが、私が次にやりたいこと。生きてるうちにやりたいことは、まだまだあるんだ。あんたも胸張って付き合ってちょうだい」

瑛大はうなずき、震える声で「お母さん、ありがとう」と言った。

賀保子は微笑んで言葉を返す。

「ありがとうは、こっちのセリフだべ。おかげで生きてるうちに、私は私を取り戻せた」

賀保子は娘にしか見えない息子、瑛大の背中に腕をまわして抱きしめ、視線を仁心に移す。

「お坊さん。あたらしいお墓の件、いったん保留にしてもらっていいかしら」

「もちろんです。住職にも話しておきます」

「お願いします。それともう一つ――」

賀保子は言葉を切って、ポケットから出したスマートフォンを仁心に手渡した。

「ファッションショーの記念に、写真もお願いしちゃっていい?」

仁心はもちろんですとうなずき、恵快にも写真を見せることを了承してもらう。

スマートフォンのカメラアプリを起動すると、画面のなか、最高にめかしこんだ親子が並んでいた。隣り合うことに慣れていないのか、表情はかたい。仁心はカメラの構図にかこつけて指示を出し、二人の距離を一歩ずつ近づける。

「目線をあげて、レンズを見てください。いきますよ。せーの、はい、チーズ」

仁心のべたな合図に、母と息子の顔つきがぐっとまろやかになった。

*

夕方から冷たい雨が降ってきた。仁心は帰ってまず梵鐘を撞く。鐘楼堂の屋根からの雨漏りが気になり、いくぶんぞんざいな鐘の音になったかもしれない。

庫裏に戻ってお勤めの準備をしていると、パジャマ代わりのスウェットに着替えた恵快が、薬袋を持ってふらりと顔をのぞかせた。

「仁心君、おつかれさま。カエル御守り一つ売れたから、帳簿につけといてくれるかな」

カエル御守りは、無事に〝帰る〟と〝カエル〟をかけた旅行安全の御守りだ。仁心が何も聞かないうちから、恵快は報告してくれる。

「桜葉さんが買っていったんだ。千蓮ちゃんが来月修学旅行だからって」

「へえ。参加できるんや」

一学期は丸々不登校だった千蓮も、二学期からふたたび通学をはじめ、無理なく高校生活に馴染んでいるようだ。仁心はほっとした。

「学校の友達とバンドを組んだらしいよ。納屋を練習場所にされてかなわないって、桜葉さんが愚痴ってた。まあ、嬉しそうだったけどね。ふふ」

「本当ですか？　千蓮ちゃん、あれほど人前で演奏することを嫌がっちょったのに」

「諸行無常ってやつだね。ギターの演奏技術が上達して、学校でいろいろな友達と出会っていくうちに、千蓮ちゃんの気持ちも変化したんでしょう」

恵快はスウェットの袖をまくり、どこか誇らしげに言う。そもそも千蓮にギターをすすめたのも、練習に付き合ってあげたのも恵快なのだから、当然だろう。

たくし上げた袖口からのぞいた左手首の赤黒い痣が大きくなっていて、仁心は驚く。すぐに恵快の手首が細くなっただけだと気づき、それはそれで胸がざわついた。

「千蓮ちゃんが忙しいと、四人でゲームする機会がまた遠ざかっちゃうねえ」

恵快はぽつりと言って、肩を落とす。仁心は最初なんのことかわからなかったが、そういえば春先に、千蓮から恵快、仁心、虎太郎、そして自分の四人でバトルロイヤルゲームのチーム戦をしようと誘われたことがあったと思い出す。結局、恵快が体調を崩し、仁心一人で出かけたのだが。恵快があの一件をこれほど残念に思い、「また今度」の機会を楽しみに待っているとは知らなかった。仁心はせつなくなる。千蓮が修学旅行から帰ったら、絶対に日取りを調整しようと心に決めた。

その決意を伝える前に、恵快が話題を変える。

「それで、賀保子さんと瑛大さんのファッションショーはどうでした?」

仁心は自分のスマートフォンでも撮らせてもらった親子の写真を見せて、瑛大の家であった出来事を余さず話した。恵快は細い目の目尻をこれ以上ないほど下げて、いいねえと微笑む。仁心は嬉しくなって胸を張る。

「二人とも大変身です」

「本当の姿になったとも言えるね」

「ああ、そうですね。本当に」

仁心は恵快のやさしい言葉を嚙みしめ、うなずいた。

「俺、今日ほど〝おかげさま〟を実感した日はないです」

「〝ママがわたしにした我が儘〟」

恵快が突然口にした言葉に、仁心は面食らう。

「それ——掲示板の？　前から聞こうと思うちょったんです。どういう意味なんですか？」

「あれはね、回文だよ」

恵快は涼しげに答え、ふふふと笑う。仁心は宙に文字を書き、前から読んでも後ろから読んでも同じ文字列であることをたしかめると、はあと空気が漏れるような息をついた。

「ママの我が儘は、ひっくり返せば息子の我が儘。互いの我が儘が、ぐるりとまわって、互いを救ったんです。おかげさまといっしょだよ」

「本当ですか？　こじつけじゃなくて？」

露骨に怪しむ仁心を笑顔でいなし、恵快は眼差しを遠くした。

「あのとき、僕が〝おかげさま〟って言葉を知っていれば、彼は死なずに済んだのかな」

「彼って、誰のことです？」

急に出てきた「死」という言葉に、仁心は眉をひそめる。そんな仁心の視線から逃れ、恵快は薬袋のなかをのぞきこんだ。

「このあいだ話したでしょう？　昔々、切実に助けを求めてきた人に対し、僕は何もできなかった——いや、違うな。何かできたかもしれないのに、僕は何もしなかった。彼のために動こうとしなかった。見捨てたんだ、彼のこと」

恵快の瞳の色がどんどん暗くなり、声は沈む。近くに仁心がいることなど忘れたような独り言がつづく。

「〝おかげさま〟は、あの頃の僕が知ってるべき言葉だった」

「えっと――そのお話の〝彼〟って、このあいだ話しちょった人のことですか？　死が絡んでたのは初耳やけど、あまり自分を責めんといてください。坊さんは仏様じゃないんだから」

仁心はたまらず口を挟んだ。このあいだと同じ「坊さんは仏様じゃない」というフレーズをあえて使ってみたが、今日の恵快は笑ってくれなかった。それどころか、横顔がますます寂しげな陰りを帯びる。

いつになく暗い雰囲気をまとった気弱な恵快に、仁心はうろたえた。体調が悪いのかと心配し、どうにか元気づけたいと焦り、急いで見繕った言葉でたどたどしく励ます。

「住職ほど誠実な人を、俺は見たことがないです。どんなときも仏の道に背かず、檀家さんのことを第一に考えて、他人のことを思いやって、やさしゅうて、おだやかで、勇敢で、朗らかで――自分の体がつらい今日だって、賀保子さんと瑛大さんのために起きだしてきたやないですか。尊敬しちゃいますよ」

一気に喋ってから、仁心は頬を熱くする。こんなに誰かを褒めることなんて、人生にそうそうない気がする。相手が恵快だから、できた。いつだってどんな相手だって受け入れ、その存在を丸ごと赦す姿勢を見せてきた恵快を、仁心はいつしか信じきっていた。そして恵快のような住職になりたいと憧れ、生きるために選んだ職業でしかなかった僧侶を、明確な意思をもってこれからもつづけていきたいと考えはじめていた。

しかし恵快の視線は、仁心をすり抜け、宙を漂う。

「仁心君」と呼びかけられ、仁心は自分をまったく見ていない恵快を見つめた。

「僕はよき僧であろうとしてきた。それはね、必ずしもよき人間じゃないからだよ」

その言葉はぞっとするほど温度がなく、仁心は鋭利な刃物をみぞおちに突きつけられたように脂汗を流した。

「それは、どういう意味やか」

かすれ声になった仁心の質問に、恵快は答えない。乾燥した唇を突き出し、口笛を吹いただけだ。聞こえてきたのは、何度も耳にしたメロディ。仁心がいまだ名前を知らぬ曲だった。痺れを切らして、仁心がもう一度同じ問いかけをしようと口をひらいた瞬間、どさりと鈍い音がした。

視界から消えた恵快の細長い体軀が、床に伸びている。仁心は自分の今見ている光景が、この寺に来たときからずっと覚悟していたものだと理解しつつも、混乱してかたまった。

その時間がどれくらいだったのか、わからない。あいていた高窓からのそりと現れた猫が、倒れている恵快の周りをうろつき、額に鼻をつけて、さかんににおいを嗅ぐ。その太いシッポがメトロノームのように規則正しく揺れるのを見ているうちに、ようやく仁心の頭と指先に血が戻ってきた。

仁心は恵快に駆け寄り、脈を取り、呼吸を確認する。青い瞳でこちらを見つめてくるタヌキのような猫に、「だいじょうぶや」と何度も言ったのは、自分に言い聞かせるためだと、頭のどこかでちゃんとわかっていた。だいじょうぶ。住職もだいじょうぶやし、俺もだいじょうぶ。鐘丈寺にはすぐにまた元どおりの毎日がやって来るぞと自分を励ます。その一方で、修行期間もお勤めの日々のなかでも嫌というほど見たり聞いたりしてきた、仏教の基本中の基本の言葉が脳裏に黒々と浮かんだ。

――諸行無常。

仁心はついさっきまで恵快といっしょにのぞきこんでいたスマートフォンで、迷うことなく119番をタップする。

君の名は

東北には春一番がない。

その事実を、仁心は鐘丈寺に来るまで知らなかった。あたたかい風が吹いても、次の日にまた冬の気圧配置に戻ることが多いせいだという。北国の春は焦《じ》れるほど遠くにある。

恵快が亡くなった日もまた、三月も下旬というのに雪のちらつく寒い一日だった。

十一月に倒れ、救急車で病院に運ばれたあと、本人も納得のうえ入院が決まった。病院での生活に必要なものは、仁心が寺から持っていったり、虎太郎が買い揃えたりして、恵快自身が病室の外に出ることはなく、寺にも帰れないまま旅立っていってしまった。

最後の一週間はほとんど意識がなかったので、仁心が恵快と会話らしい会話ができたのは、三月の半ばまでだ。すぐあとに控える春のお彼岸の業務を一人で乗り切るコツを、茶目っ気たっぷりに教えてくれた。

鐘丈寺に来て一年ほどの仁心だが、体感では五年くらい経った気がする。恵快からは僧侶として生きる姿勢をたくさん教えてもらった。その多くは言葉ではなく、行動で教わった。生きる場所と糧《かて》をくれた恩人と呼んでいいだろう。はじめから余命を知らされた上での共同生活だったので、あまり深くは付き合うまいと用心していたはずなのに、恵快の気の抜けた笑顔と広い心にすっかりくつろぎ、気づけば懐いてしまっていた。「おかえり」と迎えてくれる恵快自身が、仁心の居場所になっていた。喪失感ははかりしれない。

病室で、恵快の亡骸《なきがら》と二人きりにしてもらった。以前いた龍命寺とは違い、檀家を持つ鐘丈寺では、亡骸を見ることは日常だ。とはいえこの一年見てきた亡骸は、新参者の仁心にとってほとんどが知らない人のそれだった。今、目の前に横たわっている恵快を見たとたん、一年分の経験などあっさり吹き飛び、仁心は激しくうろたえる。

恵快の目のまわりや頰の肉は削げ、肌は土気色となり、亡骸という言葉がぴったりあてはまる器となっているのに、少しあいた口からのぞく歯だけがやけに白く、健康そのものに見えた。

ともに経をあげ、食べ、喋って、笑ってと、短い時間のなかで自分の心をほぐし、ありありと存在を刻み、たくさんの恩を与えてくれた相手が、もう二度と目をひらかないという事実に、仁心は打ちのめされる。死は理不尽だと叫びたくなる。廊下で待ってくれている病院スタッフや護持会の役員達の耳に届いてはいけないと、仁心は必死で嗚咽《おえつ》を押し殺し、恵快の手にそっと触れた。赤黒い痣がみみず腫れのように少し膨れていることを、はじめて知る。ときどき恵快がそっと左手首を触っていたのは、この感触をたしかめていたのだと合点した。

痣からは、すでにぬくもりが消えている。やがて恵快の体はどこもかしこも確実に、冷たくかたくなっていくのだろう。

「まだ若いのに」

ようやく口からこぼれたのは、そんな使い古された言葉だ。仁心は肩を震わせて、大きく息を吐く。涙は出そうで出なかった。もっと生きてほしかったが、もしそうであれば、恵快が次の住職を急いで探す必要はなくなり、自分と恵快は出会うこともなかったという事実がまた悲しい。

十五分後、仁心はどうにか気持ちの整理をつけて、病室のドアをあける。待っていたのは、虎太郎一人だけだった。

「みんな、葬儀の準備があるので先さ帰ったぞ」

ぶっきらぼうに言う虎太郎の目の縁が赤い。師を亡くしたばかりの仁心を、すぐにみんなで取り囲むことは避けてくれたのだろう。仁心は深々と頭をさげた。

「すみません、お待たせして」

「かまわねえよ。坊っちゃんが住職にゆっくり挨拶できるのは、たぶんここが最後だ。もういいのか？」

虎太郎の言葉に、仁心は思わず病室のドアを振り返ったが、廊下の向こうから看護師がやって来るのが見え、「いいんです」とうつむく。

「まだお別れを言う気になれないき」

「そうか。なら、ぼちぼち行くか」

虎太郎が社用車のワゴンで寺まで送ってくれる。粉雪の舞い散るなか、ほとんどエンジン音の聞こえない車は静かに走りつづけた。路面が凍結しているところにくると、スタッドレスタイヤが思い出したようにザリザリと鳴く。仁心がその音に耳を傾けていると、虎太郎がハンドルを片手でまわしながら「こったなときだが坊っちゃん、事務的な話をさせてもらうよ」と口をひらいた。

「どうぞ」

「ん、これは生前、住職自身が提案してたことなんだが――住職のご葬儀は、密葬と本葬を合わせたらどうかね」

「一度に済ましちゃうってことですか」

寺の住職が亡くなると、ひとまず内々の者で火葬までの密葬を済ませたあと、きちんと日取りを決めて本葬も行うのが一般的だ。本葬には檀家や近所の人達、本山の僧侶達など、大勢の出席者がいるため、時間は長く、規模は大きく、儀式らしさが増す。費用もかかる。青二才の仁心の手に余ると、恵快は判断したのかもしれない。

仁心が黙りこんだのが気になるのか、虎太郎はバックミラー越しにチラチラ視線をよこす。

「鐘丈寺は小さな寺だし、恵快さんの前の住職がご遷化《せんげ》されたときもそうしたんだ」

「――へえ、そうやったんですか。たしかに負担は減りますよね、寺も檀家も」

仁心としてはまだ考えている最中だったが、虎太郎はすっかり賛同を得たものと捉えたらしい。具体的な葬儀の段取りについて話しだす。町で一つしかないセレモニーホールを持つ葬儀社、五香社の社長を長く務めているだけあり、葬儀に関するこまごまとした準備に精通していた。

「寺葬の式次第は、坊っちゃんが納得いくようにやったらいいべ。本堂さ祭壇を設けたり受付テントを設営したりする力仕事は、俺含めた五香社の社員達で担当すっから」

「ありがとうございます。では早速、本山に連絡を――」

「あー、それはいいんだ、うん」

「いや、よくないでしょう。本山に連絡して、しかるべき方々に来ていただかんと、儀式が立ち行かん」

仁心が眉をひそめると、虎太郎はハンドルから片手をはずし、黒光りしているスキンヘッドをごしごしこすった。

「坊さんなら、近隣のお寺さんからたくさん来るだろう。そのなかの一人に、導師《どうし》役をやってもらえばいいでねえか」

「宗派が違います」

「んだからっ、宗派なんか関係ねえんだって」

勢いよく言った拍子に、虎太郎はアクセルを踏み込みすぎたらしい。エンジン音が高くなり、車がぐんと加速した。フロントガラスに白い雪がびっしりとはりつき、仁心はたまらず悲鳴をあげる。車内に気まずい沈黙が落ちた。

「――すまねえ、坊っちゃん」

「いえ、俺のほうこそビビりですみません。そやけど、宗派が関係ないって、どういうことです？」

話を戻してみたが、答えは返ってこない。フロントガラスを叩く雪がいつのまにか雨に変わっていた。車は県道に入り、ぶあつい鉛色の雲を映した海が視界に広がる。

坊っちゃんには言うしかねえべな、とつぶやき、虎太郎は短く息を吐いた。

「坊さんじゃねえんだわ」

耳に飛びこんできた虎太郎の言葉を理解するのに、少し時間がかかる。仁心は運転席を向いて、「はい？」と首を傾けた。

虎太郎はまっすぐ前を見て運転をつづけながら、もう一度言う。

「恵快さんは、僧侶じゃねえ。どこの宗派の得度《とくど》も受けてねえから、受戒もしてねえし、僧籍《そうせき》もねえ。度牒《どちょう》も交付されてねえ」

要は、そもそも出家していない一般人ということだ。仁心は混乱する頭を抱え、低い声で尋ねる。

「でも、恵快って法名ですよね」

「苗字ともども、俺がつけたんだ。本人の雰囲気と『ショウジョウジの狸囃子』から。あとあと家庭裁判所に申請して改名したから、田貫恵快が本名になったけどな」

虎太郎は気まずそうに空咳をした。

「ウチに来るまでの本名は聞いてねえ。名前を含めた素性を探らないことを条件に、県外から来た彼に寺に居着いてもらった」

「普通の人が坊さんのふりを？　何でそんなこと――」

仁心は語尾が震えてつづけられない。動揺と憤りが交互に襲ってくる。ついさっきまで師と仰いでいた相手が、素性を秘した得体の知れない者に変わってしまった衝撃が、仁心の頭を痺れさせる。あんなに人の好い顔をして、誠心誠意が衣を着て歩いているような言動で仏の道を説いていたのに、町の人も、檀家も、仁心も、全員騙しつづけて逝ったのかと思うと、力が抜けていく。とんだタヌキの化かし合いやと笑いとばしたかったが、頬が引き攣り、あきらめた。

　腿《もも》に置いた手が震えている仁心をちらりと見て、虎太郎は小さく息をつく。

「黙ってで悪かった、坊っちゃん。んだども、彼を責めないでくれ。全部、俺の一存ではじまったことだ。俺が頼みこんで、彼を無理やり住職にしたんだ」

　仁心の返事は端から期待していないのか、虎太郎は独り言のように話をつづけた。

「彼がこの町さ来たのは、あの地震の一ヶ月くらいあとだ。東京からボランティアとして来て、民家や商店の清掃や片付け、泥かきなんかを手伝ってくれた。鐘丈寺の前の住職がボランティアの人達に敷地を開放してだがら、彼もそこさテント張って、泊まり込みで作業をつづけてくれてた。勤勉な青年だったよ」

　ニュース映像で何度も見た真っ黒な津波が瞼の裏に浮かび、仁心は息を詰める。

「ある朝、彼から俺さ連絡があった。朝になっても住職が起きてこねえから行ってみたら死んでらって。もちろん、俺はすぐ駆けつけた。たしかに住職は布団のなかで眠るように亡くなっていた。ずいぶん高齢だったから、いろんなことがつらすぎたんだべな。死に顔が苦しそうじゃなかったのが幸いだったね。あの頃の町は、苦しい死で溢れでだがら」

だからこそ、とハンドルを握る虎太郎の太い指に力がこもった。

「今このタイミングで鐘丈寺から住職がいなくなるのは、俺はまずいと思ったんだ」

「しかるべき手順で、次の住職を正式に要請すればよかったんやないですか」

仁心の指摘に、虎太郎は大きなため息をつき、首を振りながら言う。

「ガスも電気も水道も止まって電話も通じない寺に、道が寸断されて余震のつづく町に、誰がすぐ来れる？　正式であればあるほど、遅れるのが手続きってもんじゃねえべか」

急場しのぎのつもりだった、と虎太郎は語った。一週間か、一ヶ月か、半年か、次の住職が来てくれるまでのつなぎになってくれないかと、町の人にまだそこまで顔の割れていないボランティアの青年に持ちかけた。青年は驚き、断ったが、虎太郎はあきらめなかった。

「町にはあのとき、寺と坊さんが必要だったんだ」

「だからってニセモノを――」

仁心は異議を唱えかけたが、虎太郎にバックミラー越しにぎろりと睨みつけられ、そのどんぐり眼の迫力につづけられなくなる。虎太郎は声を低くして言った。

「よその土地にいた坊っちゃんにはわからねえよ。恨む相手も悔やむ隙もねえ圧倒的な死ってやつは、生き残った人間の力を奪うんだ。そったなか一切ひるまず死に向かって手を合わせ、お経を唱えてくれる坊さんって存在は、鉛色の空に射す光に見えたよ。朝夕欠かさず寺から聞こえてくる鐘の音がどれだけ、地獄みてえな日々の拠り所になったかわからねえ」

町の人達の精神的な支柱を、たとえわずかな期間とはいえ失うまいと、虎太郎は青年に頭をさげつづけた。ついに青年は折れ、手始めに先の住職の葬儀を執り行ったという。故人の遺した衣に身を包んで読経し、檀家達の前で虎太郎から「あたらしい住職の田貫恵快さんだ」と紹介された。

「素人《しろうと》がお経なんて、よう読めましたね――」

「んだ。それについては、俺も驚いた。耳が抜群によかったんだな。俺が渡した経典と、ネットの読経動画を照らし合わせて何度か練習したら、すぐそれっぽくなった」

車が寺に着いても、庫裏の寺務所に戻る仁心のあとを追い、虎太郎の話はつづいた。

「最初こそ戸惑って、俺の顔見りゃ〝次の住職はいつ来ますか〟って聞いてきた彼も、二週間経ち、一ヶ月経ち、三ヶ月経つ頃にはすっかりケツをまくってたな。俺に何も言わなくなった。俺もまた彼の人柄に惚れこんだ。これだけ町の人のために働き、祈れる人間が寺に住んでるなら、その人を〝住職〟って呼んでおきゃいいじゃねえかって――」

「そうやって二人で町の人を騙しつづけて、あっというまに十年、ってことやか」

仁心が話をまとめると、虎太郎は気まずそうにしながらも唇をとがらせる。

「僧侶は恵快さんの天職だったと、俺は信じてる。坊っちゃん、後生だからこのまま旅立たせてやってくれねえか」

「このままって――嘘を嘘のままにってことやよね。みんなを化かしたまんま、鐘丈寺の、タヌキ住職を逝かせてやれと？」

「そうだ。んだがら、葬儀は内々で済ませるべえよ」

なんて勝手で無謀な提案やと、仁心は憤りを通り越して呆れる。それでも不承不承うなずいたのは、この寺の檀家は、僧侶でも何でもない一般人に葬儀や法事といった人生の節目を十年間もゆだねてきたと、ここで暴いたところで誰も幸せになれないと思ったからだ。

庫裏の玄関が騒がしくなる。耳の早い檀家がお悔やみを言いに集まってきたようだ。虎太郎が立ちあがって、寺務所を出ていく。

「ご遷化の様子は、俺が話してくる。そのあいだに坊っちゃんは、葬儀の日取りを決めでぐれ」

そう言い残した虎太郎の横顔は、秘密を長年共有した恵快の友人から、この地で長く葬儀を仕切ってきたベテランの社長に切り替わっていた。

密葬と本葬を兼ねた通夜と葬儀が、三日後に行われた。このあたりでは、住職が亡くなると、近隣の寺の僧侶達が宗派を超えて弔問と手伝いに来てくれる。恵快が生前話していたとおり、次々と衣姿の男女が集まってきた。

すでに虎太郎率いる五香社の社員達が、本堂前に受付の白いテントを張り、記帳台を設け、本堂の中には立派な祭壇を作ってくれていたので、宗派によって袈裟や衣の色が違う僧侶達には本堂の中へいちはやく入ってもらった。

通夜がはじまる。近隣の寺の僧侶達に、かわるがわる自分の宗派の経文を読んでもらった。これは、仁心が決めたことだ。

「いずれの経も等しく、仏様に通じているでしょうから」

檀家や他宗派の僧侶達に「いいんですか」と聞かれて、返したこの言葉は嘘じゃない。ただ、「だってウチの住職、十年も坊さんに化けてたバチ当たりな一般人だよ。どこの宗派のお経だろうが気にしないよ」という白けた気持ちが底にあったこともまた事実だ。

――今度の住職さんは、またお若い。

――なかなか型破りでいらっしゃる。

檀家や近所の人達の噂話の声が気にならないほど、仁心のなかで恵快の嘘にまつわる混乱がつづいていた。病院のパジャマから衣に着替え、棺に横たわった恵快の亡骸を直視することさえできない。どういう感情を持って見送ればいいのかわからないまま、式次第は粛々と進行していった。

全員の焼香が終わるのを待って、庫裏へ移動してもらう。五香社が用意した寿司や軽食やスナック、そしてのみものが、檀家の有志によってきれいに配膳されていた。

大きな客殿だけでは弔問客が入りきらないため、隣の小さな客殿も開放する。仁心は二つの部屋を行ったり来たりして、全員に挨拶してまわった。

途中、何度も虎太郎と目が合った。恵快の嘘についてさらに問い詰めたい気持ちはあったが、檀家総代と五香社の社長という二つの大役を背負って、仁心以上に忙しそうに走りまわっている姿を見ると、声をかけるのが憚られた。第一、こんなに大勢の耳のあるところでする話ではない。

「仁心さん」

廊下に出たとたん呼び止められて、仁心は振り返る。猫を抱いた千蓮が暗がりの下で立っていた。紺色のブレザーにひだスカートという高校の制服姿だ。千蓮に両腕で抱えられた猫は、むっちり太った体をだらんと投げだし、恨めしそうな目で仁心を見あげている。

「この子、忍びこんでましたよ。お寿司の醬油舐めようとしたから、確保」

「悪いね。ありがとう」

千蓮はこくりとうなずき、猫を抱いたまま廊下を玄関に向かって歩きだす。

「わたし、先に帰ります。じっちゃんに言っといて」

「わかった。夜道はだいじょうぶ？」

千蓮は振り向き、猫のシッポを揺すってみせる。

「だいじょうぶ。名無し君といっしょだから」

仁心は玄関まで見送りに出た。笑い声のどっと湧いた客殿に目をやり、千蓮は肩をすくめる。

「仁心さん、泣いた？　泣いてねえよな？」

上がり框で千蓮からまじまじと見つめられ、仁心は一歩退《ひ》いた。

「どうかな」

「わたし、泣けなかった。まだ生々しいっていうか、棺のなかの住職が、生きてるとき以上に健康そうなんだもん。変な気持ちになった」

恵快が入院してはじめて、その命の長くないことを知らされた千蓮は、虎太郎といっしょに恵快を頻繁に見舞い、ぞんぶんに交流できたのだろう。臨終の日も通夜の今日も、案外さばさばしていた。

「健康そうに見えるのは、死に化粧のせいや。口のなかに綿を詰めて頬をふっくらさせたり、お粉で肌つやをよくして、みんなの記憶に残っちゅう住職の姿に近づけてある。苦しそうな表情や、やつれた顔のままだと、残された人が悲しんでしまうからね」

「なるほどね。先に逝く人は、残される人達のために、生きてた頃の自分に化けるんだ」

〝化ける〟という言葉に過剰反応し、息をのむ仁心には気づかず、千蓮はローファーの先をトントンと打ちつけながら、つぶやく。

「わたしのお母さんは、化けきれてなかったな。目をつぶっていてもすごく苦しそうに見えたし、輪郭が変わっちゃって、知らねえ人みたいな顔になってた」

津波にのまれた人達の亡骸がいかにひどい状態だったかは、この一年でいろいろな人から聞く機会があった。仁心がすぐに言葉を返せずにいると、千蓮がにこっと笑う。

「住職はよかったね。残ったみんなを悲しませずに済んだ」

——それはどうかな。

喉元までせりあがってきた言葉をのみこんで、仁心も笑ってみせる。

千蓮は「バイバイ」と猫の前脚を持って振らせると、きびすを返して帰っていった。

翌日、龍命寺の住職が高知から飛行機で文字どおり飛んできてくれた。仁心にお願いされ、葬儀を進行する大導師《だいどうし》役を引き受けてくれたのだ。本来ならば、本山の僧侶に受け持ってもらう役目ゆえ、住職は何度も「本山はなぜ来ない？」と聞いてきたが、仁心が誤魔化しきった。

無茶ぶりに近い頼みを受け、観光寺の多忙な住職がわざわざ時間を割いてくれたのは、親代わりを公言していたにもかかわらず、仁心が僧侶間の人間関係に悩み、弾きだされる形で転職を決めるまで傍観してしまったことへの罪滅ぼしのつもりだろうと、仁心は察する。あのときできた胸の傷のかさぶたが取れるまではいかないが、ありがたいと素直に思った。何より、これでひとまず住職の葬儀にふさわしい格好がつくと、胸を撫でおろした。

あえて平日の式にしたため、通夜よりも参列者は少ない。それでも檀家や近所の人、近隣の寺の僧侶等、百人を超える数の人々がお別れを言いに来てくれた。電報や花も届いた。たった十年、されど十年、恵快が鐘丈寺住職として歩んだ時間の重みを、仁心は噛みしめる。恵快の嘘が心をみしみしと揺らした。

――毎日どんな気持ちで仏様に手を合わせ、鐘を撞いちょったんやか。

亡骸の胸にすがって聞きたくなる。縁もゆかりもない土地で、なぜこんなにも長く僧侶のふりをつづけたのか、その理由も知りたい。

――僕はよき僧であろうとしてきた。それはね、必ずしもよき人間じゃないからだよ。

晩秋の夜長にこぼした恵快のつぶやきが思い出される。たしかに恵快は二十四時間、鐘丈寺の住職として生きていた。住職としての恵快の言葉はいつも誠実だった。慈愛に満ちて、穏やかで、すべてが法話のようだった。腹の底で舌を出している人間から、あんな言葉は出てこないはずだと、仁心は信じたい。

けれど信じようとすればするほど、恵快という名も僧侶という職業もすべて偽りだったという紛れもない事実が、のみくだせない苦い薬となって口のなかに残った。

「あの人は一体何者なんちゃ」

庫裏から本堂へつながる長廊下の途中で、つい独り言の声を荒げてしまい、仁心はあわてて周りを見まわす。少し離れたところで静かに待機していた龍命寺の住職が、怪訝そうにこちらを見ていた。

「いきましょう」

黒い衣に身を包んだ仁心は、素知らぬ顔で住職をうながし、本堂の扉をあける。礼服や衣などで黒一色に染まった人々が、静かに頭をたれた。

葬儀はしめやかに、滞りなく営まれていく。観光専門の寺とはいえ、僧侶として長い経験を積んだ龍命寺住職の進行に、危なげはなかった。

――なんたって、こっちはホンモノの坊さんやし。

住職の脇に控え、数珠を手に読経しながら、仁心の心は千々乱れる。恵快と他愛なく笑いあった思い出や、救われた言葉の数々がよみがえった次の瞬間、「やけんど、あの人は嘘をついちょった」と心の声がする。細い目の目尻をさげて、ふふふと笑っていた恵快の顔が浮かべば、自分が感じたままの彼の人柄を「信じていたい」という祈りにも似た願いが頭をもたげ、見知らぬ他人のようだった秋の夜長の顔を思い出せば、「やっぱり無理や」と自棄《やけ》になる。

仁心は知らぬまにうなだれ、何度か首も振ってしまっていたようだ。外陣に居並ぶ檀家達から、「仁心さん、あんなに落ちこんで。かわいそうに」「ショックだろうなあ」などと心配するささやき声が聞こえてきた。

仁心はあわてて背筋を伸ばし、合わせた手に力を込める。龍命寺の住職が一度も会ったことのない恵快の人柄や功績について、仁心からの情報を頼りに巧みに語るのを聞きながら、目をつぶった。

出棺前に、参列者全員が恵快と最後のお別れをする。檀家達が数珠を持つ手を合わせ、順番に、棺の小窓から恵快の死に顔をのぞきこんでゆく。泣き崩れる者はいなかったが、ハンカチを目にあてている人はちらほら見かけた。仁心は龍命寺住職と並んで読経しつつ、みんなのお別れを見守る。そして自分は最後に棺の小窓をしめながら、恵快と名乗った男の死に顔を眺めた。

花に埋もれたその顔は、今日もやすらかだ。息をしていないことが、信じられない。

――先に逝く人は、残される人達のために、生きてた頃の自分に化けるんだ。

今日は学校があるので来ていない千蓮の言葉を思い出し、仁心は唇を噛んだ。

大きな謎を残したまま灰になろうとしている恵快に対し、仁心は悲しみより先に悔しさを覚える。大きく深呼吸して、口のなかでつぶやいた。

「化かされたままでは、終わらんき」

それを恵快へのお別れの言葉として、仁心は静かに小窓をしめる。

涙は変な形で吸い取られたまま、いまだ戻ってこない。

*

初七日の法要は、仁心と檀家総代の虎太郎と護持会の各役員達、それに「是非に」と集まった檀家達で内々で済ませた。

「ずいぶんあっというまにご遷化されてしまったから、まだ気持ちがついていかねえわ」

客殿に用意した昼食をみんなで食べて歓談していた際、泣きはらした目で仁心の前までやって来てそう告げたのは、賀保子だ。入院前の住職に最後に会った檀家さんは、賀保子さんと瑛大さんですと仁心が伝えると、またもや泣いてしまう。仁心はお茶を注ぎにきてくれた虎太郎に、後ろから小突かれた。

「すみません、賀保子さん。泣かせるつもりで言ったわけじゃ――」

「いいんです、いいんです。最後に会えたのが私達だったなんて光栄だ。ただ、もうずいぶん昔のことみたい」

礼服を品よく着こなした賀保子は遠い目をした。化粧をきちんと施し、ヘアスタイルはもうひっつめ髪ではない。白髪にゆるいパーマをあてて、肩までおろしている。耳の後ろの一筋分だけ、金髪に近いカラーリングがほどこされていた。美容院ハミングバードに月一で通っていると、同じオーナー兼美容師の安美に髪を切ってもらっている千蓮づてに聞いた。好奇心旺盛に、いろいろな髪色や髪型に挑戦しているそうだ。

賀保子が寺に相談に来たあの日から今日まで、半年も経っていないけれど、同じ場所にいた恵快はこの世からいなくなり、賀保子は見た目も気持ちもずいぶんいきいきと活気づいた。簡単にいえば、若くなった。これが生死の違いか。生きているとは変われるということなのだと、仁心はしみじみ思う。

全員を送りだし、夕刻の勤めを果たしたあと、仁心は一人で夕飯を食べた。なんやかんやと忙しくしていたこの一週間は、朝夕のお勤めと梵鐘を撞くのがやっとで、庫裏の掃除は手を抜いてしまった。うっすら積もった埃を横目に、仁心はキュウリのぬか漬けを噛む。ぽりぽりと小気味のいい咀嚼《そしやく》音がやけに響きわたる気がした。

茶碗を持つ左手につけた腕時計に、仁心の目がとまる。電波式のそれは、恵快の形見だ。入院後、病室で恵快から「鐘を撞くとき便利だよ」と軽い調子で託された。

腕時計より真実を遺してほしかった、とまた恵快の嘘に思いが及んだとたん、後ろで床の軋む音がする。背中に視線を感じた。仁心はぞわりと鳥肌が立った首筋を撫で、いやいや、まさかまさか、と焦って振り向く。

台所の床に尻をつけてのっそり座り、仁心を見あげている猫と目が合った。筋肉質で大柄な体つきや毛がふっさりと繁ったシッポ、そして目鼻の周りだけ一段と濃い茶色の毛で覆われ、横にのぺっと広がった顔は、タヌキとよく似ている。実際はじめて見た日は、タヌキと間違えた。タヌキが人間の言葉を喋っていると、本気で信じかけたのだ。

「名無し君」

仁心はほっとして、恵快が呼んでいた名で猫に呼びかける。猫は口をひらき、体に似つかわしくない小さな声で鳴いたが、腰をあげようとしない。まるで何かを探すように、顔だけ左右に向けた。

仁心は一人分の膳がのった食卓に目を落とし、また猫に振り返って言う。

「死んでしもうたんや、住職は。わかるか？　この世ではもう、あの人とは会えない」

声を詰まらせた自分に、仁心はぎょっとした。理性という重石をのせた蓋があき、心の芯が剝きだしになったようだ。すうすう風が通っていくそこは、混乱も疑念もない。ただ寂しさに震えていた。

動揺している仁心の顔を見あげ、猫はまた小さな声で鳴く。この猫が通夜の席にも現れたことを思い出し、仁心は菜の花のおひたしに使った鰹節をひとつまみ摑んで立ちあがった。

「初七日のお悔やみを言いに来てくれたんか。義理堅い猫やな」

猫は自分の前に置かれた鰹節を不思議そうに見おろし、そっと顔を近づけ、ぺろりと舐めた。味がわかるとたちまちたいらげ、仁心の顔を見あげて鳴く。

「おかわりはあげられないよ。塩分過多は体に毒や」

仁心が笑いながら言うと、猫はふいに腰をあげ、台所からのそのそ出ていった。あっさりしてるなあと仁心は肩をすくめ、食事に戻る。

食べ終わると、洗い物をするついでに台所の床にぞうきんをかけた。廊下もついでにと欲張ろうとしたところ、何かが転々と落ちている。仁心はおっかなびっくり近づき、薄目になってのぞきこんだ。

「段ボール――？」

細かくちぎられた段ボールの断片が、其処此処《そこここ》に落ちていた。猫のいたずらかと、仁心はため息をついて一つずつ拾っていく。断片は階段から二階へとつづいていた。

「おいおい、いったいどこの段ボールをかじったんちや」

思わず声が出る。猫の気配はない。

二階の廊下に立ち、仁心はハッとした。段ボールの屑がまっすぐ恵快の部屋に向かっているのが見えたからだ。部屋の前まで来ると、襖がすこしあいていた。猫がちょうど体を潜りこませられるくらいの隙間だ。

「名無し君、ここにおるのか？　あけるぞ」

いちおう声をかけてから襖をひらいたが、猫はすでに姿をくらましていた。仁心はいつのまにか両手いっぱいになっていた段ボールの屑を、恵快が残していったゴミ箱に捨てる。

恵快の入院中、生活雑貨や衣類を取りにきたり、死後ご遺体に着せる衣を探しにきたり、一度掃除に入ったりはしたものの、仁心が恵快の部屋をじっくり見るのは、これがはじめてだった。そこかしこに恵快の名残を感じそうで、目的もなく入るのを今まで避けていた。

実際に部屋のまんなかに立って見まわしてみると、恵快らしさを留めている物など何も残っていないことに気づく。余命を知ったことを「臨終までの時間を明確にしてもらった」と前向きに捉えた恵快らしく、納得いくまで片付けてから逝ったらしい。葬儀の日にはまだあった着物や衣服、家電や書籍なども三日前になくなった。恵快から生前頼まれていたとおり、虎太郎が然るべき業者や施設に託したのだ。仁心は押し入れをあけて、布団すら残っていないことに驚く。

「死んだあとというより、引っ越したあとみたいや」

そのとき、仁心の剃りあげた頭に、何かがはらりとふってきた。ん、と手をやったが、何もない。埃か？　仁心の視線が上向く。

天袋が細くあいていた。仁心はあけていないので、もともとあいていたか、虎太郎が三日前にしめわすれたか。仁心は襖をさらにあけて、なかをのぞきこんだ。がらんとしている。ここも抜かりなく片付けたのだろう。そのまま襖をしめようとして、隅のほうの影が濃くなっていることに気づいた。

——何か、ある。

仁心は廊下の一番奥にある物置部屋へと走り、小さな脚立を持って戻ってくる。脚立にのぼって天袋に半身を突っ込んでみると、小さな段ボール箱がぽつんと置かれていた。スマートフォンのライトで照らしてみると、天袋の床に転々と段ボールの屑が落ちている。どうやら猫はここに忍びこみ、段ボールをかじっていたようだ。仁心はよいしょと腕を伸ばし、段ボール箱を引っ張りだした。

四方の角をすべて猫にかじられた段ボール箱は悲惨な状態だったが、中身はどうだろう？　仁心は上面に貼られたガムテープを丁寧にはがし、のぞきこむ。

古本屋で買ったようなぼろぼろの経典が数冊と仏教の入門書、寺院の歴史解説本、ブッダの伝記が入っていた。いずれの本も、いたるところにマーカーが引かれ、付箋がついている。虎太郎から住職役を頼まれた恵快が、受験勉強よろしく学んだ跡だろう。

その努力は並々ならぬものだったと想像はつくが、仁心の顔には苦笑しか浮かばない。

「化けダヌキの葉っぱってやつか」

そんな言葉を吐いて、やや乱暴に本を戻す。と、本に挟まっていたらしい、薄いプラスチックケースが畳の上に落ちた。

「あ、やべ」

脆《もろ》そうなプラスチックケースが割れていないか、仁心はあわてて拾いあげて確認する。ケースは無事で、なかに入っているＣＤの円盤にもぱっと見、傷はついていないようだ。

音楽はもっぱらデータで聴く仁心は、その丸い記憶媒体を久しぶりに見た気がした。物珍しさも手伝って、ケースをあけてみる。

仁心はてっきり仏教関連の本や雑誌の付録CDだと思っていたが、白い盤面の上には、黒いマジックで〝らせん階段の夜　パスタノオト〟と手書きされていた。仁心は言葉の意味より先に、文字そのものを形で捉え、心臓が跳ねあがる。釘で引っ掻いたような右あがりの癖字には、見覚えがありすぎた。

「これ、住職の字――」

仁心は部屋中に視線を巡らせ、CDを再生できる装置を探す。恵快が〝CDウォークマン〟なる銀色の丸い機械で音楽を聴いている姿を、生前何度か見かけていたが、部屋のなかにそれらしいものは見当たらない。

「処分しちょらんとええけど」

仁心は祈りながら、ふたたび物置部屋に走った。

埃の積もったブラウン管テレビ、錆だらけのトランシーバー、使い方がわからず、名称さえ忘れかけていた七輪、花柄のレトロなポットなどを掻き分けて探すこと五分、仁心はとうとう昔懐かしいガラスの金魚鉢の中に、銀色で丸い形のポータブルCDプレイヤーが突っ込まれているのを見つける。電源ケーブルもある。恵快が使っていたものだろう。

仁心はすぐさま恵快の部屋に戻ると、コンセントに電源ケーブルをさし、CDをプレイヤーにセットした。イヤホンが必要なことに気づいて、あわてて自室に走る。どたばたしているうちに、胸が高鳴ってくるのを感じる。

——あの人は一体何者なんちや。

闇のなかで発したその問いの答えが、見つかるかもしれない。

仁心はプレイヤーにイヤホンをさしこみながら、無意識に「さあ来い」とつぶやいた。しかし、イヤホンからは何も聞こえない。金魚鉢の中でプレイヤーが朽ち果てたか、空《から》のCDだったか。

仁心は意味がないと知りつつ、プレイヤーを上下に振ってみる。次に音量をあげてみた。ザアアと砂嵐のような音が聞こえたかと思うと、次の瞬間「ワン、トゥ、スリー」とカウントする男性の声が耳をつんざく。恵快の声ではない。仁心はもんどりを打ってイヤホンを耳から引き抜いた。どうやらCDはちゃんと再生されており、無音の時間が長かっただけらしい。イヤホンごしにシャカシャカ聞こえてくるのは、まがうことなき音楽だった。

仁心は畳の上に正座し、いったんトラックを最初に戻してからイヤホンをつける。今度は音量を低くして、そのときを待った。

カウントからはじまった演奏を最後まで聴く。仁心はファッションと同様に音楽も好きだが、明るいほうではない。日常の延長で耳にする曲を「あ、いいな」と思うことはあっても、長くは覚えていないし、積極的に誰のなんという曲かを調べたこともなかった。

そんな仁心がすぐさまその曲を鼻歌で口ずさめたのは、すでに何度も聴いたメロディだったからだ。

――住職の口笛は、たしかにこの曲やった。

演奏が終わると、仁心はいったんCDをプレイヤーから出して、白くコーティングされた盤面を見る。

「らせん階段の夜　パスタノオト」

恵快の癖字を読みあげ、仁心はどちらが曲のタイトルなのか考えながらもう一度最初から聴いた。素人の仁心でも、この曲の演奏が拙いことはわかる。低い音がことあるごとにずれてたどたどしかったし、すべての音を従えるはずのボーカルが一番後ろにさがり、何のきらめきも存在感も示していなかった。

仁心は連続で三回リピートした後、ようやく停止ボタンを押す。何度聴いても、演奏とボーカルが下手だという最初の印象はくつがえらなかった。それでも飽きず聴けたのは、第一に恵快が思い入れを持っていたらしいCDだということ、第二に曲の良さだ。歌詞は演奏同様、ごく平凡な事象を若さが頼りの感性で捉えた素人の落書きだったが、メロディだけは聴いた者の耳にきちんと残り、聴いた人の数だけある感情を、それぞれに合った角度でえぐってくる。たいていの人は「もう一度」と耳をすましてしまうだろう。それはもうプロの仕事と呼んでいいのではないかと、仁心は思った。

——このCDはなんやろう？　住職は何か関わっちょったりするのか？

仁心はスマートフォンで〝らせん階段の夜〟と〝パスタノオト〟を検索してみる。洋館散策のページや個人のレシピブログがヒットするばかりで、百パーセント一致した単語は見当たらなかった。

仁心はがっかりしながら、とりあえずCDの入ったプレイヤーを自分の部屋に持っていく。部屋に戻ったとたん、声が出てしまった。

「ああ、疲れた」

初七日の晩に働きすぎた。作務衣の下にうっすら汗を掻き、節々が痛い。CDが気になるものの眠気には勝てず、仁心はふとんに倒れこんだ。

春の彼岸会《ひがんえ》、釈迦の誕生日を祝う灌仏会《かんぶつえ》など、寺の大きな行事に追われているうちに、東北にも遅い春が来ていた。

北上した開花前線にともなって桜がそろそろ咲きだしそうな四月下旬の夕方、千蓮が制服姿のまま鐘丈寺にやって来た。短いスカートからのぞく脚はまっすぐ長く、細い。去年よりスカートが短く見えるのは、さらに脚が伸びたからに違いない。

山門をくぐって萩の低木のあいだをずんずんと進んでくる姿が、ランウェイを歩くモデルに見えて、参道の掃き掃除をしていた仁心は思わず手を止める。

「千蓮ちゃん、こんにちは。リアルで会うのは久しぶりやね」

そんな言い方になったのは、ゲームタイトルは変えつつ今でも、亀山を含めた三人でよくネットゲームで遊んでいるからだ。

「こんにちは。たしかに、久しぶりにお寺に来たな。住職のお通夜以来かも――あ、前の住職ですね、恵快さんは」

そう言って一瞬神妙な顔をしたのち、千蓮はそわそわ本堂と庫裏をうかがう。ボブヘアの髪型は変わっていなかったが、顎下だった髪が肩につくくらいまで伸び、ターコイズブルーのインナーカラーがちらりとのぞいていた。仁心は箒を杖代わりに背伸びして、山門のほうを眺める。

「今日は一人？　桜葉さんは？」

「じっちゃんは、まだ仕事。んだから、来たんだけど――ねっ、今誰かいますか？」

「寺に？　誰もいないよ」

よかったと千蓮は胸に手をあてて息を吐き、おもむろに頭をさげた。

「仁心さん、ちょっとわたしの話を聞いてくれませんか」

何とつぜん改まってしもうて、と仁心は笑いかけたが、うなじから背中にかけて強ばっている千蓮の姿勢を見て、あわてて顔を引き締める。左腕の電波式腕時計に目を落とした。

「聞くよ、もちろん。今から梵鐘を撞いて、夕方のお勤めをしてくるき、千蓮ちゃんは先に庫裏で待っちょって」

「はい」

仁心が鐘丈寺の住職になって以来、法要や葬儀以外の用件で「話を聞いてほしい」と訪ねてくる者はまだいなかった。恵快が元気な頃は、相談とも呼べない雑談をしに来る檀家や近所の人が後を絶たなかったので、仁心は「まだ俺じゃ頼りないか」と気にしていたし、少し落ちこんでもいた。それだけに、今日の千蓮の訪問は嬉しい。緊張もする。仁心がそわそわしながらも、つつがなく町に寺の鐘を響かせ、ご本尊の前でお経を唱えてから庫裏へ戻ると、寺務所で待っていた千蓮が慣れた手つきでお茶をいれてくれた。

恵快が檀家の相談を受けるときいつもそうしていたように、仁心も客殿へ移動しようとしたが、千蓮は「ここでいい」と言い張る。しかたなく仁心はＰＣ机用の無骨な回転椅子を二つ引っ張ってきて、片方に千蓮を腰掛けさせた。自分は向かいに座る。

千蓮は長い脚を窮屈そうに曲げ、無言のまましばらく椅子をクルクルとまわしていたが、仁心の視線を受けて背筋を伸ばした。

「進路のことなんです」

千蓮はこの春、高校三年生に無事進級した。所属しているバンドのメンバー何人かと同じクラスになり、去年よりさらに楽しそうに学校に通っているという。高校最後の文化祭は千蓮の独壇場だべと、先日の灌仏会の折、虎太郎が頰をゆるめて話していた。

「そっか。もう最高学年か。早いなあ」

感慨深くうなずく仁心をもどかしげに見て、千蓮は回転椅子ごと前のめりになる。

「わたし、大学さ行きてえと思ってるんです、東京の」

美しいアーチ型の眉があがり、丸い頰をすぼめるように唇を結ぶ。そのひたむきな表情を前にうかつな相槌も打てず、仁心はただうなずくにとどめた。

よほど胸のなかに思いがうず巻いていたのだろう。千蓮の口は息継ぎを忘れたように動き、具体的な大学名があがった。

「お母さんの母校なんです——って、卒業前に中退しちゃったんだけど」

「学部もお母さんと同じところを受けるの？」

千蓮は不思議そうな顔になり、ゆっくり首を横に振った。

「お母さんの学部までは知らね。わたしが目指してるのは、商学部」

「もう決めちゅうんだね」

「まあ。じっちゃんの商売を見て育ってきたし、自分も商売が好きだがら」

「それは何より」

仁心が笑うと、千蓮も体つきとは裏腹に幼さの残る丸い頰と小鼻をふくらませ、にこりと笑った。しかしすぐにまた眉根を寄せる。

「でも東京さ行くなって、じっちゃんが。家から通える大学にしろ、それが無理でもせめて東北の大学にしろって、話にならねえ」

千蓮の語気が荒くなった。仁心は相談の全容が見えた気がして、お茶をのむ。追いかけるように、千蓮の言葉が連なった。

「仁心さ——いえ、住職、お願いします。わたしといっしょに、じっちゃんを説得してください」

「う、うーん」

煮え切らない返事になる。仁心は正直、虎太郎を説得できる自信がまるでなかった。虎太郎は、仁心や恵快よりも古くから檀家総代として鐘丈寺に関わってきた重鎮だ。町の顔役であり、社会人の大先輩でもある。恵快亡きあとの様々な事務手続き、檀家達への顔つなぎ、近所への挨拶まわり等々、仁心は虎太郎の助言と助力によってどうにかこなせたと思っている。いや、事実そうだった。そして現在進行形で今も、世話になりつづけている。そんな半人前以下の自分が何を言っても、虎太郎の耳には届かないだろう。

「恵快さんがいれば」

一瞬、自分の口から漏れた言葉かと思ったが、千蓮の声だった。そうやねと思わず同調すると、千蓮の眉根のしわがさらに深くなった。

「とか言ってても、はじまらねえから。今の住職は、仁心さんだべ。町でじっちゃんに対抗できるのは、鐘丈寺の住職さんくらいなんだから、がんばってよ」

「――わかりました」

鐘丈寺ではじめて顔を合わせた日、虎太郎は仁心を「坊っちゃん」と呼んだ。住職になった今も、その呼び方は変わっていない。仁心はその事実を千蓮に告げるかどうか迷って、結局やめた。

千蓮は湯呑みを片手で持って立ちあがると、風呂あがりに瓶牛乳をのむように、腰に手をあてて一気にあおる。呆気に取られて見あげている仁心に、ぺこりと頭をさげた。

「それじゃ、よろしくお願いします。七月の三者面談までに、じっちゃんをなんとか攻略してもらえると嬉しいな」

「七月か」

仁心はわざわざ指を折って数えてみる。今は四月だから、あと三ヶ月。ゲームのラスボスよりよほど手強い相手を、たった三ヶ月で攻略か。仁心から絶望のため息が漏れたが、千蓮はもう聞いていない。

「じっちゃんが帰ってくるまでに、ごはんの支度しとかねばなんねえから」

そう言い置いて、ばたばたと寺務所から出ていく。仁心はあわてて見送りに立った。

玄関で追いつくと、千蓮が鼻歌まじりにローファーを履いていた。一人で抱えていた悩みを、仁心に打ち明けることができてほっとしたのだろう。千蓮の肩の荷が少しでも減ったなら話を聞いた甲斐はあったと、仁心はひそかに嬉しく思う。問題を解決できるかどうかは、さておき。

そのとき、耳で無意識に拾っていた千蓮の鼻歌が、頭の中でつながった。仁心の口がぽかんとひらく。

「あっ、ちょっ、ねえ待って。千蓮ちゃん、その歌っ、たたっ――」

焦りすぎて口がもつれる仁心を、千蓮が怪訝そうに振り返った。

「歌？」

「歌ってたでしょう、今、鼻歌で」

鼻歌を口ずさんでいた事実を突きつけられて恥ずかしくなったのか、千蓮の丸い頬がみるみる赤らむ。

「やだ。わたし、声さ出して歌っちゃってたんだ――」

「いや、ええが。歌うのは全然ええがよ。ただ、誰の歌なのかなって」

「ああ。これはね、パスタノオトの『らせん階段の夜』」

千蓮はさらりと答え、「知ってました？」といたずらっぽい笑顔で長い首をかしげる。

仁心がうなずく前に、「知るわけねえか」と自分でやりとりを完結させた。そして、あらためて仁心を見つめ、少し口ごもったあと、ぱしぱしとまばたきをしながら言う。

「ウチのお母さんが大学時代さ組んでたバンド〝パスタノオト〟の代表曲なんです。当時作ったデモ音源のCDが家にあってね、わたしは小《ちい》せえ頃からよく聴いてたから覚えちゃった」

「デモ音源――」

「うん。〝世界に数枚しか存在しねえ、貴重なCDだよ〟って、お母さんが言ってた」

千蓮は照れくさいような誇らしいような顔をして、何度も目をしばたたいた。

仁心はもう一度「デモ音源か」とつぶやき、考えこむ。世界に数枚しかないはずの貴重なCDを、なぜ華蓮が亡くなったあと鐘丈寺にやって来た恵快が持っていたのか。

「千蓮ちゃん家《ち》に、CDは何枚あるの？」

「一枚だけだよ。貴重なＣＤだって言ったべ」

仁心の質問に、千蓮は心外そうに答える。ということは、桜葉家から譲り受けたわけではなさそうだ。仁心はＣＤの盤面に残されていた恵快の筆跡を思い出し、寺にあるＣＤは最初から恵快自身の持ち物だったのだろうと考えた。

――住職はパスタノオトのメンバー、もしくは関係者やった。

恵快の正体につながる道が唐突にひらけて、仁心は動揺する。千蓮に悟られないよう顔を作り、彼女にどこまで話していいものか必死で考えた。

千蓮はその歌を無意識に口ずさめるほど聴きこんでいるようだ。早世した母親の貴重な思い出として、大事にしてきたのだろう。不確かな情報で、いたずらに千蓮を混乱させたくない。そこまで考え、仁心の腹は決まる。今この状態で千蓮に告げるべき、最適な一言がふってきた。

「俺も聴いてみたいな」

「本当？」

千蓮の丸い頬がつやつやとかがやく。

「うん。ええメロディやき、じっくり聴いてみたい。よかったら今度、ＣＤ貸してくれんか？」

「喜んで。近々、わたしかじっちゃんが持ってきます。お寺さコンポとかある？　ねえなら貸すけど」

「住職のポータブルプレイヤーが残っちょったき、だいじょうぶ」

仁心がピースサインを作って出すと、千蓮も同じサインを返し、唇をつぼめた。そのまま手をあげ、髪をさらりと払ってインナーカラーをのぞかせる。

「交換条件ってわけじゃねえけど、じっちゃんの説得も忘れずお願いします」

ＣＤの衝撃ですぽんと抜けていた千蓮の相談事がよみがえり、仁心はあわててうなずいた。


二日後、護持会の集まりで鐘丈寺にやって来た虎太郎から、プラスチックケースに入ったＣＤを渡された。仁心は思わず「うわっ」と声を漏らす。

「そったなたいしたシロモノじゃねえわ。素人学生の演奏だよ」

虎太郎が笑う。仁心も愛想笑いで応じながら、内心どきどきしてケースをひらいた。こちらのＣＤの白い盤面には、何も書かれていない。仁心は虎太郎にしばし待っていてくれるように頼み、部屋からポータブルプレイヤーを持ってくると、その場で再生してみた。

「えっ」

また声が出る。メロディとそこにのる歌詞《ことば》は、間違いなく鐘丈寺にあるCDと同じものだったが、ずれが生じてまとまりのなかった演奏は統一され、ボーカルが男性から女性に変わっていた。特にボーカルの変更は劇的な改良で、よいメロディはますますかがやき、ありふれた歌詞すら説得力を持った。

「──これ、華蓮さんの歌声ですか？」

「んだ。俺さ似て美声だべ？」

虎太郎はおどけたように言って、スキンヘッドをつるりと撫でた。

「はい。すごいです。ようなりました──あ、いや、つまり、たまらなくええです」

仁心は興奮のあまり口を滑らせる。あわててイヤホンをはずして、虎太郎に向き直った。

「桜葉さん、パスタノオトのメンバーの名前とかわかります？」

「ぱすたのーと？」

「華蓮さんが組んでたバンドの名前だって、千蓮ちゃんから聞いたんやけど」

「ああ、そういや、そったな名前のバンドだったたな。んだどもメンバーの名前までは──忘れたか、最初から聞かされてねえか──どっちにしろ、出てこねえな」

仁心の顔があからさまにがっかりしているのがわかったのか、虎太郎は唸りながら記憶を辿ってくれる。

「ええとたしか、同じ大学の軽音サークル仲間で組んだバンドだって聞いたぞ。高校時代はガールズバンドっつうの？　女の子とばかり演奏してたんで、男子がいるとやっぱり音が違ってくるとか何とか、えらそうに語ってたっけな」

亡くした娘との思い出が溢れてきたのか、虎太郎のどんぐり眼が細くなった。仁心が念のため、千蓮から教えられた大学名を告げると、たしかにそこの軽音サークルだと請け合う。そして我に返ったように、仁心をまじまじと見つめた。

「なして坊っちゃんが、華蓮のバンドメンバーにまで興味を持つ？」

「それは――『らせん階段の夜』があまりにもええ曲やき、どんな人達が演奏しちょったんかと気になって」

あながち嘘ではない理由を述べる。虎太郎は納得してくれたらしい。

「たしかに耳さ残る歌だよな。まあ、俺や千蓮は身内が歌ってるぶん、より思い入れが強くなるんだが」

「作ったのは、誰でしょうね？」

「少なくとも華蓮ではねえな。〝私は作詞も作曲もできねえ〟って本人が言ってたから」

華蓮が生きてたら他にもいろいろ聞けたんだがと独りごち、みずからの言葉に傷ついたように、虎太郎は顔を伏せた。

足跡

あっというまに五月が来た。毎朝、境内を掃除して、庭の緑が日に日に濃くなっていくのを目の当たりにしていると、仁心は季節の移り変わりにも諸行無常を感じてしまう。

午前中、六月に予定されている七回忌法要の相談に来た檀家に応対し、昼食はおみやげでもらった信州の野沢菜を刻んでお茶漬けにした。冷蔵庫に残っていたじゃことチューブのわさび、白ごまをふりかけ、お湯にだしの素をぱらぱら入れた簡単な出汁茶漬けだ。

一人になってから、日々の食事作りが簡単や時短に傾きがちなことを、仁心は自覚している。今日も反省しつつ、野沢菜を噛みしめた。何か音が欲しくなってイヤホンをつけ、もう何日も食卓に置かれたままのポータブルプレイヤーの電源を入れる。

ポータブルプレイヤーのなかには、千蓮から借りっぱなしのCDが入っていた。パスタノオトの『らせん階段の夜』だ。恵快が遺した男性ボーカルのCDより、華蓮のボーカルバージョンのほうが仁心は好みで、ついこちらばかり聴いてしまう。

この一ヶ月、ことあるごとに聴いてきたので、今ではすっかり歌詞も覚え、鼻歌で口ずさめるくらいにはなっていた。

けんどなあ、と仁心は茶碗をかたむけ、お茶漬けをさらさらとかきこむ。

恵快の素性に直結しそうな、パスタノオトのメンバーについては、何の情報も得られないままだった。千蓮や虎太郎にこれ以上質問を重ねても不審がられるだけだろうし、第一、千蓮から頼まれた虎太郎の説得をまだ試みられていない状態で接触するのは気が引けた。

自力で軽音サークルに当たってみようと、華蓮が通っていた大学に電話してみたが、軽音サークルの数は公認非公認あわせて五十は下らないと言われ、仁心は気が遠くなる。そもそも二十年近くも前のOB、OGの話を、現役のサークルメンバー達が知っているとも思えない。捜索の手立ては一気になくなった。

お茶漬けをあまりにもあっさり食べ終わってしまい、仁心は物足りなさを感じる。ごそごそ立ちあがり、ワゴンから白玉粉を出してきた。耳の中でリピートをつづける『らせん階段の夜』にあわせて体を揺すりながら粉に水を加え、こねて丸め、沸騰したお湯の中に次々と放りこむ。空いているコンロでは小さな鍋を火にかけ、醬油と砂糖と片栗粉と水を混ぜてたれを作った。目分量と味見だけで、自分好みの甘辛さに仕上げていく。

茹であがった白玉は串には刺さず、皿に転がしておく。上から甘辛たれをかければ、みたらし団子のできあがりだ。仁心は皿を持って食卓に戻りながら、華蓮の歌声にあわせてサビを歌った。

デザートを作っているあいだに、スマートフォンにメッセージが届いていた。仁心は団子を頬ばりながら確認する。

発信者は、亀山だった。

亀山一就　連休のどこかの夜、空いてない？

仁心は口をもぐもぐさせたまま寺務所まで予定表を見に行き、五日なら法事が午前中に一件入っているだけだと返す。仕事が休みなのか、昼休み中なのか、亀山からはすぐにまたメッセージが来た。

亀山一就　じゃあ五日。午後八時に海岸まで来て。

仁心@鐘丈寺　何するの？

亀山一就　個人的なひかりの一周忌イベント。

あ、法要って日程を前倒ししなきゃいけんだっけ。

仁心@鐘丈寺　法要はね。個人的なイベントなら気にしなくていいんでない？

持ってく物とかありますか？　衣着てく？

亀山一就　夜の海岸で衣はやばいよ。むしろやめて笑

あくまでイベントだから。仁心ではなくJINとして来てほしい。
私服でいいし、持ち物はスマホだけで十分。

仁心は侍の格好をしたコアラが「御意」と頭をさげているスタンプを送ったあと、「まっこと律儀やね、ファーストは」と独りごちる。気づかぬうちに笑っていた。

ひかりPこと天道光太の一周忌はすでに先月、仁心が一人で済ませていた。光太に身寄りはなく、遠い親戚の木原と鐘丈寺のあいだで永代供養の契約が結ばれていたので問題はなかったが、仁心は亀山にも事前に一応声をかけた。

しかし、亀山は来られなかった。選手として参加する格闘ゲームの全国大会と日程がかぶったためだ。

「ま、辛気くせえのは苦手だし、ちょうどよかった」と電話口ではさばさばしていたが、亀山はひそかに光太に申しわけなく思っていたのだろう。

仁心はスマートフォンを食卓に置き、すぐに既読がついたコアラのスタンプを見おろしていたが、それ以上やりとりがつづく気配がないとわかると、ふたたびみたらし団子の皿に向き直った。視界にふわふわの毛が入ってきて、あわてて音楽を停止し、イヤホンを外す。テーブルの下に猫がいた。きちんと座って、悪びれた様子もなく仁心を見あげている。

「やあ、来たな。ちょっと待ってろ。団子は食うんやないぞ。猫には毒や」

恵快が生きていた頃は、猫にここまで話しかけなかったなと思いながら、仁心は急いで台所へ行き、野菜の余りをくたくたに煮たものと卵黄をまぜて器に入れた。気配かにおいか、猫が太いシッポをもさもさ揺らして立ちあがる。どっしりした体つきに似合わぬ軽やかな跳躍で、ひとっ飛びに仁心の足元まで来た。すりすりと何度も体をすりつけられ、藍染めの作務衣の足元がたちまち毛だらけになる。

ほら、と差し出した仁心の手作りごはんを、猫は一心不乱に食べてくれた。少し離れた場所にしゃがんで見守りながら、仁心は久しぶりに誰かにごはんを振る舞う楽しさを味わう。腹の底まできちんと空気が通ったような心地よさがあった。猫の訪問は気まぐれだが、これからもごはんを用意しておこうと決めた。

腹がふくれたのか、猫がふいに顔をあげる。まともに目が合った。目鼻の周りがとりわけ濃い色合いになっている幅広の顔は、どことなくタヌキめいている。その顔を見ているうちに、仁心の口が勝手に動いていた。

「これからも好きなときに顔見せに来てくれよ」

俺はいつでもここにおるき、とつづけようとして声が途切れる。本当にそうか、鐘丈寺はおまえの居場所か、と問いかける自分の声が耳の奥で響き、「そうや」と返せない自分がいた。

——一番そばにおった人にすら化かされとった俺が、大勢の檀家を相手にする住職なんてやっていけるんか？

仁心がため息をつくと、猫は三角の耳を震わせ、喉の奥が見えるくらいの大あくびをした。

約束の五日はすぐにやって来る。

仁心は早めに晩ごはんを済ませ、亀山が指定した浜辺まで散歩がてら歩いていった。五月が来ても、夜はまだまだ肌寒い。作務衣の下に防寒インナーを着てきたのは正解だったなと、仁心は悦に入った。何もいらないと言われていたが、途中、地元のスーパーに寄る。ホットの缶コーヒーを二つ、清酒の小さな小瓶と合わせて買った。

海に出ると、日が落ちて暗い浜辺でさかんに手を振っている人影がある。仁心も手をあげて応じた。

浜辺におりると、やはり人影は亀山だった。どうもどうもと不器用に頭をさげ合い、向かい合う。

「元気そうでよかった」

そう言って笑う亀山は、恵快を亡くして間もない仁心の様子を気にかけてくれていたようだ。仁心が礼を言うと、亀山は白いビニール袋からコッペパンを取りだした。

「連休中、福田パンが道の駅さ出張販売に来てんだ。帰りに買ってきた。具はコンビーフ一択」

「いいですね。ちょうど俺、缶コーヒー買ってきたし」

仁心は言いながら、殊勝な気持ちになる。亀山が光太とゲームの特訓をして、福田パンを奢《おご》り奢られた青春の浜辺に、自分は今いるのだ。周りを見まわせば、植物が砂浜を這うように枝を伸ばし、群生しているのが暗がりのなかでもわかる。花はまだ咲いていなかったが、きっとハマナスだろう。

「『夕闇花の咲くまでに』のスマホ版がリリースされたんだ。仁心さん、知ってた？」

「知らんかった」

仁心は首を横に振り、しばらくゲームをしていなかったことに気づく。亀山は独り言のように言った。

「忙しそうだもんなあ、寺の住職ってのは。ベーグル奉行も受験生だし。みんな、ゲームばっかりしてられねえか」

仁心と目が合うと、亀山はへへっと笑う。前に会ったときより、さらに髪の色が明るくなっている気がした。闇にきらきら浮かびあがっている。

でも今日だけはさ、と亀山は自分のスマートフォンを出して、慣れた手つきでゲームのスタート画面を表示する。ポケットサイズになった見慣れた画面に、仁心は歓声をあげた。

「うわ。本当にヤミバナだ。亀山さんはやってみました？」

「さわりだけ少し。コントローラじゃねえから操作に最初戸惑うけど、まあ、すぐ慣れるべ——ってことで、どう？　今夜はひかりを偲んで、仁心さんも遊んでみねえか？」

「ええのう」

仁心はうなずき、さっそく自分のスマートフォンにゲームアプリをダウンロードした。準備が整うのを待っているあいだに、コッペパンのコンビーフサンドを頬ばる。口のなかいっぱいにジューシーなコンビーフと甘いポテトサラダ、もっちりしたパンが満ちて、思わず吐息が漏れるほどおいしかった。

それから四時間、仁心と亀山はデュオを組み、『夕闇花の咲くまでに』をぞんぶんに楽しんだ。〝釣瓶落としの浜辺〟という隠し面が仕様として残っているのかどうかもわからないまま、とにかく小学校にいるボスを倒し、黒板が海を映す窓に変わるのを待つ。

果たして、釣瓶落としの浜辺はちゃんと現れた。海に向かって自分の操作キャラクターを歩かせ、日が落ちるのを確認すると、亀山は「やれやれ」とスマートフォンを砂浜に突き刺して固定させる。とっくにぬるくなった缶コーヒーのプルトップを引きあげ、ぐびりとのんだ。

「勝利のあとのコーヒーはうめえな」

「同じ景色やね」

仁心がスマホの画面内に映る浜辺と、自分達の周りに広がる浜辺を交互に指すと、亀山はうなずいた。

「これがやりたかったのよ」

「天道さんもやってみたかったでしょうね」

「あいつが生きてたら――いつかいっしょにできたかな」

亀山は自分に問いかけ、すぐに首を横に振る。

「や、無理だな。生きてるあいつと和解して、もう一度浜辺でゲームなんて、夢物語だわ」

「そんなこと――」

ないですよと言いかける仁心に、亀山は微笑んだ。

「ひかりが死んだことは、今もショックだよ。生きてるあいつともう一度話したかったと思う。んだども、もし本当に生きてたら、俺は今も意地張って、あいつと話してねえままだべ」

亀山はいったん口を閉じる。視線を仁心からそらし、慎重に次の言葉を選んでいるようだ。

仁心は急かさず、買ってきた清酒を海に撒いて、手を合わせた。背中に亀山の声がかかる。

「まず死があって、そこから動きだす感情や関係ってあるよな」

「たしかに」

仁心はうなずき、亀山の隣に戻った。本当にそうだ。自分も今まさに、恵快の死からはじまった感情と関係に振りまわされている。

「ニルヴァーナとガンズ・アンド・ローゼズみてえなもんだ」

亀山は唐突にバンド名を口にした。仁心はどちらも名前を聞いたことがあるくらいの知識しかなかったので、首をひねる。

「仲が悪くて有名だったんだよ。でもニルヴァーナのカートが死んだあとは、いっしょにアルバムを作ったりもした」

「詳しいなあ。亀山さんは音楽好きなんじゃのう」

「好きだよ。ついでにミュージシャン周りのゴシップも大好き。ゲスいファンなのよ」

亀山は自虐で笑いを取りにきた。仁心は笑っていいものか迷い、ふと音楽つながりでパスタノオトを思い出す。

「日本のミュージシャンにも詳しいですか？」

「まあ、人並みには知ってるつもりだけど」

「パスタノオトって知っちゅう？」

一応聞いてはみたが、大学の軽音サークルで活動していたアマチュアバンドだ。首をかしげられるのがオチだと思っていた。ところが、亀山は笑顔になって返してくる。

「パスタノオトって、ミュージシャンじゃねえべ」

「まあ、たしかに。プロデビューはしてなかったけど」

「いや、プロもアマもねえ。そもそもミュージシャンじゃねえから」

「え？」

どうも話が嚙み合わない。落ち着いて照らし合わせたところ、亀山の知っている〝パスタノオト〟は個人で、社会人ゲームサークルの主宰者のハンドルネームだった。

「パスタノオト違いや。俺のほうは、大学生が軽音サークルで組んじょったバンド名なんですよ。たまたまCDを聴く機会があったらハマってしもうて。メンバーのこととか、未発表音源があるのかとか、知りたいんやよね。でも二十年近くも前のことやき、情報が少のうて――」

真実を適当にぼかして伝えた仁心を、亀山が目をかがやかせて見つめる。

「ひょっとして、その軽音サークルがあった大学って――」

亀山が口にした大学名はどんぴしゃで、仁心は目を丸くする。

「そうや。たしかにその大学やけんど、なんで?」

「前にゲーム大会で会ったときに、パスタノオトさんが自分のハンドルネームの由来について話してたんだよ。〝大学の軽音サークルでいっしょだった先輩達のバンド名から拝借した〟って」

「だったら、そちらのパスタノオトさんは、バンドメンバーの直の後輩ってことやね」

恵快の正体を探る旅路に思いがけず射しこんだ光に、仁心は興奮を隠せない。対照的に、亀山はこんな偶然もあるんだなとのんびり笑った。

「本当に。すごいご縁やと思います」

仁心は噛みしめるようにつぶやき、うなずく。恵快の死が起こしたさざ波が風をはらみ、大きくなってきたのを感じた。


翌日、仁心が夕方のお勤めを終えて本堂を出ると、袂に入れてあったスマートフォンがメッセージの受信音を鳴らした。発信者は亀山で、堀尾《ほりお》という人物の連絡先が添付されている。昨日の別れ際、亀山に仲介を頼んだばかりだったので、仁心はすぐにこの堀尾が社会人ゲームサークルの主宰者〝パスタノオト〟だとわかった。

感謝の返信を送ろうとしていると、亀山からのメッセージのつづきが届く。

亀山一就　パスタノオトさんを友達に追加しといて。
先方にはもう言ってあるから、いきなりメッセージ送っちゃってOK！

最後に「グッドラック！」と手を振るアニメキャラクターのスタンプが押されていた。

仁心は「ありがとう」とハートを飛ばすカモノハシのスタンプを返しておく。

パスタノオトさんこと堀尾とのメッセージアプリでのやりとりはスムーズに進んだ。堀尾は東京在住のため、おいそれと気軽に会うことは叶わなかったが問題ない。

仁心はパスタノオトのCDをたまたま聴く機会があり、すっかり虜《とりこ》になったので、このバンドについてもっと情報が欲しいと、亀山に語ったのとだいたい同じ話を、堀尾にも告げた。

ほりお　どこで聴いたの？

仁心@鐘丈寺　檀家さんに音楽関係者がいまして。

ほりお　あ。デモ音源を聴いたんだ。いいよねー、『銀河鉄道の夜』。俺も大好き。

〝銀河〟じゃなくて〝らせん階段〟と仁心は訂正しようかどうか迷って、結局流す。市場《しじょう》に出まわらなかったはるか昔の音楽を、岩手の若い坊さんが聴いているという事実を不審がられなかっただけで御の字だ。

ほりお　やば。ちょっと思い出あふれてきた。通話に切り替えていい？

そのほうが話しやすい。

仁心は喜んで承諾した。自室に戻って、こちらから電話をかける。コールしてすぐ、堀尾は応じてくれた。はじめて聞く堀尾の声は、想像していたより低く落ち着いており、本職はFMラジオのDJだと言われたら信じるくらいの美声だった。仁心は少し緊張しながらあらためて名乗り、パスタノオトのメンバーについて尋ねてみる。

「何人編成のバンドやったんですか？」

――三人。ギター、ベース、ドラムの典型的なスリーピースバンドだよ。

「じゃあ、ボーカルのかたも楽器を？」

――うん。晴輝《はるき》さんがボーカル兼ベース。

男性の名前が飛びだす。どうやら堀尾が知っている『らせん階段の夜』は、鐘丈寺にあったCDのバージョンらしい。

仁心の沈黙を勝手に解釈したのか、堀尾が解説してくれる。

――晴輝さんは、えーと、苗字が塩野《しおの》だったかな。楽器のできないこの人が〝ボーカルやりたい〟って作ったのが、パスタノオトなんだ。結局集まったメンバーは二人だけで、その二人から〝スリーピースなんだから、ボーカルも楽器を持ってくれ〟って頼まれて、しぶしぶ選んだのがベースだったたって聞いたよ」

「大学生になってからはじめた楽器ですか。なるほど」

仁心は恵快の遺したCDの拙い演奏に納得がいく。たえず音のずれていた楽器はベースだったのだろう。

堀尾もベースの演奏技術に関しては思うところがあったようだ。かばうように言い添えた。

――晴輝さんはルックスが抜群によかったからさ。華もあって、バンドの顔としては申し分なかったと思う。

塩野晴輝が恵快の正体である可能性は、仁心のなかでほぼゼロとなった。恵快の顔立ちに愛嬌はあったが、ルックスが抜群によくて華があるとは言い難いし、〝ボーカルやりたい〟と手をあげるタイプからもほど遠い。

ギターは華蓮だろうと見当がついていたが、仁心はあえて「どなたが？」と聞いてみた。

――華蓮さんだよ。苗字はえっと――サクラダ、いや違う、桜葉だ。桜葉華蓮さん。カッティングが超絶うまくてさあ。さらっとやってるように見えて、ノリが違う。グルーヴ感が違う。いやあ、うまかった。

堀尾の耳のなかで、華蓮のギターの音色がよみがえったのだろう。声に熱がこもった。仁心は「カッティング」と言われてもなんのことやらわからなかったが、桜葉家の人間が褒められて、単純に嬉しいし、誇らしい。虎太郎と千蓮に、堀尾の話を聞かせてやりたいと思った。

記憶が溢れてきたのか、堀尾は仁心に聞かれる前に、最後のメンバーの名前を口にする。

――で、ドラムが剣崎雄矢《けんざきゆうや》さん。パスタノオトの頭脳ね。バンドのオリジナル曲が作れたのは、雄矢さんのおかげだよ。耳がよくて、子どもの頃はピアノの神童と呼ばれてたらしい。だからドラムと同じくらい、キーボードも上手だったなあ。

仁心は口のなかで、「剣崎雄矢」とくり返し発声した。耳がよかったりピアノが上手だったりと、恵快のエピソードとかぶる部分が多い。田貫恵快は、この耳慣れない名前の主が化けた姿だったのか？　仁心はスピーカーにしていたスマートフォンの画面をじっと見つめる。耳の奥が真空になった気がした。

「雄矢さんのルックスは？」

――ルックス？　別に悪くないけど、とりたてて目を引くってほどじゃ――ほら、パスタノオトはボーカルの晴輝さんのルックスが完璧すぎたから。あ、雄矢さんは背が高かったね。痩せてるから、余計高く見えた。シルエットがシュッとしてた。

堀尾が言葉を選びながら挙げてくれた特徴こそ、恵快そのものだ。仁心は「パスタノオトのメンバー写真とか、ないんですか」とさらに詰める。

――写真ねえ。ファーストさんから連絡があったときから探してんだけど、なかなか見つかんないのよ。今、家にあるのは、当時の大学軽音フェスのプログラムくらいかな。いちおう写真も載ってる。ちっさいけど。これでよければ送るよ。

お願いしますと返して待つこと二分、メッセージアプリを通じて、写真データが送られてきた。もともと粗い紙質のページに載った小さな写真をそのまま撮ったものだから、拡大すると目鼻立ちがほとんど潰れてしまう。

それでも、実際の顔を知っている華蓮と恵快に関しては、すぐに本人だとわかった。

「剣崎雄矢――」

判明した恵快の本名をあらためてつぶやいた仁心に、スピーカーを通して堀尾の美声が響く。

――このときのフェスでも、パスタノオトはかがやいてたよ。メジャーデビューも夢じゃないって思えたけどね、俺は、本当に。

堀尾の声が徐々にトーンダウンしていくことに気づき、仁心は尋ねた。

「解散しちゃったんですか」

――解散というか空中分解、かな。晴輝さんが自殺しちゃったんで。

思いもかけない言葉が返ってきた。仁心が息をのむのにつづいて、堀尾も深いため息をつく。

――晴輝さんが亡くなったあと、華蓮さんも雄矢さんもサークルに顔出さなくなって、そのうち華蓮さんは大学まで辞めちゃうし、雄矢さんも卒業できたのかどうか――。

そこまで近い距離の後輩ではなかったのだろう。堀尾にメンバーの行く末を追いかけた様子はない。二人ともすでにこの世にいないことを知ったらどんな感慨を抱くのだろうと、仁心が思っていると、堀尾が思い出したように付け足した。

――まあ、華蓮さんは晴輝さんのカノジョだったわけだし、ショックなのはわかるけど。

仁心は驚きすぎて、無意識のうちに息を止めてしまっていたようだ。やたら苦しくなり、ぶはっとむせた。紫色になった脳裏に、千蓮の顔が浮かぶ。

自殺した晴輝が千蓮の父親だとすれば、パートナー不在のまま大きなお腹を抱えて故郷に戻り、出産後は看護師の仕事で千蓮を養っていたという華蓮のエピソードはすべて、そうせざるをえなかったのだと納得できる。納得できないのは――

「晴輝さんの自殺の原因って？」

――さあ、わかんないな。いつも自分が主人公って感じで堂々として、金にも女にも不自由しないことを公言できちゃうような人だったからね。晴輝さんが悩んでるところなんて見たことない。自殺、それも焼身自殺なんて恐ろしい方法で死ぬとは、今でも信じられないよ。

「焼身？」

――過激だろう？　本人からの連絡を受けた雄矢さんが真っ先に駆けつけたとき、まだ燃えてたっていうんだから恐ろしいよな。

「え。雄矢さんは晴輝さんの最期に立ち会っているんですか」

――そうらしいよ。だから救急車を呼んだのも雄矢さんだし、救急車を待つあいだ必死に消火しようとして、自身も火傷したって。

仁心は恵快の左手首の痣を思い出す。あの赤黒い痣を、恵快は火傷の跡だと言っていた。

仁心の沈黙をどう捉えたのか、堀尾は咳払いしてつづける。

――パスタノオトのメジャーデビューが具体的になってたって噂もあるし、さすがの晴輝さんもナーバスになっちゃったのかねえ。

「ナーバスか」と仁心は口ごもった。もっともなようで、その実、摑みづらい原因だ。自殺の理由としては弱い気もする。堀尾も同感らしく、口を滑らせた。

「ナーバスなんて、晴輝さんから一番遠い言葉だけどね。どちらかといえば、雄矢さんのほうが天才肌っつうか、神経が細くて、悩み考えこむたちだった。今だから言うけど、晴輝さんの自殺のあと、雄矢さんまで死んじゃうんじゃないかと、俺は心配したよ」

堀尾から聞きだせる情報はここまでだろう。もう少し話していたい素振りを見せる堀尾に礼を述べ、仁心は電話を切った。

――神経が細くて、悩み考えこむたち？　あの住職が？

自分の知る恵快とはかけ離れた人物像が、仁心はにわかには信じられない。手元にある二枚のCDを畳に並べ、腕組みする。恵快が持っていた晴輝ボーカルバージョンと、桜葉家に残っていた華蓮ボーカルバージョン。二種類あったデモ音源の意味を考えていると、以前、恵快から聞いた言葉がよみがえってきた。

――僕の知るある人は、人生の分かれ道ともいうべき場面で、仲間の一人を切り捨てたことをあとあとまでずっと後悔してた。そのときは正論で武装して、自分も周囲も納得させたのに、今となってはもう罪悪感しか残っていないと。

恵快はたしかそう言って、ひかりPこと天道光太は故郷に帰らなかったのではなく帰れなかったのだろうと、彼の気持ちを推し量ってみせた。赦されなかった人の側からの意見を述べてみせた。

「あれって、住職自身の昔話やったのか」

仁心はつぶやき、また別のときに恵快がみずからはっきり口にした悔いを思い出す。

――あのとき、僕が〝おかげさま〟って言葉を知っていれば、彼は死なずに済んだのかな。

今となっては、〝彼〟は塩野晴輝以外考えられない。パスタノオトがメジャーデビューするために、雄矢は晴輝のおかげを忘れ、演奏や歌唱のレベルのみを絶対的な計りにして、切り捨てたのだろう。さらに同じ計りによって、空いたボーカルのポジションに、晴輝の恋人である華蓮を座らせた。

この想像が真実で、雄矢の残酷な公正さと野心が晴輝の自殺の原因になったのだとしたら、恵快の心中は察するに余りある。左手首の火傷の跡を隠しつつ、「これは、残しておかなきゃいけないものだから」と静かにつぶやいた恵快がまとった空気は、俗世からもこの世からも浮きあがっていた。

「住職は、罪悪感しか残っちょらん剣崎雄矢の人生を捨てて、別人に化けたのやか」

それはもう一種の自殺やないかと言いかけ、仁心は言葉をのむ。見慣れたはずの恵快の笑顔を懸命に思い浮かべようとしたが、どうしてもできなかった。

*

連休があけると、虎太郎が鐘楼堂の屋根の修繕費を持って訪ねてきてくれた。盛大な雨漏りのせいで、雨の日は梵鐘を撞いているあいだにびしょ濡れになると、恵快がまだ生きている頃から何度か護持会の議題にあがっては、そのたび予算不足で見送られてきた改修工事が、いよいよ着工することになった。

「坊っちゃんの住職就任祝いも兼ねての、大盤振る舞いだべ」

虎太郎はそう言って笑っていたが、実際、檀家の家々をまわって熱心に寄付を募ってくれたと聞いている。仁心は深々と頭をさげて、修繕費の入った袋を押し頂いた。

あがっていってくれるよう頼むと、仕事あがりらしい虎太郎は汗を拭きながら「じゃ、遠慮なく」と靴を脱ぐ。

「お茶いれますね。よかったら夕飯も食べていきませんか。二日目の野菜カレーやけど」

「悪くねえな。カレーは二日目にかぎる」

虎太郎はすぐにのってくれた。千蓮はと聞けば、友人達と集まって中間テストの勉強をしているらしい。そのメンツで夕飯も食べて帰ってくると教えてくれたあと、虎太郎は頭を振りながら愚痴ってみせた。

「まったく。受験生だってのに家にほとんどいねえんだ。今日だって勉強と夕飯、どっちがメインイベントなんだか」

虎太郎は去年千蓮の不登校を心配していたことなど、忘れてしまったかのようだ。仁心は微笑んで言う。

「それじゃ桜葉さんも家のことは気にせず、ゆっくりしていったらええです。あ、帰りは俺が運転していくんで、桜葉さんはおおいにのんでくださってかまいませんよ」

虎太郎は「一人でのんでもなあ」と顔をしかめてみせたが、仁心が冷蔵庫からいただきもののビールを取りだすと、喉を鳴らした。

ひとまずぬかみそに漬けておいたキュウリを切って、つまみとする。小さな盆にそれとグラスと缶ビールをのせて虎太郎の前に運び、仁心はすぐ台所へ引き返した。

タマネギとセロリを炒め、水煮大豆とトマト缶とカレールーを足して煮込んでおいた昨日のカレー鍋をふたたび火にかける。鍋がくつくつ音を立てだすまでに、仁心はズッキーニにナスにパプリカというカラフルな野菜を切り、隣のコンロで素揚げにした。

カレーを味見する。昨日よりパンチが少し弱くなっている気がした。仁心は宙を睨んで熟考の末、コンソメと醤油を少しだけ投入する。ふたたび味見をしたら、思いどおりの味になっていた。仁心は無意識に『らせん階段の夜』を口笛で吹き、鍋の火をとめる。

炊きあがったごはんの上にカレーをかけて、素揚げの野菜をトッピングすれば、十五分足らずで二日目の野菜カレーの完成だ。作り置きしておいたブロッコリーをパルメザンチーズとオリーブオイルで和えたサラダといっしょに出す。

うまいうまいと言いながらスプーンを口に運んでいた虎太郎が、三杯目のビールをおかわりして仁心に言った。

「坊っちゃん、副業でカレー屋でもはじめるか。お寺さんの精進カレー。ウケそうだべ」

「千蓮ちゃんの夜食になるき、よかったらテイクアウトしてください」

仁心は笑って応じてから、ついでといった調子を崩さず、さりげなくつづける。

「勉強がんばってるみたいやね」

「千蓮か？　まあ、受験生だからよ。あんだけ好きだったゲームも、サクラ咲くまで封印だとよ」

「進路は？」

勝負の質問だ。仁心は香ばしく揚がったズッキーニを噛みしめて、返事を待つ。果たして、虎太郎はビールのグラスを傾けて間《ま》を取り、苦い顔をした。

「四年制の私大だってよ。それも東京の」

「いけないですか」

「いけねぇね。母親と同じ大学さ行きでって言うんだ。まかり間違って入学してみろ。千蓮は絶対、軽音サークルさ入るぞ。華蓮の二の舞だ」

虎太郎はそう言うと、一瞬で空にしたグラスを食卓に置く。もともと地黒なのであまり目立たないが、よく見ればスキンヘッドのてっぺんまで赤くなっていた。血走ったどんぐり眼でおかわりを命じられ、仁心は新しい缶ビールを冷蔵庫から取りだしてきて注ぐ。虎太郎は泡をすするようにのみ、息をついた。

「子どもが——いや、千蓮の場合は孫だけど——巣立つことを喜ばねえ親はいねえよ。んだども俺は、大切な存在が夢と志をしぼませた代わりに膨らんだ腹を抱えて逃げ帰ってくるのを、もう見たくねえ。過保護だべが束縛だべが、俺の目の届くところさ置いて、がっちり守ってやりてえんだ」

一気にまくし立てると、虎太郎は椅子の背にぐったりもたれかかった。

仁心は大きく息を吸いこむ。虎太郎の恐れがはっきり伝わってきた。骨の髄まで染みついた後悔が、長い時間をかけて恐れになったのだろう。恐れは怒りを生む。

「まだ赦せちょらんのやね、華蓮さんのこと」

仁心がつぶやくと、虎太郎の唇が真一文字に結ばれた。責めているように聞こえてしまったろうか。仁心はブロッコリーを一つ口に入れる。パルメザンチーズの旨味がまろやかに絡んでいる。虎太郎が缶に残っていたビールを手酌でグラスに注ぎ足すのを見て、酔っ払ってしまわぬうちにと、仁心は覚悟を決めた。

「俺にもいるんです。赦したいのに、赦したほうが自分も楽だってわかっちゅうのに、赦せない人が」

虎太郎がグラスを置いて、座り直す。仁心は虎太郎の皿に残っているカレーを見つめながら打ち明けた。

「実の父親なんやけど」

「――ご存命か?」

仁心がうなずくと、虎太郎はほっとしたように口角をあげる。その口の動きから「だったら」という声が聞こえてきそうで、仁心は先に首を振った。

「やけんど、この先一生、会わんと思います」

「なんでまた」

「父親のほうが会いたがらんきや」

母親は病院で仁心を産み落としたあとすぐ、重度の妊娠高血圧症候群により亡くなったと聞いている。とつぜん片親になった父親は、頼る縁者のいないなか、遠洋漁業の職を変えてまで我が子を育てていく気はなかったらしい。生まれて一ヶ月も経たないうちに、仁心は乳児院に預けられた。そこから児童養護施設に移り、中学卒業と同時に僧侶見習いとして龍命寺に住み込むまで、仁心が実の父親と面会した回数は片手で数えられるほどだ。いずれの面会日も、親子の会話のあいだには沈黙が大河のように横たわり、「それじゃまた」と別れたあと、いつも仁心は父親が自分と会ったことを後悔しているのではないかと疑った。面白みも可愛げもない息子だとバレて、二度と会いに来てもらえないんじゃないかと恐れた。

小学校の高学年にあがる頃には、仁心の恐れはすっかり怒りと化していた。極端に頻度が低いとはいえ、漁から戻れば定期的に顔を見せてくれる父親に、「なぜ我が子を引き取って、いっしょに暮らさないのか」という不満と不信感が募り、ことさら無口に、不機嫌になった。そして、父親が面会に来なくなる〝いつか〟を恐れるのに疲れ、自分から「もう来なくていい」と父親を突き放してしまった。

その後、父親は言われたとおり姿を見せなくなった。手紙はもともともらったことがない。親子の縁ってこんなに簡単に切れるんだなと、仁心は拍子抜けに近い感想を抱いたものだ。以来、父親に対してはなんの感情も湧いてこない。恋しさも怒りも疑問も不信も、ロウソクのように溶けてしまった。ただ「赦せない」という形骸化された思いだけが、心の奥に燻《くすぶ》っている。その小さなかたい芯を、ふだんの生活で感じることはほとんどない。けれど、いざ人と向き合ったり、大事な決断をするときには、きっちり仁心の人生を邪魔した。

龍命寺に住み込むことが決まって施設を出るとき、職員から父親の住所と電話番号を書いた紙をもらったが、その場で破り捨てた。以来、仁心は父親に連絡していないし、父親からの連絡もない。

「俺が今どこに住みゆうかも僧侶になったことも、父親は知らんと思います」

ひょっとしたら、かつて息子がいたことすら忘れて生きているんじゃないか、とまでは言わないでおいた。今大事なのは、千蓮の進学を阻む虎太郎の葛藤だ。自分の打ち明け話が、突破口になればそれでいい。

「こがな父親が赦せず、赦せん自分にずっと苦しんできたけんど、鐘丈寺で住職や桜葉さんや檀家さん達と交わることで、少しずつ考えが変わってきました」

「どんなふうに?」

「無理に赦す必要もないかなって」

虎太郎が目をしばたたく。カリカリと台所の窓を引っ掻く音がしたので、仁心は立ちあがってあけにいった。目鼻の周りだけ他よりも毛色の濃い、平たい顔がのぞく。いつもの猫だ。

名無し君おいで、と仁心が腕を伸ばすと、猫はのそりと身を委ねてきた。仁心は見た目どおりに重い猫を抱いて席に戻り、食卓にいたずらをしないことをたしかめてから、虎太郎に微笑みかける。

「仕方ないやないですか。だって、赦せんのじゃもん、今は。赦せんって感情を否定するほうがつらい」

「坊さんでもか」

「はい。〝坊さんは仏様じゃない〟ので、苦しいものは苦しいです」

仁心はいつぞや恵快にかけた言葉をそのまま用いた。この言葉に救われたように、いつまでも笑い転げていた恵快を思い出す。

「その代わり、先はわからんぞって思ってます。生きちゅうかぎり、人は変わる。他人も変わる。諸行無常。誰かとのご縁がきっかけで、何かのおかげで、俺はいつか父親のことを赦せるかもしれない。赦せたらええなあって、そんくらいの軽い気持ちで毎日生きてますわ」

喋りながら猫の眉間あたりをぐりぐり撫でていたら、寝てしまったようだ。腿にのった体重がぐっと重くなり、ふわふわの毛が腕にかかって熱を持った。

「自分が進むために赦す——華蓮はそう言ってたな」

虎太郎がぽつりとつぶやく。意外な角度からの切り返しに、仁心は息を詰めた。

「自分の、ため?」

「んだ。腹を大きくして戻ってきたあいつの前で、〝おまえをそんなふうにした男《やつ》を赦さねえ〟と俺が泣いたとき、〝私はとっくに赦してる。赦せないままだと、自分を傷つけてしまうから。自分が進むために赦すんだ〟って」

坊っちゃんと話してたら急に思い出したわと、虎太郎はため息をつくように笑った。華蓮の言葉は、仁心も貫く。なんて強く賢い女性だろうかと、心を揺さぶられた。写真でしか知らない華蓮の生き様が見えた気がした。

仁心は背筋を伸ばし、「桜葉さん」と呼びかける。

「社会や人生の経験でいったら若輩者の俺やけど、鐘丈寺住職として言わせてください」

「なんだ?」

「華蓮さんと千蓮ちゃんは違う人間です。親子やけど、別の人です。同じ大学に進んだって、千蓮ちゃんが華蓮さんのようになるとは決まっちょらん。華蓮さんや自分を赦せん気持ちはなくさなくてええき、今、進路を選ぼうとしている千蓮ちゃん自身のこと、まっさらな目で見ちゃっとうせ」

お願いします、と頭をさげた拍子に、猫がにゃっと叫んで飛び起きた。虎太郎は黙ってカレーのおかわりをよそいに立ち、皿を山盛りにして帰ってくる。足元にまとわりつく猫を見おろしたまま言った。

「二日目のカレー、遠慮なくいただくぞ。千蓮との話し合いは、体力を使うからな。途中で腹が減ったら困る」

仁心はほっとして、どうぞどうぞと笑いながら台所に立った。猫のために鶏のササミをほぐしてやり、虎太郎に持ち帰ってもらうためカレーをタッパーに詰める。二人前プラスおかわり分を用意した。

話し合いの末、千蓮の進路が決まる頃には、きっと二人ともお腹が空いているだろうから。

やませが吹いたら

今年の鐘丈寺のお盆は忙しい。去年は恵快と二人で担当した檀家を、仁心一人でまわらなければならないし、恵快の新盆もある。

檀家総代の虎太郎をはじめとする役員達で構成された護持会全面協力のもと、六月から日程を調整していたので、そこまで追いまくられずに棚経ができているのが救いだ。

救いはもう一つあった。今年の夏はやませがよく吹き、涼しい日がつづいているのだ。冷夏は農作物に響くため、あまりおおっぴらには喜べないが、黒い衣のなかが汗みどろになってしまう夏の不快感がだいぶ軽減され、仁心が助かっているのは事実だった。

今朝も境内の掃除をしているときは、肌寒いくらいだった。早起きの檀家達が墓地へ向かうのを見送りながら、仁心は本堂のお勤めに入る。

本尊の足元に設《しつら》えた盆棚には、溢れんばかりの供物が並んでいた。果物も野菜も惣菜も、墓参りにやって来た檀家からの差し入れや、棚経に訪れた先の檀家からいただくおみやげでほとんどまかなえた。ありがたいと仁心は手を合わせる。

恵快のことを思い出す場面は多々あったが、そのほとんどが「前の住職ならどうしていただろう」と指針の一つとして考えるだけで、彼の正体についての考察やわりきれぬ思いは忙しさを言いわけに脇へ置いた自覚がある。

それでも新盆ということで立派な盆棚を作り、姿なき恵快に向かって朝晩手を合わせていると、あらためて湧いてくる疑問もあった。

――あなたは幸せに人生を終えられたのやろうか?

耳をすまして待っていても、返事はこない。代わりに、寺務所で鳴りだした電話の音が聞こえてくる。

「さて。今日も一日生きてきますか」

仁心はそんな独り言とともに、盆棚の前から立ちあがった。

車で寺を出てすぐ、ギターを担いで前の道を歩いていく制服姿の女子高生が見えた。背中にはギターケースの他に大きなリュックも背負っており、重そうに腰を曲げている。せっかくのスタイルの良さが台無しだ。仁心は車の窓をあけ、声をかけた。

「おはよう。駅まで乗っけていこうか」

「わ、仁心さ——住職か。びっくりした。おはようございます」

アーチ型の美しい眉をあげて、千蓮が笑う。制服のスカートの上に合わせた水色のポロシャツが涼しげだった。

助かっちゃった、と千蓮はドアをあけて助手席に座る。彼女がシートベルトを締めるのを待って、仁心はアクセルを踏んだ。

「夏休み中も学校があるんだ?」

「文化祭の練習さ行くんです。ついでに自習室で勉強してきちゃおうと思って」

そう言って、千蓮はギターケースとリュックを叩いてみせた。

「おっ。ついに文化祭のステージに立つんや」

「んだ。高校最後のイベントだし、メンバーのみんなが出てえって言うし、わたしだけ反対してるのもね」

千蓮は去年学校に行けなかった時期があったことなど忘れてしまったように、屈託なく笑う。それでいいと、仁心は思った。

「オープンキャンパスに行ったんだって」

虎太郎から聞いていた話を持ちだすと、千蓮は目をかがやかせた。

「行った、行った。東京はおもしろかったよ、やっぱり。どこも混んでたけど」

その話しぶりからすると、見てきたのは大学だけではないらしい。仁心自身はまだ東京に行ったことがなく、この先行く予定もないので、うなずくにとどめた。

「仁心さん、じっちゃんを説得してくれて、本当にありがとう」

もう何度目だかわからない礼を、また言われる。仁心もまた何度目かの言葉を返した。

「説得したわけやない。桜葉さんのなかで、もう結論は出ちょったき」

「そっかなあ」

「そうや。俺の手柄があるとすれば——二日目のカレーの差し入れかな」

「ああ、たしかに。おいしかった」

千蓮は大真面目にうなずき、顔を上向けて笑った。そしてゆっくり息を吐く。

「お母さんも東京の大学生活を楽しんだのかなあ」

千蓮の言葉は独り言のようで、宙にふわりと浮かんだ。仁心は黙ってハンドルを握る。

道の先に駅舎が見えてくる。通勤通学の時間帯でも一時間に一本しか電車の来ない、小さな駅。小さな町。大きな海と山に囲まれた、冬の長い町。

「楽しんでたよね？」

千蓮の体が運転席のほうに向き直る。今度ははっきり、仁心に同意を求めてきていた。丸い頬が強ばり、祈るような目をしている。

音楽が大好きだったに違いない少女は数年後、一人でこの駅に戻ってきた。彼女の傍らには音楽も、お腹の子の父親も、寄り添ってくれてはいなかった。

仁心は喉の奥がきゅっと縮まるのがわかったが、思いきって言う。

「楽しかったろうよ、そりゃ。だって東京の大学生ちゃ」

想定よりずっと軽々しく響いた自分の声に、仁心はあわてたが、千蓮はほっとしたように息を吐いた。

「わたしのお父さんとも、きっと東京で知り合ったんだしね」

言葉に詰まる仁心に、千蓮は早口でつづける。

「東京さ行ったとき、たくさんの人が歩いている横断歩道の真ん中で、わたし、思っちゃいました。今、お父さんとすれ違ってるかもって」

車は駅前に到着した。仁心はブレーキをゆっくり踏んでから、ハンドルに両手を置いたまま千蓮を見る。

「それじゃ受験勉強と文化祭、どちらもがんばって」

「はい。送ってくれて、ありがとうございました」

千蓮の丸い頰が薄く染まり、笑顔が戻った。

ドアをあけて降りかける千蓮を、仁心はあわてて呼び止める。ダッシュボードから華蓮がボーカルをとったパスタノオトのCDを取りだした。

「パスタノオトのCD、お言葉に甘えてずいぶん長《なご》う借りてしもうたけんど、そろそろ――」

千蓮は目の前に差し出されたCDと仁心の顔をまじまじと見比べ、首をかしげる。

「もしかして仁心さん、移動の車のなかでも聴いてたりした？」

「ええ曲やきね」

仁心がうなずくと、千蓮は小鼻をふくらませ、肩にかかった髪を払った。

「じゃ、返さねえで。もっと借りといて」

「でも」

「いいの。仁心さんに借りといてほしいの。嬉しいんだもん。わたしとじっちゃん以外に、お母さんの歌を聴いて、〝いい〟ってくれる人がいるって、最高なんだもん」

そう言った千蓮の目が少し潤みはじめていたので、仁心はあわててCDをダッシュボードに戻す。

「わかった。もうちょっと貸してもらいます。いってらっしゃい」

「いってきます」

千蓮は車のドアをしめると、駅に向かって駆けていく。途中、三度振り返ってそのたび手を振った。だから仁心はつい、千蓮の後ろ姿が駅のなかに消えるまで見送ってしまった。

その日最後の棚経は、加倉田家だった。仁心は一年ぶりに夫妻と挨拶を交わす。剃髪頭の仁心は美容院に通う必要もなく、妻の安美についてはもっぱら千蓮を介して近況を伝えてもらっていた。夫の加倉田は恵快の葬儀に来てくれていたが、個人的にゆっくり話す時間は取れなかった。

夫妻がかわるがわる恵快の思い出を語るのを聞きながら、仁心は盆棚の作られたリビングにやって来る。去年までクマさんの指定席だった揺り椅子は、空いていた。

仁心の視線を辿って揺り椅子を見ると、安美が微笑む。

「クマさんは、結芽の部屋にいます。あの子の大事なぬいぐるみだから」

「ぬいぐるみ――」

「もう持ち歩いたりしてませんよ」

清々《すがすが》しさと寂しさがないまぜになった表情で、安美は言った。仁心はうなずき、空席に手を合わせる。精一杯お経をあげさせてもらおうと、盆棚の前に用意された座布団に膝をついた。

読経が終わると、夕飯を食べていってほしいと乞われる。あとの予定がなかったので、仁心はありがたく申し出を受けた。

欧風の洒落たキッチンで、安美はパエリアを作ってくれていた。仁心に振る舞うことを想定してか、具材は野菜だけとなっている。パプリカとミックスビーンズがカラフルな彩りを添えて、華やかだ。車の運転があるので自家製サングリアがのめないことを、仁心が残念がると、ぷちぷちと泡の弾ける涼しげなグラスを出してくれる。

「柚子シロップを炭酸水で割ったジュースです。これならだいじょうぶだべ」

「高知の柚子ですよ。懐かしいでしょう」

加倉田が言い添えた。仁心が高知の寺から来たことは、いつのまにかよく知られている。

仁心は嬉しさと気まずさが入り混じった気持ちでグラスを傾けた。柚子の香りが鼻に抜け、炭酸が舌と喉を痺れさせる。

「夏っぽいジュースやね」

仁心の感想がおかしかったのか、夫婦は顔を見合わせ、ころころ笑った。

仁心がのんでいるのと同じ柚子ジュースといっしょに、パエリアが盆棚に供えられる。

安美はずいぶん長いあいだ盆棚の前で手を合わせていた。戻ってきたとき目の縁が赤かったが、仁心も加倉田も指摘しない。見ないふりをする。安美も特に語らず、口角をあげた。

「お待たせしました。いただきましょう」

パエリアには濃いコクがあった。サフランライスにローストしたカシューナッツが入っていて、食感もいい。仁心は今度自分でも作ってみようと思い立ち、食後に安美からレシピを聞いた。

　スマートフォンのメモ機能に材料や手順を素早く打ちこんでいく仁心の手元をのぞきこみ、安美がまぶしそうにまばたきする。

「パエリアは結芽が好きだったの。こっちの燻製玉子とチーズをのせたグリーンサラダは、食べたがらなかった。玉子もチーズもそのままの味がいい、燻《いぶ》さねえでって」

「まだ小さかったからなあ」

　加倉田が言葉を引き取ると、安美が苦笑いしながらうなずいた。

「このあいだカットとカラーで遅くなった千蓮ちゃんに夕飯をご馳走したら、このサラダおいしいって、パクパク食べて帰ったわ」

　亡き娘と同い年の友達は、もう十八歳になる。仁心が言葉を探していると、安美が手をぱたぱたまわして、しんみりした空気を掻き消した。

「そういえば仁心さん、ご存知でした？　千蓮ちゃんって左利きなの」

「ああ、そうやったね」

　千蓮が華蓮の右利き用ギターを苦労しながら練習していた姿を、仁心は思い出す。今日背負っていたギターもおそらく華蓮の形見だろう。

「でもギターは、右利き用を演奏してますよ」

「あらまあ、すごい。きっとたくさん練習したんだべ。結芽は、すべて左で通したわ。箸も鉛筆も子ども用包丁も――」

「結芽ちゃんも左利きだったんですか？」

安美は自分のガラス皿に残っていたサラダを頬ばりながら、いたずらっぽい顔で加倉田を見る。サングリアをのんでいた加倉田の頬がほんのり染まった。

「そう。ウチは結芽もこの人も左利き。三人家族だから、右利きの私のほうが少数派になっちゃって」

「千蓮ちゃんママが言ってたなあ。〝ウチも本当はそうなんだけど〟って」

うんうんとうなずき合っている夫婦に割りこむように、仁心は身を乗り出す。

「〝ウチも本当は〟っていうのは？」

「千蓮ちゃんと千蓮ちゃんパパが左利き。ママだけ右利きだったって」

「華蓮さんが、千蓮ちゃんの父親の話をしたんですか」

仁心が必死になりすぎたのだろう。安美と加倉田は笑みを消し、顔を見合わせた。

「話のついでにママが〝ウチの家系に左利きはいない。千蓮の左利きは彼ゆずりだ〟って言っただけよ。お相手とは東京で別れてきたって噂だったから、それ以上はこっちから聞かねえし、向こうも話さなかった」

安美は叱られた子どものように上目遣いになり、「ねっ」と加倉田に同意を求めた。加倉田も神妙にうなずく。

仁心は前のめりになった上体を戻して、最後にもう一杯だけ柚子ジュースをもらった。


加倉田家から鐘丈寺へ帰る途中、仁心は我慢しきれず車を路肩に停めて、スマートフォンを取りだす。メッセージアプリを起動し、堀尾とのトークルームを覗いた。一刻も早くたしかめたいことがあった。三ヶ月前にはじめてやりとりしたきり一度もひらいていなかったため、目当ての写真はすぐに出てくる。

仁心はひとさし指と親指で写真を最大限まで引き伸ばし、目を細め、ためつすがめつしていたが、「ダメだ」と運転席にもたれかかる。そしてのろのろ身を起こし、時刻をたしかめた。じき夜の十時になろうとしている。仁心はさんざん迷ってから、大きく息を吐き、トークルームの電話マークを押した。

コール音が長くつづく。風呂か、仕事か、食事か、いずれにしても堀尾は今、手が離せないらしい。仁心があきらめて、車のエンジンをかけようとしたとき、低い声で応答があった。

——やあ、岩手のお坊さんだよね。こんばんは。ひさしぶり。毎日暑いね。

堀尾の低い美声のせいか、長めの挨拶がFMラジオのオープニングトークに聞こえる。つい耳を傾けてしまっていたところ、堀尾からふいに「俺に何か用事でも？」と聞かれ、仁心はあわてて夜分の非礼を詫びた。

「お電話したのは、パスタノオトのことで新たに知りたいことができたからで——」

まだ調べてたんだ、と堀尾の声の温度がうっすら低くなる。呆れられたのかもしれない。

しかし、仁心は構わずつづけた。

「堀尾さんに教えてほしいんです」

——俺が覚えてることなら。何？

「塩野晴輝さんは右利きでした？　左利きでした？」

たっぷり三秒の間があき、堀尾は咳払いする。

——えーっと、たしか右利きだったと思うけど。

「すみません。確証が得たいんです。このあいだ堀尾さんがメッセージで、フェスのプログラムに載ったパスタノオトの写真を送ってくれましたよね。データだと細かいところが潰れてしもうてたんで、お手数やけんど晴輝さんの——」

待ってて。

——あ、ウチにあるプログラムでベースが右利き用か確認してくれってこと？　了解。

堀尾は察しがよかった。受話器越しに聞こえる足音は軽快だ。仁心は申しわけなさとありがたさを同時に感じる。しみじみしていたら、耳元でプーンと音がした。助手席側の窓をあけていたせいで、車内に蚊が入ったらしい。狭い車内で格闘の末、どうにか殺さず外に追い払えたところで、堀尾の足音が戻ってきた。

——お待たせ。えーっとね、写真の晴輝さんが持ってるベースは、右利き用だよ。

「そうやか。あ、でも、ギターやベースって、左利きの初心者が右利き用の楽器で練習をはじめる場合もわりとあるんじゃ？」

千蓮が右利き用のギターを弾いていた姿を思い浮かべながら、仁心は一応尋ねておく。堀尾は「まあ、あるね」とあっさり認め、しばらく沈黙していたが、だしぬけに低い声でつぶやいた。

——スープバー。

「は？」

——今、思い出したよ。サークルのみんなでファミレスに行ったとき、雄矢さんがスープバーのお玉にキレてたんだ。

急に恵快の話が出てきて、仁心はどきりとする。

――そのお玉、片方の先が細くなって注ぎやすくしてあるんだけど、恩恵を被れるのは右利きの人だけなのよ。

「向きが一定だと、左利きの人は逆に注ぎづらくなるってことですか」

――そうそう。それで雄矢さんが〝いつだって左利きは迫害されてる〟って大げさに騒いでた。

仁心にはキレて大げさに騒ぐ恵快の姿が想像できなかったが、同じサークルの後輩が十五年以上経っても思い出せるくらい強烈な印象を残したのだから、事実だろう。

――で、晴輝さんがそんな雄矢さんを冗談まじりに慰めてたのよ。〝いいじゃん、レフティ。天才っぽくて、俺は羨ましい〟とか何とか。

「じゃあ、晴輝さんは右利きなんですね」

くどいくらいの仁心の念押しに、堀尾はゆるぎない返事をくれる。

――ああ、パスタノオトの晴輝さんと華蓮さんは右利き。雄矢さんだけ左利きだ。

仁心はありがとうございましたと礼を言って、少し世間話をしてから電話を切った。頭のなかは一つの疑念でいっぱいになり、何を話していたかは覚えていない。仁心は「あー」と奇声をあげてハンドルに突っ伏す。耳の奥で、堀尾の言葉が何度もよみがえった。

——雄矢さんだけ左利きだ。

その声はだんだん膜の張った音となる。耳に水が入ったような感覚に陥り、仁心は頭を振った。

千蓮にギターを教えていた恵快の姿がよみがえる。千蓮とゲームをやりたがっていた姿もよみがえる。仁心はさらに千蓮を見つめていた恵快の瞳を思い出そうとしたが、それは無理だった。もっとちゃんと見ておけばよかったと悔いる。

——親の一番の望みは、子どもの成長を見ることなんだ。子どもを忘れることなんて、一生できないんだよ。その子と離れてからどれだけ時が過ぎても、その子との距離がどれだけひらいたとしても。

去年の夏、恵快は仁心にそう語った。加倉田夫妻の結芽に対する思いを代弁しているとばかり思っていたが、そこにはもう一つ、恵快自身の思いも含まれていたのかもしれない。

仁心はハンドルから顔をあげ、フロントガラスから見える満天の星に向かって問いかけた。

——あなたは、千蓮ちゃんのお父さんやったんですか?

いくら待っても返事はこない。仁心はスマートフォンのメモ帳アプリを起動し、自分が見聞きしたパスタノオトと恵快にまつわる事柄を、箇条書きで書きだしてみた。

・晴輝と華蓮は付き合っていた。
・メジャーデビューの準備段階で、晴輝はボーカルを外された。
・晴輝は焼身自殺した。現場にいた恵快（雄矢）は救助中に火傷した。実際に火傷の跡あり。
・華蓮の娘である千蓮は左利きで、その特徴は父親から受け継いだもの。
・恵快（雄矢）も左利き。

「元来目立ちたがり屋でプライドの高いリーダー気質の人間が、バンドのメンバーに恋人を奪われ、メジャーデビューも取り上げられたら、どうする？」

仁心は声に出して自問する。

——誰かから奪ってまでも愛した相手のことを、思い出したくない記憶とともにあっさり捨て去った人も、やっぱりホームには帰れないと言ってたなあ。

いつか恵快が語ったこの話が、自身と華蓮の関係の顚末《てんまつ》だとすれば、妊娠の事実を知らなかったとはいえ、華蓮ともども娘の千蓮まで捨てたことになる。この町で正体を明かせなかったのは当然だろう。

――僕はよき僧であろうとしてきた。それはね、必ずしもよき人間じゃないからだよ。

頭のなかで響いた恵快の声は、地獄の淵から聞こえるように重く、黒々としていた。

恵快はあの大きな地震のあと、華蓮の安否が気になって矢も楯もたまらず彼女の故郷に飛んで来たのではないだろうかと、仁心は考える。そこで華蓮が亡くなったことと同時に、自分に娘がいることをはじめて知って、この町から離れられなくなった。

町のみんなを、桜葉家の人々を化かしてでも、娘である千蓮のそばにいたい、いようと決めたのではないか?

――そんなあなたのことを、俺は悪い人間とは思えない。

仁心はたくさんの仮定から導きだした結論に、長いあいだ動けずにいた。車内に潜んでいたらしい別の蚊に、いつのまにか額、頬、首筋、手の甲、足首、と五ヶ所も刺されてしまう。痒みは感じなかった。

＊

盆のあともやませは吹き荒れ、このまま秋が深まり、冬の気配すらしてきそうだと思っていたら、九月に入ってからたてつづけに夏日があった。

来《きた》るべき秋の彼岸会に備え、法要の予約がさほど混み合っていない時間帯を見つけては、仁心は墓地の清掃に励んだ。雑草を抜き、落ち葉を掃く。枯れ果てているお供えの花もそっと処分した。おもてなしといったらおかしいが、お墓参りに来た檀家に気持ちよくご先祖と対面してもらいたい一心だ。

お彼岸に間に合わせるべく、鐘楼堂の屋根の修理も進んでいた。修理のお金は檀家総代である虎太郎の働きによって、五月の連休明けには集まっていたが、業者の見積もりに手間取っているうちに寺の繁忙期である夏が来てしまった。お盆があけてからようやく業者に連絡し取りかかってもらった作業も、そろそろ終わりが見えてきている。

毎日はめまぐるしく、すぐに日が暮れた。核心に触れた気がする恵快の秘密については、お盆以降、棚上げしたままだ。うっすらのぞいた真実は仁心の手に余り、後まわしにしてある。

その日も予定のない午後を使って、仁心は墓地の草むしりをした。汗を掻き、お腹が空く。檀家からいただいた胡桃《くるみ》ゆべしを思い出し、修理のために日参してくれている作業員達にも休憩してもらおうと竹林を抜けて本堂の脇を歩いていると、鐘楼堂の屋根にのぼっていた作業員から声がかかった。

「さっき、郵便屋さんが来てましたよ」

優に十歳は年上に見える作業員から敬語を使われ、仁心は住職という肩書きに荷の重さを感じる。ありがとうございますと頭をさげて、逃げるように庫裏へ向かった。

引き戸をあけると、上がり框に郵便物が二通置かれていた。一応、山門に郵便ポストを用意してあるのだが、配達員はいつもわざわざ庫裏の玄関先まで持ってきてくれる。聞けば、ポストを用意していなかった先々代住職時代からの習慣が引き継がれているらしい。ありがたいやら申しわけないやら、仁心は押し頂くようにして郵便物を手に取った。

一通は、古巣の龍命寺からきた定型サイズの封書、もう一通は、堀尾からきたA4用紙が入る大きな茶封筒だ。仁心はどちらから開封するか迷いながら寺務所に入る。結局、ハサミの先がまず向いたのは、堀尾が送ってくれた大きな茶封筒のほうだった。

封筒のなかから、クリアファイルに挟まれた楽譜が出てくる。クリアファイルにマスキングテープで貼られた一筆箋に、急いで書いたような文字が躍っていた。

この間はどうも!

あれから俺もパスタノオトが本格的に懐かしくなっちゃって、いろいろ部屋を漁《あさ》ってみたら、『らせん階段の夜』の手書き楽譜を見つけました。大学時代、この曲が好きすぎて、雄矢さんから原本をコピーさせてもらってたのを、今の今まで忘れてたという……ごめ

ん！
遅れてきたファンの仁心さんに親しみをこめて、コピーのコピーだけどプレゼント。

堀尾弘泰《ひろやす》という署名を見て、仁心ははじめて堀尾のフルネームを知る。ありがたいと手を合わせ、ファイルから楽譜を取りだすのももどかしく目を落とした。

仁心は楽譜が読めない。けれど、コピーのコピーであってもくっきり見える音符が、どれだけの熱量を持って譜面に綴られたかは感じ取れる。また、音符はもちろん五線譜の上に書かれた数字や筆記体のアルファベットに至るまで、釘で引っ掻いたような右あがりの癖が出ていることに、はからずも涙が落ちた。

「住職の字や」

山門脇の掲示板で何度も目にしてきた恵快の強い癖字を思い起こし、仁心は確信する。田貫恵快と剣崎雄矢は同一人物だ。これではっきりした。

仁心は楽譜を手に考えあぐね、もう一通の存在を危うく忘れそうになる。ひとまず湯を沸かしに台所へ移動しながら、もう一通の封を切った。季節の便りか事務手続きの書面かと目を落とし、仁心はかたまる。その場で同じ文面を二度くり返して読み、大きく息をついて便箋をたたんだ。そのまま封筒に戻す。

「さて、と。お茶の用意だ」

わざわざ声に出して言うと、仁心は台所に立った。


三日後、鐘楼堂の屋根の修繕が終わった。最終日だけ仁心といっしょに立ち会った虎太郎が、作業員達を盛大にねぎらい、つまみと酒をどっさり差し入れる。

作業員達は口々に礼を言うと、てきぱき後片付けをして、夕方の五時前には酒とつまみをみやげに撤収していってしまった。その場で宴会がはじまることを期待していたのか、虎太郎は口をとがらせ、「夕方の鐘くらい聞いてきゃいいのによ」と不満を漏らしたが、仁心は作業員達の無駄を排除した仕事ぶりも悪くないと思う。

「まあまあ」と虎太郎をなだめつつ、仁心は梵鐘を撞くため鐘楼堂にあがった。新しくなった屋根を確認し、恵快からもらった電波式腕時計のアラームどおりに、鐘の音を響かせる。

虎太郎は鐘の音が町に染みわたっていくのを、目をつぶって聞いていたが、ふいにぱちりと目をひらいた。

「そうだ、住職。お彼岸の日って、うんと早めに墓参りに来てもいいか？」

仁心が千蓮の進路問題を解決したあたりから、虎太郎は「坊っちゃん」ではなく「住職」と呼んでくれるようになっていた。仁心は虎太郎からそう呼ばれるたび、正直まだ居心地の悪さを感じたりもするが、早く名実ともにしっくりくるよう励めと尻を叩かれているのだと解釈し、甘んじて受け入れていた。

「朝六時には墓地への門があいてますよ」

「もう一声、早くならねえか」

虎太郎は手を合わせ、千蓮の高校最後の文化祭とお彼岸の日程がかぶっているのだと言った。

「文化祭の前に、どうしても母親のお参りをすませたいんだと」

「そうか。千蓮ちゃん、お母さんのギターで文化祭のステージにあがるんやもんね」

「墓参りを、験担ぎか何かと勘違いしてやがる」

虎太郎は苦々しく言ったものの、顔が笑っている。仁心も笑顔でうなずいた。

「そういうことなら、五時に門あけちょくわ」

礼を言って帰ろうとする虎太郎といっしょに階段をおりながら、仁心は尋ねる。

「桜葉さんは観に行くんやか？」

「仕事が入らなければ、のぞきにいくべ。最後だしな」

「最後」のところで、虎太郎は急にしんみりした。志望大学に合格すれば、千蓮は春から東京で暮らすことになる。虎太郎は千蓮と華蓮は違う人間だと自分に言い聞かせつつも、目の届くところに千蓮を置いて守ってやりたいと、本当は今でも思っていることだろう。それが親代わりを自負するすべての大人が子どもに対して感じる思いだと、仁心は理解する。脳裏に龍命寺からの手紙がちらつき、気もそぞろになった。

「住職は無理だよなあ」という声が遠くから聞こえてきて、仁心はあわてて虎太郎を見る。

「えっ」

「んだから、千蓮のステージを観にはこられねえよなあ」

「ああ、文化祭ですか。すごく行きたいんやけど、彼岸会があるので」

「例の曲も演奏するらしいわ。ほら、あの、住職に貸したＣＤの――」

「パスタノオトの『らせん階段の夜』」

食いつくように早口になった仁心に、虎太郎は気圧《けお》された顔でうなずいた。

「んだ。その曲。各パートの音を取るのに苦労してるらしいが、なんとか間に合うといいな」

「そうですね」

ぼんやりうなずく仁心を、虎太郎は怪訝そうに見つめていたが、残っている仕事を思い出したのだろう。腕時計で時間を確認し、会社さ戻るわと手をあげて帰っていった。

今年の秋のお彼岸は、どの日もよく晴れた。日中は汗ばむ陽気となり、墓地を訪れる人々も半袖姿が多い。寒くなるのが早かった去年とは違った岩手の秋を知れて、仁心はまた少し鐘丈寺に馴染めた気がする。

お彼岸中日、千蓮は早朝五時すぎにやって来たようだ。いつものように朝の掃き掃除をしていた仁心は、墓地のほうから引き返してくる千蓮と山門の前で会った。千蓮は白い歯を見せて、高い位置にある腰を曲げる。

「おはようございます、仁心さん」

「おはよう。お参りできた？」

仁心の問いに、千蓮は「ばっちり」と指でOKマークを作ってみせた。

「これで、お母さんの『らせん階段の夜』をステージで演奏できます。まさか楽譜におこしてもらえるなんて――仁心さんのお友達にはお礼を言わねえと」

「いいの。いいの。お礼は俺からもう十分言っといたから」

仁心は冷や汗を掻きながら箒を握りしめ、口から出まかせの嘘がバレないことを祈る。

虎太郎から千蓮のバンドが『らせん階段の夜』の音取りに苦労していると聞かされ、仁心はすぐにあの楽譜を自分で写すことにした。堀尾からもらったコピーのコピーをさらにコピーすれば手軽だが、万が一、恵快の筆跡が千蓮にバレたらと考えると、手軽な冒険より未知の苦難を選んだ。

そう、それはまさに苦難だった。なにせ仁心は楽譜が読めない。小学校で習った気もするが、すでに忘却の彼方だ。おたまじゃくしの頭が五本の線のどの位置にいるのか、線は上に出ているか、下に出ているか、おたまじゃくしのシッポはどんな形をしているのか、ト音記号の一筆書きはどこから書きはじめたらいいのか、いちいちつまずき、途中で何度も音をあげそうになった。夜なべ仕事でやり遂げた自分を褒めてあげたい。

——だって、やるしかないやないか。住職の娘が、『らせん階段の夜』を演奏する気になっちゅうって聞いたら。

「千蓮ちゃんの演奏、楽しみやなあ」

千蓮が丸い頬にえくぼを作ったまま顔を赤らめる。仁心はあわてて、付け足した。

「と言っても、俺は文化祭には行けないんやけど」

「お坊さんがお彼岸を無視するわけにはいかねえもんね。だいじょうぶ。わたし、鐘丈寺まで届くくらい、魂こめてギター弾くから」

千蓮はそう言うと、華蓮のギターを愛しそうに抱き寄せた。そのまま視線を山門脇の掲示板へと移し、目をみひらく。

「仁心さん、これって――」

「うん。『らせん階段の夜』の歌詞から引用させてもろうた。高校最後の文化祭に向かう千蓮ちゃんに、お寺からのエールや」

――今という、一度きりの花を咲かせよう。

小さな掲示板には、仁心が真心をこめて書いた筆文字が躍っていた。パスタノオトの歌詞に対し、青臭く感傷的という仁心の第一印象は変わらないが、まさに青春真っ只中にいる千蓮のバンドが歌うなら、おおいにアリだ。これ以上ない歌詞だと思う。

「ありがとうございます。じゃ、いってきます」

千蓮はスマートフォンで時間を確認すると、元気よく山門から駆けだしていった。その背中で、華蓮のギターが左右に揺れる。笑っているように見えた。

仁心は箒を持ち直し、今日もたくさん訪れるであろう檀家を迎えるべく、丹精こめて山門から萩の木に囲まれてつづく本堂までの道をきれいに掃く。

朝のお勤めのあと、仁心は手を合わせたまま、恵快に報告した。

――千蓮ちゃんのパフォーマンスを、見守ってあげてくださいね。

返事は聞こえてこないが、目をつぶり真っ暗になった視界のなかで、恵快の目尻がじわじわさがって笑顔になるのが見えた気がする。

千蓮のステージは、言葉どおり魂のこもったものになったらしい。さすがに鐘丈寺まで音は届かなかったが、評判が飛んできた。おもに祖父の虎太郎から。

「一番盛りあがってたぞ。声も一番大きかった」

千蓮が早朝に墓参りをした日の夕方、虎太郎は庫裏に顔を出すやいなや、そんな言葉で孫を褒め称えた。プリントしてきたばかりだというステージ写真を上がり框に何十枚とひろげ、仁心に見せびらかす。

「これを見せるために、わざわざ鐘丈寺に？」

「ああ。ただし、本当に見せたかった相手は、住職じゃない。華蓮だ」

仁心の視線を受け、虎太郎は黒光りするスキンヘッドを撫でさすった。

「華蓮も高三のとき、文化祭のステージで演奏したんだよ。観にきてくれって言われてたのに、俺は行かなかった。ギターは家でいつも聴いてたし、ステージだってまた観られるべって高をくくって仕事してた。高三の文化祭は一度しかねえのに、大バカ者だよな」

虎太郎は結局、大学生になった華蓮のライブにも一度も行けなかったそうだ。ほどなく華蓮は音楽を断って故郷に戻り、十年と経たぬうちに逝ってしまった。そう語って肩を落とす虎太郎の前で、仁心は写真を指さす。そこには、体を折るようにしてギターを弾く千蓮が写っていた。

「千蓮ちゃんの文化祭は、ばっちり観られましたね」

「ああ。華蓮にも見せてやりたくて、気づいたら——写真を撮りまくってた。さっき華蓮の墓の前で、一枚一枚いっしょに見てきたよ。動画も撮っときゃよかったわ。いまだこいつの使い方に慣れねえ」

そう言って、虎太郎は自分のスマートフォンを仁心に手渡した。画面には写真が表示され、華蓮の墓石に供えられた一輪のカーネーションが写っている。

「千蓮ちゃんが朝に供えていったお花ですか。親孝行や」

「ああ。千蓮が忘れねえから、華蓮はいつまでも母親として生きられる」

しみじみと言う虎太郎を見ながら、仁心は、山門を抜けて朝靄に包まれた道を駆けていった千蓮の背中を思い出す。華蓮のギターが左右に揺れ、笑っているようだったことを。

親孝行や、と仁心はもう一度くり返す。自分には関係のない言葉だと思って生きてきたが、死をも飛び越え、愛し愛されて生きる桜葉家の人々を見ていると、心が揺らぐ。まして、あんな手紙をもらったあとでは。

気づくと、虎太郎が値踏みするような目で仁心を見ていた。

「住職もしたくなったか、親孝行」

いえ、俺は――と苦笑で流そうとした仁心だが、手に持ったままだった虎太郎のスマートフォンをもう一度見る。画面のなかの季節はずれのカーネーションは、燃えるように赤い。その赤に頬を照らされ、仁心はふと虎太郎に話したくなった。胸におさめる秘密は、恵快の正体だけで十分だ。

「実は――」

仁心は虎太郎にスマートフォンを返しながら、口をひらく。ここのところずっと胸を塞いでいた言葉が、ぽろりと小気味よく剝がれ落ちていく。

「俺が前に勤めちょった高知の龍命寺に、父が訪ねてきたそうです。俺を捜してるらしく、連絡先を教えてええかどうか、向こうの住職に聞かれました」

「今の時代、ネット経由でいくらでも捜したりつながれたりしそうだがな」

「それがウチの父親、パソコンもスマートフォンも固定電話も持ってないそうで、連絡手段は手紙を希望しちゅうんやって。おまえの時代は江戸で止まってんのかって話なんですけど」

仁心の薄い笑いに、虎太郎は真顔で返した。

「それで、返事はしたのか？」

仁心は力なく首を横に振る。楽譜とともに届いたもう一通の手紙を思い出し、ぶるりと震えた。

お父上は、君に会いたいと言っていました。

伝聞の形で第三者が書いてきた父の気持ちに動揺する。どうせ無心か必要不可欠な用事ができたにちがいないと理性では考えられても、施設の片隅で父親の迎えをひたむきに願い、待ちこがれた子ども時代の自分が否応なくよみがえってきてしまう。そして、期待のあとにもれなくついてきた絶望まで思い出してしまう。

微かに震える指先を虎太郎に見られたことに気づき、仁心はあわてて拳を握った。

「だって笑《わろ》うてしまいますよ。今さら何、って」

「今だからかもしれねえぞ。昔は無理だったし、この先も無理かもしれねえんだども、今だったら言えること、言いてえことがあるんだべ」

虎太郎はそこでいったん言葉を切ると、鼻の穴を広げ、どんぐり眼をさらに大きくした。

「〝今という、一度きりの花を咲かせよう〟。掲示板に、住職自身が書いてたでねえか」

仁心は言葉に詰まり、何も言えなくなる。虎太郎は、してやったりという顔で笑った。

「人は変わるんだよ、住職」

虎太郎の口調はあたたかい。仁心は同じようにあたたかく響いた恵快の言葉を思い出す。

――未来を見れば、不安になる。過去を見れば、後悔する。今だけを見るといいよ、仁心君。

「よくも悪くも変わる。何歳からでも変わる。それが、生きてる人間の強みってやつだべ」

仁心はうつむいたまま顔をあげられない。目の前の虎太郎の口を借りて、恵快が励ましてくれている気がした。いや、それは失礼か。虎太郎自身の言葉だと、仁心は思い直す。

「桜葉さんも変わったしね」

思いがけない仁心の返しに、虎太郎はへの字口をもぐもぐさせた。

「お、おう。そうだべ」

短い首をかしげながら胸を張る虎太郎が愛らしくて、仁心は微笑む。本人は無自覚だろうが、虎太郎は変わった。仁心のような若輩者の意見を聞き、孫娘の未来を尊重できるようになった。その変化によって今、大事な家族を失う恐怖から解放されつつある。千蓮もこの一年でずいぶん変わった。彼女の場合は年齢的に、成長と呼べる変化かもしれないが。他にも亀山、加倉田夫妻、星親子――仁心が鐘丈寺に来てから関わった檀家で、変わっていない人のほうが少ないことに気づく。

——あの人も変わったやろか。俺も変われるやろか。

「今の父親に会ってみます」

仁心は虎太郎に向かって静かに宣言し、ありがとうございましたと手を合わせた。

どうぞ、お達者で

十一月も後半を迎え、朝晩が冷える季節となってきた。仁心は本堂の雑巾がけと台所仕事で手が荒れ、いよいよつらくなってきたので、食材のついでにハンドクリームも買ってこようと思い立つ。

少し離れた大型スーパーまで車を飛ばした。ここなら、広い敷地内にドラッグストアが併設されている。仁心は予定どおり、スーパーで晩ごはん用のホタテ、マイタケ、厚揚げ、空心菜などの食材を日用品といっしょに買いこんだあと、ドラッグストアに移動した。探しまわってようやく見つけたハンドクリームの棚の前に立つと、小さく悲鳴をあげてしまう。

「こんなに種類があるのか」

広い棚には国内外問わず多くのメーカーのものが並び、同じ銘柄でも、香りや肌にのせたときの触感の違いによって、パッケージが倍々に増えていた。

仁心は剃髪と作務衣姿に集まる好奇の目を気にせず、女性客にまじって選びだす。腕を組んで悩んでは、テスターのにおいを嗅ぎ、また腕組みして考えているところに声がかかった。

「あら、お珍しい」

振り返った仁心の顔に笑みが浮かぶ。

「賀保子さん！　おひさしぶりです」

「本当ねえ。住職の初七日以来でねえか？　あ、今の住職は仁心さんか。ごめんなさい」

ぺろりと舌を出して笑う賀保子に、湿っぽさはない。恵快の死はすでに過去となっているのだろう。

「ええ髪色ですね」

「あら、褒められた。嬉しい。そうなの。ハミングバードの安美さんがね、グレーにピンクもめんこいよって」

ゆるやかにウェーブのかかったボブヘアを揺らし、賀保子は目をかがやかせる。白髪を全体的にグレーで染めたあと、ところどころ毛束を取ってピンクにしたと、わざわざ髪を見せて説明してくれた。

「地毛の白髪にピンクじゃ、明るすぎるらしいのね。このお上品なグレーで明度を落とすひと手間が、ポイントなんだべ」

　そうですかと相槌を打ちながら、仁心はあらためて賀保子の全身を眺める。七十代の女性のなかでは高身長に入る部類の痩身に、ブラウンチェックのネルシャツと白いコーデュロイパンツを合わせた姿はお洒落すぎて、町の片隅のドラッグストアだとむしろ浮きあがっていた。だが、賀保子に気にした様子はない。心から自分のお洒落を楽しんでいる。猫背だった背筋も伸びて、格好いい。仁心は何よりだと思う。

「なあに？　住職、手荒れがひどいんだが？」

　賀保子が棚に並んだハンドクリームと仁心を交互に眺めて、尋ねてくる。仁心が両手を顔の横で広げると、手相を見る占い師のような顔つきで、念入りに眺めまわした。

「あらあら、かわいそうに。お坊さんは水仕事も多いのね」

「ええまあ。やけんど、ハンドクリームなんて使《つこ》うたことないき、どれがええのかわからなくて——賀保子さんがお使いになっちゅう商品があれば、それにしようかな」

　仁心の言葉に、賀保子はグラスコードをたぐって老眼鏡をかける。棚の商品を端から端までざっと見まわし、首を横に振った。

「ここには、私のと同じ物はねえな。私のスキンケアや化粧品のたぐいは、瑛大からの貰い物なのよ。ほら、あの子、美容意識高《たけ》えからさ」

瑛大が女装しているときの完成度の高いメイクやすっぴんのときの肌つやを思い出し、仁心は納得する。

「たしかに、瑛大さんのチョイスは、間違いがなさそうや」

「だべ？　じゃ、あの子に聞いとくわね」

賀保子は自分の髪色を褒められたとき以上に、嬉しそうな顔をして請け合った。

仁心はひとまず一番安くて一番小さなハンドクリームを買って帰ってくる。水仕事の合間に塗ってみたが、あまり効果はないようだった。

ゴム手袋をはめて晩ごはんの洗い物を片付けたあと、寺務所に戻って護持会用に会計報告をまとめながら、キーボードを叩く自分のアカギレだらけの指を眺め、仁心はため息をつく。

「こがな手で、あの人の前に出るのは嫌やな」

独りごち、机の引き出しをあけた。事務用封筒が覗く。その素っ気ない封筒で、父親からの直筆の手紙が届けられたのは、十一月のはじめのことだ。

仁心は虎太郎と話したあとすぐ父親に手紙を書き、龍命寺の住職から聞いた父親の住所に送っておいた。それが十月に入るか入らないかの頃だから、父親からの返信はまるまる一ヶ月来なかったことになる。迷っていたのか、うっかり忘れていたのか、面倒くさくなって放置していたのか、どれもありえる気がする。仁心はもはや父親の人となりがうまく思い出せなかった。

それでも庫裏の玄関先で、差出人に父親の名前が書かれた事務用封筒を見つけたときは、心が弾んだ。そして、そんな自分が嫌になった。

――**勤労感謝の日にそちらへ行きます。**

簡潔というより言葉足らずな手紙に、様々な疑問が湧きあがったが、もう一度返事を出すのも癪《しゃく》だ。仁心はかなりのやせ我慢をして、放っておいた。携帯電話も固定電話も持たない暮らしをつづけているらしい父とのやりとりは、手紙でしかできない。その時代錯誤な不便さが、まるで父親そのもののように仁心は思えた。

一時間ほどPCに向かってどうにか収支表をまとめあげ、お茶をいれに立つ。ほうじ茶と迷って、今夜はあたたかいコーヒーにした。あとひとふんばり、明日に通夜を控えている檀家の戒名を、考えておきたい。

鐘丈寺の住職となってから、仁心はすでにいくつかの葬儀を執り行ってきたが、戒名とはうまいシステムだと感心しきりだ。人が亡くなると、それがたとえ予想のついた死であったとしても、遺族は動転する。ふわふわした心のまま、通夜、葬儀、火葬、法律関係に役所関係と、やるべき手続き、決めるべき物事が押し寄せ、体だけが忙しくなりがちだ。その結果、故人のことをうまく思い出せなかったり、思い出しても感情が素直についてこなくなる。

戒名をつけてもらうために、菩提寺の僧侶に故人の人生や思い出を語る時間がとられるのは、そのさなかだ。どんなに体が忙しくても、どんなに心が落ち着かなくても、時間を取って僧侶と向き合い、故人を思い出し、言葉を紡ぐ。故人と人生を歩いてきた遺族にしか探せない言葉が、心と体と感情をたいらかにつなげる。仁心はその時間こそが、ともに在った者を永遠に失った遺族の癒しとなっている実感があった。

一方、僧侶側である仁心も、死によって浮かびあがる故人の人生を見聞きするたび、背筋が伸びる。何をしても、しなくても、人は必ず死ぬ。だとしたら、長いようで短いこの人生、自分は何を大事に生きていこうかと、戒名をつけるたび考えさせられた。

葬儀も法要も朝夕のお勤めもすべて、仏の道に通じると言われているが、とりわけ戒名をつける時間は、生と死をしみじみと見通している気になる。

仁心はその晩遅くまで頭を悩ませた。

「しん、てん、やすざと——だいし?」

寺務所の机に出しっぱなしになっていた半紙に書かれた〝清天安里大姉〟という筆文字を、瑛大が読みあげる。コーヒーを運んできた仁心は「せいてんあんりだいし」と訂正した。

「今日見送ったばかりの仏様の戒名です。毎日お天道様に正直に生きてこられた農家の女性やった。ここ二、三日はその葬儀の準備やなんやらで立て込んじょって、机を片付けてる暇もなかった。むさ苦しゅうてすみません」

頭をさげて、半紙を丸める仁心に、瑛大は微笑んだ。

「いい戒名だね。故人も喜んでるんじゃないかな」

「よかった。そう言うていただけて嬉しいです」

仁心が剃髪の頭をつるりと撫でて照れていると、瑛大は思い出したように、トートバッグから小さな紙袋を取りだす。

「あ、忘れないうちにこれ。母から聞いて持ってきたんだ」

紙袋のなかから、おしゃれなパッケージのチューブがのぞいていた。

「もしかして、ハンドクリーム？」

「そうそう。日本に進出していないブランドだから、海外通販でしか買えないんだ」

「え。なんか貴重そう。ええんやか？」

「送料の関係で、いつもまとめ買いしてるからだいじょうぶ。気に入ったら、今度から共同購入しよう」

言いながら、瑛大は慣れた手つきでクリームのキャップをあけ、仁心の手の甲に二センチくらい出してくれる。薄紫色のクリームはいい香りがした。

「上質なシアバターが配合されたオーガニッククリームだよ。香りは何種類か選べるんだけど、これはラベンダー。手荒れのひどいときは、夜にこれをたっぷり塗りこんだあと、絹の手袋をして寝たら効果てきめんだよ。一応、手袋も入れといたから」

仕事帰りに寄ってくれたらしい今日の瑛大は、メイクも女装もしていなかったが、物腰のやわらかさと気遣いは、プロの美容部員にも負けていない。

「わざわざ持ってきていただいて、ありがとうございます」

仁心は礼を言い、夕飯を食べていかないかと誘ってみる。瑛大がラッキーと喜んでくれたので、ホッとした。

マイタケの炊き込みご飯を多めに炊いて、豆腐の和風ハンバーグを作る。大根は、瑛大がすりおろしてくれた。聞けば、最近、自炊をはじめたのだという。

「といっても、まだチャーハンとかカレーライスとか、そういうレベル。仁心さんみたいに同時進行で何品も手際よく作れたら、母にご馳走してあげられるんだけど」

ハンバーグが焼けるのを待ちつつ、味噌汁の鍋に味噌を溶いていた仁心は、思わず微笑んだ。

「チャーハンでもカレーライスでも、賀保子さんは喜んでくれると思いますよ」

「そう？　あの人、和食派だよ」

「和洋中関係ないって。いつも料理を作っちゅう人は、誰かに作ってもらえる料理が一番おいしいもんや」

きっぱり断言した仁心を頼もしそうに見つめ、瑛大は言う。

「じゃあ、今度作ってみるか」

「ぜひぜひ」

ふふふと笑いながら、瑛大はパックから出した大葉を洗ってくれた。

「この葉っぱ、どこで使うの？」

「ハンバーグと大根おろしのあいだに挟んだら、彩りと香りがいいかなって」

おお、料理できる人のひらめきだねと感嘆し、瑛大は大葉の水気を切る。仁心は豆腐のハンバーグが焼けたところで皿に移し、大葉と大根おろしの飾りつけを瑛大に頼むと、自分はあいたフライパンにみりんと醤油とバターを落とし、ソースを作った。大根おろしの上からそれをハンバーグにかけ、塩で揉んだだけの千切りキャベツを付け合わせる。

向かい合って夕飯を食べはじめると、瑛大は世間話のついでのように、父親の大輔が遺した日記が実家で見つかったと切りだした。

「発見したのは母なんだけど」

「瑛大さんも読んだんやか」

「うん。母が読め読めってうるさいから、仕方なく」

箸で器用に豆腐ハンバーグを一口大にして、瑛大は肩をすくめた。

「本当は嫌だったよ。ああいう別れ方をした父の本音を知るのが怖くて」

「わかります。無関心はつらいし、罵詈雑言《ばりぞうごん》も嫌やし、だからって、きれいごとだけ書かれてても白けちゃいますしね」

つい自分の父親を思い浮かべて相槌を打ってしまい、仁心はあわてて口をつぐむ。瑛大はキャベツを咀嚼しながら仁心を見ていたが、ふっと息を吐いた。

「まあ、そんな気持ちもあったかも。だけど結局、僕は読んだ。中身？　あんまりおもしろくなかったね。その日の天気と気温と、海の様子、あとはその日あった出来事をつらつらと。ただ、僕の部屋に勝手に入った日の日記だけは様子が違ってた」

「当日の日記も残ってたんや」

「父はそういう人なんだ。日記を書くと決めたら、遠洋漁業の真っ只中だろうが自分が倒れようが家族が寝込もうが地震が起ころうが、一日も欠かさずに書く。イレギュラーは認めない。よくいえば勤勉。悪くいえば融通が利かない。だからその日の文章は支離滅裂。混乱は混乱のまま、怒りや情けなさや恐れみたいな感情もそのまま、文字になってたよ」

文面を思い出したのか、瑛大はまつ毛の影を落として目を伏せ、味噌汁をのむ。そしてすぐにまた顔をあげた。

「その日から、父の日記は性質を変えた。僕への言及が多くなっていくんだ。実際はひとことも会話を交わすことなく逝ったのに、日記のなかでは女装について、女装をする男性の心理について、自分の言葉で説明をつけようと悪戦苦闘してた」

「瑛大さんの趣味を理解しようとしちょったんや。ええ父親やないですか」

仁心がマイタケの炊き込みご飯をのみこんで言うと、瑛大は小さく首をかしげた。

「そうかな。これは父が亡くなってしまったから言えるのかもしれないけど、ぶつけるのは日記じゃなくて、僕自身にしてほしかったな。混乱してても、感情を剝きだしにしてもいいから、僕と話してほしかった」

「それで傷つけ合うことになっても？」

仁心の真剣な問いに、瑛大はさびしげに微笑み、うなずく。

「父と向き合ったという記憶が、僕は欲しかったよ。たとえいい思い出にならなかったとしても、その記憶は僕の今後の人生を分厚くしてくれたと思うから」

仁心はまばたきを早めて、瑛大を見る。目力のあるキューピー人形みたいな中年男性の向こうに、一度も会ったことのない彼の父親が、そしてさらに先に、記憶から消しかけていた自分の父親が透けて見える気がした。

「父親の日記の存在なんて知らんでいたかった、とは思いませんでしたか」

「ああ、どうだろう？　知らないよりは、知れたほうがよかった——かな？　もう届かないところにいってしまった人だからね。今は、意外な贈り物をもらった気持ちでいるよ」

一つ一つ考えながら言葉を押しだすと、瑛大はうんと一人でうなずき、マイタケの炊き込みご飯を掻きこむ。あたたかいお茶が欲しい頃だろうと、仁心は急須にお湯を注いだ。

＊

父親が待ち合わせに指定したのは、海沿いを走る電車の終点の駅だった。鐘丈寺の最寄り駅からは十五分ほどで着く。駅前がひらけており、家電量販店や大きなスーパーもあるため、仁心もちょくちょく利用している馴染みの駅だ。父親は青森空港から直行するらしい。

鉛色の雲がたれこめた、寒い日だった。仁心は寒風に身を縮ませ、駅前の通りにある待ち合わせ場所の喫茶店に先に入っておく。昭和を感じさせる店内はオレンジ色の電球の下、カウンターとテーブル席に分かれていた。祝日だったが夕方に近い時間のせいか、客はカウンターに中年男性が二人ばかり。マスター夫妻と楽しそうにおしゃべりしている。仁心は防寒のためにかぶってきたニットキャップを脱ぐと、四人の会話を邪魔しないよう小さく会釈だけして、迷わず奥のテーブル席についた。

店内はあたたかかった。仁心はダウンコートをゆっくり脱ぐ。中はきちんとした衣姿だ。仕事の外出ではないので私服でもよかったが、仁心はあえて着物を選んだ。町の内でも外でも、職業がバレることを、いつのまにか気にしなくなっている。

マスター夫人が持ってきてくれた水をのみ、メニューを手に取った。その手は、もう荒れていない。瑛大のくれたハンドクリームと絹の手袋のおかげだ。店の外をうかがいながら、メニューを端から端までゆっくり眺めたが、父親はまだ来ない。すっぽかされるのかと不安に軋む心をなだめ、仁心はもう一度メニューの最初のページに戻る。おいしそうな玉子サンドの写真に目を落とした。昼ごはんから時間が経ったせいで、お腹が鳴る。あと一分待って来なかったら頼んでしまおうとスマートフォンを睨んでいると、メニューに影ができた。顔をあげると、真顔の父親が立っている。うわ、と仁心は思わず声が出た。

——老けたな。

感情より先に、見たままの感想が頭をよぎっていく。赤銅色の肌こそ記憶のままだったが、しわとしみだらけになった顔は顎が細くなり、腕や胸の筋肉もごっそり落ちたのがグレーのジャケットごしに伝わってくる。

「仁平《じんぺい》か？」

「うん」

「よかった。人違いやったらどうしようかと」

父親はほっとしたように笑い、向かいのソファに座った。仁心と目が合うと、まぶしそうにまばたきする。

「すっかり坊さんだな」

「——まあ。十五のときからこの道一筋なんで」

あんたが養育を放棄したから、俺は十五歳で生きる道を探すしかなかったんだ、という恨み言を、仁心はグラスの水とともにのみこんだ。不穏な空気を察知したのか、父親はあっさり話題を変える。

「いや、寒くてびっくりした。ダウンを着てくるべきやった」

「ああ。四国の人からすると、東北の十一月はもう冬って感じやろうね」

仁心の言葉にうなずき、父親は背筋を伸ばす。

「今日はありがとう。急で悪かったな」

「別に。そっちこそ遠くから――」

ありがとうとつづけるはずの言葉が喉に引っかかる。仁心はわざと音を立ててメニューを父親に手渡した。

「何か頼めば？　玉子サンドとナポリタンが名物だって」

メニューに書いてあったことをそのまま伝え、俺は玉子サンドにすると宣言する。

父親はメニューをろくに見もせず、やって来たマスター夫人に「アイスコーヒー」と告げた。そうだ、この人はどんなに寒いときでも冷たいのみものを選ぶ人だったと思い出しながら、仁心はつづけて玉子サンドと温かいカフェオレを頼む。ついでに、空になった水のグラスにおかわりを注いでもらった。

夫人がカウンターのマスターに注文を伝えながら去っていくのを待って、仁心は口をひらく。

「何かあった？」

「え」

「いや、急に俺に会おうとするき」

「電話ですませたほうがよかったか」

いや別にと仁心が口ごもると、父親のほうから切りだした。

「海を渡ることにしたんや」

「また漁に出るってこと？」

「そうやない。移住するんや」

「どこに？」

「インドネシア。最近、あの国の若者を雇う漁船が多うてな。ウチの会社が現地に学校をひらくき、実習の先生にならんかって誘われた」

俺が先生やぞ、信じられんわと、父親は朗らかに笑った。そしてふいに真顔になり、ぽつりとつぶやく。

「来週、飛行機で行く。帰国は未定や」

仁心は「そう」とうなずいた。いろいろな言葉が高速で頭を通り過ぎていくが、どれも喉まで降りてこない。

「坊さんの仕事は楽しいか？」

ふいに親みたいな顔で聞かれ、仁心は面食らいながらうなずいた。

「楽しいだけやないけんど――まあ、だいたいは」

「そうか。よかった。仕事を楽しめる者は強い。仁平はだいじょうぶちゃな」

自分に言い聞かせるようにつぶやく父親を見て、この人は俺に今生の別れを言いに来たのだと、仁心は合点がいった。今までの面会と同じだ。「だいじょうぶ」と息子の口から言わせ、親を放棄した罪の意識を軽くしたいのだ。

——この人は変わらん。

仁心の胸がいびつに軋む。絶望と諦観をのみこんだ苦い汁が、じわじわと口のなかに広がっていくのを感じた。もう嫌だ、傷つきたくないと、膝を抱えてうずくまる幼い自分が現れる。

——もうええわ。俺一人が我慢すればええ。この人に何を期待しても無駄やき。

今までと同じ自棄を起こして、「だいじょうぶだよ」と反射的に動きそうになっている口を、しかし仁心は塞いだ。

——赦すって、たぶんこういうことやない。

相手を赦すには、まず自分を赦さないといけない。自分を損なう相手に対し、怒ることや悲しむことを、自分に赦してやるのだ。

——いろいろな人間を赦していくうちに、仁心君はきっと素直になれる。

恵快のいつかの言葉が予言のように響いた。「赦せないままだと、自分を傷つけてしまうから」という華蓮の言葉もよみがえってくる。まずは俺から変わろうと、仁心は決意した。

注文した品が運ばれてくる。仁心は小さく合掌してから、玉子サンドを頬ばった。ケチャップとマヨネーズでほのかに味つけしてある厚焼き玉子が口いっぱいに広がり、心が弾む。

おいしい料理をちゃんとおいしく感じた自分に勇気をもらって、仁心は口をひらいた。

「最後まで、いっしょに連れていってはもらえんのやね」

「なんや。おまえもインドネシアに行きたいんか？　坊さんの仕事を辞めて？」

父親は目をみひらき、氷を鳴らしてアイスコーヒーを一気にグラスの半分まで減らす。

「辞められんよ。辞めるつもりもない。でも、そういうことやないのよ。わからんか？　俺は、あんたが迎えに来てくれる日をずっと待ってた。いっしょに暮らそうって言ってくれる日を待って、待って、待ちくたびれて、大人になってしもうたんや」

「仁平――」

「もう名前も変わったよ。今は俺、仁心って言います」

仁心はそう言うと、合掌した。

父親は黙ってうつむく。仁心は玉子サンドをもう一切れ手に取った。自分の指のなめらかさに泣けてくる。こんな再会のために、いそいそハンドクリームを塗りこんでいた自分が悲しい。

悪かった、と唐突に父親が頭をさげる。仁心はどう返答していいかわからず、玉子サンドを頬ばった。

「一人でおまえを育てる覚悟がどうしても持てなかった。でも親子の縁を切って、おまえの顔を一生見んと決める踏ん切りもつけられなかった」

「悪人になりたくないもんね」

仁心が口いっぱいに玉子サンドを頬ばったままつぶやくと、父親は何度も首を横に振った。

「悪人の自覚はあるよ。おまえを施設に預けた時点であった」

「じゃあ、面会に来るたび苦しかったんやない？　よくずっと来つづけたな」

「たとえ苦しくなっても、見たかったんや、おまえの顔が。どんな暮らしをしちゅうか、気になった。たとえいびつでも、親子のままでいたかった」

仁心は玉子サンドを嚙むことを忘れ、そのままのみこんでしまう。喉が大きく鳴った。

「──勝手やな」

「ああ。勝手や。おまえの気持ち考えんと、俺の都合ばかり押しつけた。すまん」

父親はさらに頭をさげ、テーブルに額をすりつけて謝った。

——人を赦すって苦行だからねえ。簡単にできることではない。

恵快の声がまた響く。仁心は赦せないままでいいと一時はひらきなおっていた。けれどいざ父親を前にして、きちんと怒り、気持ちを伝え、謝られてみると、安堵のため息が漏れてしまう。

なんだか体が軽くなってきた。このまま宙に浮かべそうだ。目の前の男を、ひどい父親、最低の父親と非難することはたやすい。そう責める第三者はたくさんいるだろう。けれど息子当人である仁心は、父親の「たとえいびつでも、親子のままでいたかった」という本心が聞けて、ちゃんと救われていた。そういう自分まで第三者に非難されるいわれはないと思う。だから、仁心は父親に声をかけた。

「もうええわ」と。

おそるおそる顔をあげた父親に、玉子サンドののった白い皿を押す。

「よかったら、サンドイッチも食べて。おいしいんや、ここのは」

それが仁心の赦しのしるしだと、気づいたのだろう。父親は深々と頭をさげた。

「ありがとう。いただきます」

一切れを二口でたいらげ、父親はうまいうまいと指を舐める。その様子を眺めていた仁心に、ふとしたひらめきが降りてきた。

「移住ってことは、そのまま向こうで死んでしまうがよな」

「縁起でもないこと言ってくれなさんな。やけんどまあ、そうなるだろうな」

仁心は黙って玉子サンドをかじる。父親もまた手を伸ばし、今度は三口で食べた。

「旅立ちの餞《はなむけ》に、生前戒名つけちゃる」

「なんやそれ。戒名ってのは、死んでからつけてもらうものやないのか」

仏教と無縁で生きてきた男らしく、父親は悪気なく首をかしげる。

「そがな人が多いけんど、仏様の弟子となって仏道に精進することを前提として、生前にもらうこともできるがよ。もちろん、その気がないならもらわんでええ。自由や」

父親はかしげていた首を戻し、神妙な顔つきになった。

「もらうよ。もらいます。そがなんしてくれるとは、ありがたい」

「あんたが死んだら、俺が亡骸の前で経を読み、見送っちゃれたらええんやけど、二百五十もの檀家を抱えた住職が、寺をほっぽりだしてインドネシアだか四国だかまでいくのは無理そうやき」

「そうやな」

「だからせめて生前戒名をさ。出国までには考えて送るわ」

「悪いな。慌ただしゅうて」

そう言いつつ、父親は満面の笑みを作ってアイスコーヒーをのみほす。まだ溶けきらない氷がカランと鳴ったとたん、仁心は長年胸につかえていたものが完全になくなったことを知り、大きく深呼吸した。

店の外に出ると、雪が降っている。子どものように口をあけて顔を天に向けた父親を横目に、仁心は「初雪だよ」と教えた。

「そうか。道理で寒いはずだな」

薄いジャケットの襟を掻き合わせ、父親は震えてみせる。

仁心は父親をうながし、早足で駅に向かった。青森からの飛行機チケットをすでに取ってあるという父親を、定刻どおり送り届けねばならない。

駅につながる真新しい雪道は、すでにいくつもの足跡がついていた。さまざまな大きさのそれを見おろしながら歩いていると、仁心は無意識に鼻歌を口ずさんでしまう。曲はずっと聴いている『らせん階段の夜』だ。同じ曲を鼻歌にしていた恵快を思い出し、彼も今の自分くらい頻繁にこの曲を聴いていたのだろうと、仁心は悟る。曲を聴くたび恵快が何を思っていたのか想像すると、胸がせつなく軋んだ。

少し前を歩く父親の背中に視線を移す。まさか父親と岩手で会う日が来るとは思っていなかった。さらさらと透明になっていく心を見つめていると、ふいに一切衆生悉有仏性という仏教の教えが浮かんだ。正確には、その教えと絡めた恵快の言葉を思い出した。

――日常で会う人はみんな、仏様の種だと思ってごらん。仁心君の気持ちや行動が変わるよ。そしてその変化は確実に、仁心君の生きる力になってくれる。

「そのとおりじゃのう、住職」

仁心は口のなかでつぶやく。龍命寺の住職や同僚、恵快、虎太郎、千蓮、檀家の方々、そして痩せたとはいえ、まだまだ広い背中を持つ父親――あらゆる人々の魂に、あまねく仏性が埋めこまれていた。たとえ今、仏様のような考え方や行動ができない人だとしても、心根には種がちゃんとある――そう信じて彼らを受け入れることで、俺は今日を迎えられたのだと、仁心は気づく。自分をここまで連れてきてくれたのは、恵快だった。

駅に着くと、仁心と父親はバスロータリーの前で別れた。別れ際、妙に生真面目な顔で頭をさげた父親に、仁心は自分でも驚くほどすんなり声をかけることができる。

「今日は来てくれてありがとう。さよなら、父さん」

面食らったように口ごもっていた父親の顔が、ふいに歪む。その顔を伏せるようにして背を丸め、せわしなく手を振りながらきびすを返した。

子どもの頃から幾度となく味わってきた父親との別れの場面だが、今日の仁心はもう見送ったり追いすがったりはしない。自分もまた父親に背中を向けて歩きだす。

翌週、父親は生前戒名をたしかに受け取った旨を、公衆電話から連絡してきてくれた。今日これから空港に行くと話していたから、もう日本にはいないだろう。

毎日どこからともなくやって来る落ち葉を今朝も掃きながら、仁心は深呼吸する。

父親の戒名〝海由天真居士《かいゆうてんしんこじ》〟はすぐに浮かんだ。彼の長所も短所も、仁心は幼い頃から存分に味わってきたのだ。苦労はなかった。父親がその戒名を気に入ってくれたかどうかは、わからない。余生を仏道に精進してくれるかどうかも、わからない。けれど父親の生前戒名を考え、贈って、仁心には一つだけはっきりわかったことがある。

世の中には自分と父親のような、親子と呼ぶにはあまりに頼りない結びつきの親子もいていいということだ。

「どうぞ、お達者で」

仁心はすっかり色の抜けた冬空を見あげて、つぶやいた。

彼岸まで

黒檀の立派な仏壇に向かってお経を唱えおわると、仁心は座布団の上でくるりと後ろに向き直った。

「以上で、桜葉華蓮様の十三回忌法要を終わります。今年は年忌法要の年となりましたが、そんなことは関係なく毎年この日は、さまざまな感情がご遺族様の胸に去来するでしょう。つらい思い出も多いと思います。しかしながら、故人様は医療従事者としての務めを十分すぎるほど果たした尊い御霊です。今日は華蓮さんを思い出し、華蓮さんの人となりをぞんぶんに語り、伝えていってください。それが何よりのご供養となります」

ここでいったん言葉を切ったが、すぐ目の前で手を合わせている千蓮の神妙な顔や、虎太郎の寂しげな顔を見ていたら、するすると次の言葉が浮かんできた。仁心は仏壇を振り返る。写真立てのなかで笑っている華蓮は、今の千蓮の少しばかり先輩といった若々しい雰囲気だ。

「この春でご家族の環境がいろいろ変わるでしょうが、折々華蓮さんやご先祖様に手を合わせ、生きている家族とまめに連絡を取り合い、目の前のことに励んでいれば、日々はきちんと整います。安心なさってください」

千蓮と虎太郎が顔を見合わせる。仁心は千蓮をまっすぐ見つめ、励ますようにうなずいた。

「千蓮ちゃん、あらためて合格おめでとう。おじいちゃんにもお母さんにも、いい報告ができてよかったね」

お父さんの墓前にも報告しておいたよと、仁心は心のなかで付け足す。

千蓮は照れくさそうに笑って、短くしたボブヘアを耳にかけ、オレンジ色の髪をのぞかせた。高校の卒業式を終えた次の日に、ハミングバードで入れた新しいインナーカラーだ。

法要を終えると、虎太郎にすすめられるまま場所を客間に移し、お茶菓子をいただきながら世間話をする。千蓮も付き合ってくれるようだ。

話題が来週に控えた恵快の一周忌に移ると、千蓮が待ちかねたように身を乗り出した。

「仁心さん。前に言ってたアレ、本気ですか？」

「もちろんや。ご参列くださる檀家さんには、桜葉さんから話を通してもろうちゅうし」

なんの問題もない、と仁心と虎太郎の声が揃う。仁心はつづけて尋ねた。

「むしろ、千蓮ちゃん側はどう？　春休みやき、みんなの都合とかだいじょうぶかな？」

「だいじょうぶ。メンバーみんなノリノリです」

「そりゃよかった」

仁心が笑うと、千蓮はお菓子の包み紙の屑を集め、立ちあがる。

「それじゃわたし、そろそろ行くね」

「練習か」

虎太郎の質問にうなずき、千蓮はにこりと笑う。

「耳のいいお客さんの前で、恥ずかしい演奏できないべ」

笑顔が、写真立ての華蓮のそれとかぶった。


鐘丈寺の先代住職にあたる恵快の一周忌は、彼岸前の土曜日に行われた。よく晴れて気持ちのいい青空が海と溶け合う日で、集まってくれた檀家の顔も、もうじき冬を越せる喜びに満ちていた。

身寄りのない恵快の法要は、葬儀のときと同じく、檀家総代の虎太郎が施主をつとめる。

「早いもので、先代住職が亡くなって、もう一年が経ちます」

そんな施主の挨拶にはじまり、現住職の仁心が居並ぶ檀家を背に従えて本堂で読経し、みんなの焼香を待って、法話をする。

仁心は檀家達が座る外陣に向き直り、ちょうど前列の中央にいた千蓮をまっすぐ見つめた。恵快があなたの父親だと、仁心はいまだ千蓮に言えてない。確信していても、証拠があるわけではなく、第三者が気軽に口を挟める問題ではなかった。

「〝死者を弔うことで、生者を救えるときがある。僕らはそういう仕事をしてるんだ〟」

仁心が意識的に声を張って一息に言うと、檀家達の目が注がれた。

「私が鐘丈寺に来て最初の法事に参加したとき、先代住職からかけられた言葉です。住職とは本当に短いお付き合いとなってしまいましたが、その短いあいだに、濃うて重い言葉をいくつもいただきました。なかでもこの最初の言葉は、今でもたびたび思い出します。これから鐘丈寺で私を待つさまざまな出来事を、この言葉で乗り切っていこうと思っています」

それからあれこれ恵快の思い出を語り、気づけば話が長くなっている。仁心はかつて「話すことがない」のがコンプレックスだった自分に向かって、おまえは話すことがないんやない。話す相手を持とうとしちょらんだけやぞと、心のなかでささやいた。

「仏教だけが宗教ではないし、宗教だけが救いではありません。でもせっかくみなさんには菩提寺というものがおありなのやき、ここ鐘丈寺を、鐘丈寺にいる私を、私が学んじゅう仏教の智恵を、自分の人生を受け入れていくツールとして活用していただけたら、先代住職も喜んでくださると思います」

どうぞ私を使ってくださいと結び、仁心は頭をさげた。

鐘丈寺の住職として仏教の道を歩むことを、恵快はおそらく最初、刑罰のつもりで受け入れたのだろう。けれど、仮の姿だった僧侶や仏教に自分を馴染ませていくうちに、一度は目を背け、捨てて逃げた剣崎雄矢の業や人生をふたたび受け入れられたのではないか？仁心は今、そんなふうに考えている。

参列者が多いことと、このあとのお楽しみのために、お斎《とき》は庭に緋《ひ》毛氈《もうせん》を敷き、その上で仕出し弁当を食べてもらう形とした。

一年前の葬儀のときとは違って、みんな陽気だ。本堂では神妙に手を合わせていた者も、すっかり力を抜いた笑顔を見せている。にぎやかな雰囲気に呼ばれたのか、タヌキのような猫が久しぶりに姿を見せた。さっそく猫好きな檀家達に囲まれ、ご馳走のお相伴にあずかっている。

ふいに誰かが大きな声で「こりゃもう法事というより、花のない花見だな」と言った。みんなはどっと笑う。虎太郎がすかさず声を張りあげた。

「たしかに桜の開花には早《はえ》えどもよ、花盛りの娘達が今から出てくっから、待っとけ」

また笑い声があがる。どの声も明るい。できれば、こういう声ばかり聞いていたいが、そうならないのが人生であることを、この町の人達は嫌というほど知っている。だからこそ、ひたむきに笑うのだろう。祈りのように。

仁心の席に賀保子がお酌に来てくれる。仁心はありがたく頂戴し、賀保子に返杯する。その手が荒れていないことを確認すると、賀保子は嬉しそうに自分の席に戻っていった。

少し離れたところで亀山と瑛大が喋っている。今日の瑛大は黒のスラックスに黒いジャケットを合わせていたが、ウエスト部分がシェイプされたそのジャケットは、明らかにレディース物で、ジャケットからのぞくシャツにもフリルがついていた。

深夜のゲームタイムに亀山から聞いた話だと、瑛大が自分らしい装いで職場に現れる日も増えてきているらしい。

——ま、俺も金髪にして、軍パン穿いていってらしな。わりと自由な職場なのよ。

亀山はそう言って笑っていた。その口ぶりに卑下も非難も感じられない。職場の人達も今のところ、性別の境界線が曖昧な瑛大の服装について咎めたりからかったりする者はいないそうだ。瑛大が毎日どれだけの覚悟を持って好きな服を着ていっているか、たやすく想像がつくので、仁心はホッとした。

歓談がひととおり落ち着いた頃、本堂の扉が勢いよくひらく。

ご本尊の前に、ギターアンプやドラムセットがきちんとセッティングされ、制服姿の少女が四人ほど整列していた。

端にいた一番背の高い子が顔をあげる。千蓮だ。肩にかけた華蓮のオレンジ色のギターをぎゅっと引きあげ口をひらいた。

「何もやりたいことがなくて、ガス欠状態だったわたしに、先代住職は〝はじめの一歩だよ〟ってギターをチューニングしてくれました。しばらく休んでた学校にもう一度行けたのも、このバンドに入ったのも、東京の大学さ行く気になったのも、その一歩があったからです。バンドメンバーは春からバラバラになるから、今回こったなすてきなラストライブの機会をもらえて嬉しかった。先代住職の恵快さんと現住職の仁心さんのおかげです。ありがとう」

千蓮は言葉を切って、本堂の須弥壇から少し離れて置かれた恵快の遺影と仁心に、順番に頭をさげる。そしてバンドメンバーの顔を見まわし、茶目っ気たっぷりに結んだ。

「最高のライブにして、先代住職には草葉の陰で泣いてもらうべ」

泣いてもらうべとメンバーが口を揃えて拳を突きあげ、観客となった檀家達が笑ったのをたしかめ、千蓮は持ち場につく。メンバー四人それぞれが楽器をかまえたところで、千蓮が合図を出すと、音が一斉に弾けた。仁心の足元で丸くなっていた満腹の猫が飛び起き、太いシッポをぴんと立てたまま萩の木の下へと避難する。仁心が猫の行方を見守っていると、虎太郎がビール片手にいつのまにか後ろに立っていた。

「この曲――パスタノオトの〝らせん階段の夜〟か？」

「そうです。俺は文化祭のステージを見れんかったし、恵快さんにも聴いてほしかったき、千蓮ちゃんにリクエストしました」

虎太郎はうなずき、ビールをあおった。本堂のなかでギターを弾き、歌っている孫娘を、目を細めて見つめる。

「文化祭のときより歌も演奏も下手になってら。んだども、あのときよりさらに魂はこもってる気がするよ」

「今日の演奏は、あの世まで届けんといけないですからね」

仁心はすまして答えながら、こっそり合掌する。すでにこの世を去ったパスタノオトの三人に届けと祈った。

音は跳ねまわり、次々と空に吸いこまれていく。

加倉田夫妻がリズムに合わせて踊りだすと、何人かがその波にのる。振り付けが完全に盆踊りの人もいたが、みんな楽しそうに歌い、踊っていた。その鷹揚な雰囲気は、恵快がまとっていた空気感そのもので、仁心は天を見あげてしまう。

――住職、笑いゆうか？　もう苦しんじょらんか？

仁心は問いかけ、誰にも気づかれないよう鼻をすすった。

――あなたはニセモノの坊さんやったけんど、俺のホンモノの師でした。

演奏とともに、この気持ちもまっすぐ草葉の陰に届くといい。仁心は今、心からそう願う。


恵快の一周忌はにぎやかに終わった。

その足で東京に発つという千蓮を見送るため、仁心は虎太郎の車に同乗させてもらう。二年前、仁心がはじめて降りた小さな駅のホームに、今日は千蓮が立った。ショート丈のピーコートからざっくりした赤のタートルニットをのぞかせ、ストレッチの効いたスキニーデニムをロングブーツにインした格好は、千蓮のスタイルの良さをいかんなく際立たせ、とても似合っている。さっきまでの制服姿の少女から一足飛びに大人の女性に駆けあがった気がして、仁心は少し面食らった。手荷物は、淡いベージュのキャリーケースと背中に担いだギターだけらしい。

入場券でホームにあがった虎太郎と仁心に挟まれ、千蓮はやたらと饒舌だった。ここから使い慣れた路線で終点まで行き、在来線に乗り換えて八戸へ、そこからは夜行バスで東京に向かうと、白い息を吐きながら説明してくれる。虎太郎は新幹線か飛行機での移動をすすめたが、「なるべくゆっくり去りたい」と千蓮自身が断ったという。高速バスの乗車時間だけで十時間は下らないと聞いて、仁心は思わずつぶやいた。

「東京は遠いな」

「今さら？ ていうか、仁心さんはもっと遠い高知から来たんだべ」

千蓮にばっさり斬られ、仁心は「まあ、そうやね」と剃髪頭をつるりと撫でる。

虎太郎は背中を見せて、何も言わない。千蓮もそちらをけっして見ようとしない。あいだに立った仁心は、持ってきたトートバッグからいそいそクリアファイルを取りだした。

「はいこれ、俺からの餞」

「あ、『らせん階段の夜』の楽譜だ。これって文化祭のときにもらった――」

「こっちは、原本のまんまコピーや」

「ゲンポン」と千蓮は噛みしめるようにつぶやき、首をかしげている。なぜあらためてこの曲の楽譜をくれるのか、仁心の意図が読み取れないのだろう。

仁心はかまわず、千蓮の手に楽譜をしっかり握らせた。

「必要になったら、使って」

東京で、母親の通った大学に通い、母親と同じように音楽を楽しんで、もし、父親についても知りたくなったら、情報はすべてここにある――そんな思いをこめた。

千蓮は楽譜をざっと眺め、「手書きなんですね」と簡単な感想を述べたあと、またすぐにクリアファイルに戻す。それでいいと、仁心は思った。千蓮が楽しく順調に生きているあいだは、この楽譜のことは忘れてくれていい。ただもし、何かにつまずき、すぐには立ちあがれないとき、声の届かぬ誰かを思ったとき、この楽譜が手元にあるのとないのとでは違ってくる。音符だとあまり目立たないかもしれないが、指示書きとして残された右あがりの強い癖字を見れば、千蓮はきっとすぐに誰がこの楽譜を書いたかわかるだろう。そして、どうして彼が〝ゲンポン〟を書けたのかと、不思議に思うだろう。かしこい千蓮がその疑問を解き明かしたとき、彼女がどうするか？　虎太郎はどう出るか？

――未来を見れば、不安になる。過去を見れば、後悔する。今だけを見るといいよ。

恵快の声が耳元で響いた気がして、仁心はうなずく。この先どうなろうと、自分は鐘丈寺の坊さんとして、桜葉家の人達に寄り添っていくだけの話。今はまだ考えるのはよそう。

「なるように、なる」

仁心が自分に言い聞かせた言葉を拾い、千蓮と虎太郎もそれぞれ強くうなずいた。

電車が来る。春風と呼ぶにはまだ冷たすぎる風が、ホームを吹き抜けていく。

「じゃ、いってきます」

千蓮が小さく手を振ると、虎太郎は思いきったように顔をあげ、くぐもった声で「気をつけてな」と一言だけ告げた。万感こもごも到った末の言葉だと、千蓮にはちゃんと伝わったのだろう。丸い頬を引き締め、生真面目な顔でうなずいた。

「わかってる」

千蓮はそのまま仁心に向き、「ありがとうございました」と頭をさげる。仁心は胸が詰まり、気づいたら口が勝手に動いていた。

「俺はここにおるき。どこにも行かず、ずっとここにおるき。困ったことがあったら、いつでも鐘丈寺にいらっしゃい」

千蓮は目の縁を赤くして、声を立てずに笑った。電車のドアがあくと、くるりときびすを返し、一度も振り向かずに乗りこむ。

小さな電車が規則正しい音を立てて遠ざかっていく。線路のカーブと共に見えなくなっていく。電車が視界から消えたあともずっと手を振りつづける虎太郎の隣に立ち、仁心も恵快の分までしっかり見送った。

居場所をもらった自分はこれから、あの世に向かう死者も新天地に向かう生者も等しく、たくさん見送ることになるのだろうと、仁心は覚悟している。だからこそ恵快のように、山門をくぐる者全員に〝おかえり〟が言える坊さんになりたい。居場所を与えられる側の人間になりたい。
決意にかぎりなく近い願いをこめて、仁心は静かに合掌した。

協力　名瀬　妙法寺

監修　守　祐順（木更津　光福寺）

この作品は書き下ろしです。原稿枚数420枚（400字詰め）。

ひねもすなむなむ

名取佐和子《なとりさわこ》

令和3年10月10日　初版発行

発行人――石原正康
編集人――高部真人
発行所――株式会社幻冬舎
〒151-0051東京都渋谷区千駄ヶ谷4-9-7
電話　03(5411)6222(営業)
03(5411)6211(編集)
振替00120-8-767643
印刷・製本―図書印刷株式会社
装丁者――高橋雅之

幻冬舎文庫

ISBN978-4-344-43135-5　C0193　な-36-4

幻冬舎ホームページアドレス　https://www.gentosha.co.jp/
この本に関するご意見・ご感想をメールでお寄せいただく場合は、
comment@gentosha.co.jpまで。